清夜捫心

金牙大狀憶往惜今

清洪　著

www.cosmosbooks.com.hk

書　　名　清夜捫心——金牙大狀憶往惜今

作　　者　清　洪

策　　劃　林苑鶯

責任編輯　祁　思

美術編輯　楊曉林

出　　版　天地圖書有限公司

　　　　　香港黃竹坑道46號

　　　　　新興工業大廈11樓（總寫字樓）

　　　　　電話：2528 3671　傳真：2865 2609

　　　　　香港灣仔莊士敦道30號地庫（門市部）

　　　　　電話：2865 0708　傳真：2861 1541

印　　刷　美雅印刷製本有限公司

　　　　　香港九龍官塘榮業街 6 號海濱工業大廈4字樓A室

　　　　　電話：2342 0109　傳真：2790 3614

發　　行　香港聯合書刊物流有限公司

　　　　　香港新界荃灣德士古道220-248號荃灣工業中心16樓

　　　　　電話：2150 2100　傳真：2407 3062

出版日期　2021年7月/ 初版・香港

獻給

Julian

Benedict

和

James

目　錄

18　Enid Howes

序言

以我記憶所及，清洪資深大律師一向是香港法律界的風雲人物。我於 1978 年初識他時，他剛開始私人執業，卻很快聲名鵲起，於事務律師中炙手可熱。沒過多久，他就在他從事的行業中登上高峰，成了許多人的首選大律師。他們希望這位魔術師能將他們從困局中解救出來，而對許多人來說，事實也是如此。

作為一名多面手及虔誠的佛教徒，清洪的涉獵範圍一向遠遠超出法律的範疇，此亦為其魅力的一部份。這名前記者飽覽群書，遊歷廣泛，熱衷於收藏歷史文物，同時也是一位敏銳的時事觀察員，多年來一直在記錄時事。 他是一位有趣的夥伴，一個慷慨的人。他一向重視友誼與忠誠，亦對他過往的地方及回憶崇敬有嘉。

然而，對許多人來說，清洪還是個謎團。於《清夜捫心》中，他坦然地敞開心扉，講述了一個動人的故事。他的家族根源於福建，到他祖父母那一輩則移民去了馬來西亞。他講述了在馬來西亞度過的快樂童年，其中不乏影響他成長的諸多因素及諸多有趣的人物。他於安順出生，於怡保接受教育（雖然中間有在新加坡短暫停留）。他對兩地的描述令人回味無窮。他

序言

早年接觸的英國作家，包括伊妮德·布萊頓（Enid Blyton）、珍·奧斯汀（Jane Austen）、威爾基·柯林斯（Wilkie Collins）及 T·S·艾略特（TS Elliot），極大地影響了這名初出茅廬的英語愛好者的觀念。來自不同種族的老師拓寬了他的視野，而熱衷旅行的愛爾蘭人 Gower 先生則讓他看到了更廣闊的世界。

當清洪移居英國，於內殿律師學院（Inner Temple）學習法律時，他父親的好友 Douglas Howes 及 Enid Howes 收留了他（他後來接管了這兩人的慈善信託基金）。他在英國生活如魚得水。於倫敦定居後，他過着令人心醉的生活，不過我肯定他也非常勤奮。此時命運給他送上一份大禮——他結識了他未來的誼父，女王藝術品保管員 Francis Watson 爵士，以及他那古怪的愛貓妻子 Jane。他的生活從此大不相同了。

Francis 爵士是一位漢學家、藝術收藏家和藏書家。他為清洪打開了機遇的大門，令他得以結識一連串顯赫人物。其中不僅有律師和法官，如歐洲人權委員會主席、御用大律師James Fawcett 爵士，亦有社會名流，如戴安娜王妃的父親 "Johnny" Spencer 伯爵及其作風奢靡的伯爵夫人 Rayne，以及占士邦創造者 Ian 的遺孀 Ann Fleming。在一次為馬來西亞學生舉辦的講座上，他甚至見到了丹寧勳爵（Lord Denning），一名偉大的英國法學家。

透過 Watsons 夫婦，清洪還發現了英國鄉郊的魅力，並與之結下了終生的緣份。多年後，他為 Francis 爵士在威爾特

郡（Wiltshire）購置了一棟鄉間別墅，隆重地展示了他們共同的藝術藏品。Watsons 夫婦還幫助他到劍橋大學修讀國際法。他在三一學堂（Trinity Hall）度過了兩年快樂的時光，並完成了一篇論文，內容關於玄之又玄的《尼布楚條約》（Treaty of Nerchinsk），一份由中國與俄國於 1689 年簽訂的條約；我們現在知道，那是大清帝國訂立的第一份條約。

獲得學位後，清洪回到倫敦。在 Fawcett 的斡旋下，他得以去御用大律師 Stanley Brodie 處實習民事法。該大律師辦事處的負責人是御用大律師 John Foster 爵士。此人多才多藝，曾在邱吉爾爵士的戰後政府中擔任次席部長。John 爵士的長期伴侶是藝術史學家 Lulie Abul-Huda Fevzi 公主，據說她是第一位進入牛津大學修讀的穆斯林女性。清洪透露他有幸曾與她多次見面，令人羨慕。

完成學業後，清洪移居香港。他在新聞界取得了短暫但出色的成就，不過其後他選擇作為大律師執業。那便是一切的開始。本書中，他對曾處理過最有趣的案件提供了引人入勝的見解，並描述了本地生活的方方面面，包括「大牌檔」、眾多市民逼仄的生活環境，以及香港賽馬會的內部運作。透過他曾處理的案件，他解釋了各種法律機制是如何運作的，包括答辯協商、守行為令及秘密監察。他還向讀者揭示，刑事檢控若失了分寸，便可輕易地淪為迫害。

善良偉大之人、貪婪狡猾之人、地位卑微之人及純屬時運

不濟之人，都來登門拜訪清洪。這些人被控的罪行層出不窮，但往往涉及貪污、欺詐及洗黑錢。即使最後無罪釋放（此事經常發生），這些人偶爾確實是走得太近紅線了。然而，清洪總是竭盡全力地為他們辯護，他激烈的正義感在這些回憶中熠熠生輝。他對當代偉大法學家的敬意也是如此，當中更有提及一些已故人物，讓較年輕一代也可細味一番。

其中，特別值得一提的是首席按察司羅弼時（Denys Roberts）爵士。羅弼時爵士總能從大局出發，將高超的智慧與淘氣的幽默感結合起來。他與妻子 Fiona 和清洪的關係非常密切，他們的觀點總是不謀而合。其他給清洪留下深刻印象的法學家包括 Mohammed Saied、梁紹中、胡國興、Tom Gall、Henry Daniell，以及傳奇人物銅鑼灣裁判法院裁判官 JG "Blue" Wilson。這一系列人物有一共同特徵，他們都是像丹寧勳爵一樣的人，以實現正義為目標，努力不被法律上的細枝末節或不利的判例所左右，這與清洪的做法如出一轍。

撇開法律業務，多年來，清洪每週都在報章上發表文章，為讀者帶來啟迪與樂趣，也令他成了名人。他挑選了其中的精品編入本書（第 17 章）。這些文章大多源於他的親身經歷，包括旅行中的見聞。譬如，我們能了解到昂山素姬於緬甸面對的難題、古巴華僑的命運，以及泰國皇室赦免的使用情況；我們亦可感受到於馬來西亞享用榴槤，於北海道賞櫻，以及在仰光如舊時的種植者般享用勃固雞尾酒之樂趣。

　　清洪這六十四篇文章，每一篇都充滿其敏銳的觀點，以及揭露了大量令人不快的真相。他的目的很明確，不僅是為了告知讀者某些情況，還是為了激發讀者對時事的深入思考。否則，如何解釋他對諸如香港大律師公會的政治化、性少數群體所面臨的困難，以及缺乏引渡安排帶來的問題的看法。此等見解，很大程度上是建基於他個人的經歷，但亦有賴其天賦的判斷力。

　　無論基於何種標準，清洪的這本《清夜捫心》都是一本引人入勝的書。他成長於多文化環境之中，命運成全了他，他自身亦擁有非凡的品質。無論讀者是否從事法律行業，他的故事都會讓人沉醉。他起步於殖民地時期的馬來西亞，途經英國，最終登上當代香港法律界的頂峰，此不失為一場真正的冒險。現在，因本書的問世，他得以將他的故事完好地敍述出來，着實令人欣慰。

江樂士

獲授銀紫荊星章，資深大律師

I. Grenville Cross, SBS, SC

　　江樂士是香港大學名譽法學教授、國際檢察官聯合會副主席（Senate）及香港前任刑事檢控專員。他為《中國日報》、橙新聞（orangenews.hk）、english.dotdotnews 等多家媒體撰寫評論專欄。

序言

如果世上沒有清洪，那我們只能造一個清洪出來了。這是我讀完本書的感受。清洪是一個站在歷史、文化、地域與帝國的交匯點上的人物。他提出的觀點及他要講述的故事，皆為世間難有的、獨具價值的文學作品。

清洪是一個複雜的人物。他是大英帝國的後裔，是劍橋畢業的傑出律師，是香港的長期居民。不論是九七前還是九七後，他都站在香港法律界的高峰上。

這種不同尋常的出身與境遇的結合，在本書中體現得淋漓盡致。一切皆始於他在馬來亞（Malayan）叢林邊緣的一個小鎮上出生。他對他在馬來西亞、新加坡、英國及香港的生活、學業及事業的描述令人回味無窮，這是一個說得極精彩的故事。

我本人也是馬來西亞出生的華人，因此我的人生經歷與清洪也有重合之處（其實我的家鄉檳城與清洪的家鄉相距不遠）。我可證實清洪的故事不可能是捏造的。

閱讀這本書可從幾個層面着手。讀者既可以當它是一個鼓舞人心的人生冒險故事，或是一本歷史回憶錄，或是一位傑出大律師對法律案例的精彩探討，又或是一個歷盡人生風風雨雨的朋友所分享的獨到心得。

有時，作者感到自己是一個喜歡英國事物的中國人（於馬來西亞出生）；其他時候，他感到自己是一個喜歡亞洲事物的英國人；而隨着歲月流逝，他顯然對香港的過去和現在都產生了一種深切而感性的喜愛。

當然，全書中貫穿着一種內在的張力。這是我們海外華人都熟知的，歷史與家國命運錯位的張力。

從頭到尾讀一遍後，我只能說這本書豐富了我的知識，使我獲得了啟發，並使我感到了樂趣。

拿督斯里　謝清海

Dato' Seri **Cheah Cheng Hye**

作者補充：

畢業後，謝清海獲聘為馬來西亞《星報》（*The Star*）的副編輯，賺取了他的第一份毫無疑問十分微薄的收入。隨後，他來到香港，擔任《亞洲華爾街日報》（*Asian Wall Street Journal*）及《遠東經濟評論》（*Far Eastern Economic Review*）的財經作家。為尋求更豐厚的回報，他離開新聞界，聯同他人創立了惠理集團（Value Partners），並出任該集團的聯合主席及聯合首席投資總監。顧名思義，他相信「價值投資」（value investing），

此亦為負有盛名的華倫・巴菲特（Warren Buffett）所用的賺錢技巧。事實上，謝清海被稱為「亞洲巴菲特」，這在我看來或許有些許言過其實。他是香港交易所（HKEX）的獨立非執行董事，馬來西亞商會（香港及澳門）的創始成員和執行委員會成員，以及香港金融發展局（FSDC）的前成員。能言善辯的中文媒體友善地稱他為「股壇金手指」。

序言

為書作序，對我來說從來都不是一件輕鬆的事。我往往難以決定是着筆於作者、書的內容，還是其他。不過這次，我不僅有幸得到作序的機會，而且本書的作者和內容都令我寫序時輕鬆了許多。

對香港法律界人士來說，清洪資深大律師無須任何介紹。毫不誇張地說，無論是清洪之名，還是他作為頂尖刑事大律師的聲望，都遠遠超出了香港法律界的範圍。不過，我之所以推薦本書，不是因為清洪是個傳奇人物或名人，而是因為他中西合璧的背景及對香港法律制度的深入了解，使得本書的內容獨具特色，發人深省。

作為法律界的一員，我自然偏愛那些具有法律色彩的章節。以我所知，關於香港法律制度發展和香港法律史的文獻並不多。可喜的是，本書中的各個章節，如關於答辯協商的兩章，有助於填補這一空白。本書足以吸引法律專業及非法律專業的讀者，還包含了一般法律書籍中無法尋獲的珍貴而有趣的資訊。

簡而言之，此不僅是一本由該領域知名從業者撰寫的書，也不僅是一本知名律師的普通自傳。簡而言之，本書不僅是講

述過去的故事，亦為一本足以吸引不同背景讀者的書。此書值得在每個人的書架上佔有一席之地！

袁國強

獲授大紫荊勳章，資深大律師，太平紳士

Rimsky Yuen, GBM, SC, JP

作者補充：

　　袁國強於 2012 年至 2018 年擔任律政司司長，是 1997 年回歸後第三位出任這一高級職務的人士。在此之前，他曾任香港大律師公會主席、中國人民政治協商會議廣東省委員會委員。作為律政司司長，他要處理許多前所未有的法律難題，如選舉改革、佔中運動、宣誓、關押社運人士，以及最為複雜的於西九龍站內開設往內地邊檢站的問題。

代序
致謝辭

　　許多我想致謝的人已離開人世，我只能對回憶中的他們表達謝意。在此，我念及我親愛的母親。不過，慈愛的父親也為年幼的我做了許多決定，包括我該上哪所小學。做此種決定時，他一定會徵求他的好友及同伴 Phyllis Woo 博士的意見。我和哥哥 Kee Tiong 去新加坡求學時，她還照料我們。父親一定希望我感謝 Phyllis。我的童年充滿着七個兄弟姊妹之間的歡樂時光，按長幼順序為 Siew Hong、Siew Lee、Siew Hua、Siew Chee、Kee Tiong、我本人、Siew Bee 及 Siew Keat。我們家族的基因十分成功地發散開去，無疑得益於現代醫學的奇蹟，也得益於簡單的中式飲食及茶的營養。現時，我已擁有超過三十名的侄女、侄子、侄孫女及侄孫。

　　我還要感謝我在香港和其他地方的所有朋友和同事，主要是法律界的朋友和同事。你們人數眾多，我無法一一列舉，這並不意味着我不記得你們。你們中的一部份我每天都會想起，另一部份每週都會想起，還有一部份每個月或每年才想起一次。關於誰人屬於哪一類別，就留待你們自行猜測。我所能做的只是列出你們的名字（不分先後），並向我未有提到的人

士致歉，這純屬我一時健忘：Graham、Arthur、Edward、Sai Wing、Maurice、Peter Fu、Alan、Eric Wong 及 Fatboy、Bina、Priscillia 及 Kevin、Bernardo、Joey、Alfred 及 Shirley、Lawrence 及 Winnie、Xuan 及 Agnes、Bruce 及 Adriana、Billy、Denise、Seak、ah-Keong 及 ah-Man、Carmen、Symon 及 Norma、我獨特的緬甸朋友 Mr Kyi 和 Wendy、Tan Suan 及她母親、K.C. Ngan、May Lui、Nurzhan、諸位仁波切、Kade、Eric Lee、Lama Ugyen、Lama Jigdak、Lama Tseddor、Richard、Titan、Kelly Lam、Pannu、Karl、Barnabas、Gilbert、Jacky Chu、Martin、Jake、David Chau、Dife 和 Lhamo、Chris、Irene、Nancy 和 Johnny 和 Taiso、Stephen Tang、Chong Poh 與其家人、Kibbe、Mabel、Master Lam、Tony Yan、Priscilla Leung、Professor Wang、Carlos Prata（你身在何處呢？）、Joseph Lang、Poh Weng、Cheng Hye 和 Eva、Ida、Mr Lung、Chong 和 Chanida、William Chu、Satoshi、Wood、Maria Lam、Boris、Kitty、Magdalene 和 Matthew、KK Pang 和 Millie、Arthur 和 Jini、Grenville 和 Elaine、Dixon Tang、Vincent、Nicole 和 Zeng、Kathleen，以及我們的美國朋友 Mingfey。形體部的 Kenny、Tom、Sau Yee 和 Joe；提供醫療服務的程醫生、何醫生、許醫生及吳醫生。我再次向我未有提及名字的人士致歉，不論是意外遺漏還是其他原因。

　　同時感謝我位於帝納大廈的大律師事務所的 45 名成員，包

括掛牌成員（door tenants）則有 56 名，感謝你們將自己的事業與我的名字聯繫在一起。按照年資排序，**15 樓之成員**為：陸貽信（資深大律師）、梁照林、潘展平、傅昶生、林浩明、陸景弘、簡永輝、吳美華、李國銓、伍凱麟、朱文瀚、曾敏怡、王詠文、周國豐、李揚波、黎灝洋及黃雋文。**16 樓之成員**為：李紹強（資深大律師）、鄧龍威、盧敏儀、姚大華、胡德理、衛上之、陳煒欣、鄭潤聰、周德興、陳柏年、劉日雄及陳嘉樹。**10 樓之成員**為：麥健明、吳志程、任穎明、周家輝、曾慶東、黃美深、梁君浩、陳熙華、溫柏鏗、黎匡晉、江美儀、陳嘉恩、黃纓淇及何原。**掛牌成員**（door tenants）則有：藍雪瀅、梁婉珊、利琛、趙芷妍、溫舒、馬明俊、王樂愉、陳慕賢、葉璧瑜、黃嘉嘉及陳栢妍。

我也沒有忘記那些職業生涯初始時加入我的辦事處，而等到羽翼豐滿便自立門戶或加入其他辦事處的人士。他們都取得了成功，值得讚譽。這些人士包括（不分先後）：陳錦泉法官、鮑永年資深大律師、謝華淵資深大律師、黃敏杰資深大律師、余承章資深大律師、鄧皓明、鍾偉強、陳永豪、陸偉雄、鄭明斌、許卓倫及鄭從展。我希望將來有更多人加入這一行列。

我初初開始構思本書的階段，陳廷謙對我的幫助是必不可少的。若沒有他敲擊鍵盤時的耐心與嫻熟技巧，寫書的想法只會不了了之。至於陳熙嵐，他從他活力四射的工作（在倫敦 *The King and I* 表演中擔任舞者）中抽身，退居香港，轉而接手

這需要久坐不動的工作。他有條不紊地整理了本書的文本，表現絕對一流。特別感謝星島集團行政總裁蕭世和先生，其同事何柱國先生及徐曉伊女士。何柱國先生從未質疑過我每週專欄的內容，從未刪改過一個字。世事艱難，香港前所未有地需要如他這般的企業家和慈善家。

我還要感謝天地圖書的陳儉雯、林苑鶯和祁思，感謝她們的耐心及對我誤以為已經完美的文本提出的修改建議。我的辦事處秘書及文員黃曉文、洪慧、梁翠珊、郭秋榮、毛梅碧、毛巧會、梁凱淇及葉春秋常常要做額外的工作，卻沒有收到多少額外的報酬。我感激他們的慷慨。最後，我還要深深感謝林浩明大律師。多年來，他不僅是本大律師辦事處繁忙的一員，還總是抽出時間擔任我的翻譯總監。他總是奮力解決翻譯英文法律術語時沒有對應的中文表達的難題。

最後，非常感謝 Messrs Petrus, Pauillac and Macallan 及他們眾多的親友。感謝你們多年來的服務，無論是撫平傷痛、慶祝勝利，還是睡前閱讀一本書時的忠誠陪伴。

清　洪

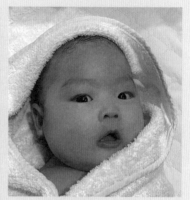

孫子 Julian

外甥 Simon

外甥女 Denise

外甥 Simon，攝於新年。

2005 年，兒子清晞誦正式
成為大律師。

侄子 Seak

侄子 Chong 和侄孫 Chanin Sophonpanich

大家姐和母親

母親、五妹（後左）、
四姐（後右）和我

母親、兩個外甥 Chong（左）、
Eddie（右）和我。

妹妹 Siew Keat 和我

家庭大合照

2018 年我與誼妹 Nicole Zeng

Nicole 在北京的家

Nicole 的愛犬

誼女葉靖怡（Jini Ip）

誼女黃美深（左）
及其母

莊寶先生的千金，左起：莊思華、莊思明和新娘子莊思敏。

盧敏儀、孫敬安夫婦

世榮和 Julian

何超瓊小姐

郭炳湘先生（中）與我的
誼子巫翊鳴（左）

既然世間萬物都是我們思想的反映，
　那麼世間萬物都可由我們的思想改變。

——釋迦牟尼佛

1

引言

我最初同意寫一本關於我操刀辯護的案件的書[1]時，出版商
非常忐忑不安，不知這從商業的角度考量是否可行。我也沒料
到，該書的英文版竟出到了第二版，中文版甚至出到了第四版。
當時是 2008 年，全球金融危機肆虐，經濟遭受重創。時光飛逝，
12 年後的今天，經濟再次飽受摧殘，而這次的罪魁禍首並非雷
曼兄弟，而是一個無形殺手──冠狀病毒。

我自覺此事與 2008 年年中出版的《護法──金牙大狀回首
昨天》無關，不過該書問世不久，我就被委聘為兩間受人尊敬
的法律學院──香港城市大學及香港樹仁大學──的客席教授，
對此我充滿感激。新的任命為我提供了舉辦講座的平台以推進
我的事業，並令我得以結識許多年輕、有抱負的律師及學生。

1　《護法──金牙大狀回首昨天》，2008 年 6 月，香港：天地圖書。

我希望本書（我的第三本書）[2]可以激勵更多將來的法律從業者。《清夜捫心——金牙大狀憶往惜今》面向的讀者不僅僅是律師和法律學生。許多非法律專業的朋友亦鼓勵我第三次提筆，敦促我多多着筆於我的早年生活：田園牧歌般的童年、學業及無憂無慮的人生（那是在新聞界和法律界的艱辛使我更加嚴肅地看待人生之前）。因此，我用幾章簡短的篇幅介紹了我於馬來西亞、新加坡的成長經歷和早年接受的教育，當然也包括我在劍橋三一學堂修讀國際法的時日。

於第 18 章，我收錄了一篇以前寫的關於 Enid Howes 信託基金的論文（是後來修訂過的版本）。Enid Howes 女士及其丈夫是我父母的好友，他們以 Enid 的名義成立了一個慈善信託基金，以資助貧困學生繼續接受教育，並鼓勵他們日後同樣地資助處境類似的貧困學生。我希望此文能讓讀者了解我生於斯、長於斯的那個失落的世界。彼時，馬來亞還是英國屬地，殖民主義仍如日中天。

第 6 章至第 15 章收編的法律案例，是我在 2008 年以來經手辯護案件的一小部份。我刻意避免編入所謂的高知名度案件，例如我代表粵語流行歌手衛詩一案[3]，或是新鴻基地產前主席郭炳湘一案[4]，或是一度入獄，其後重生的基督徒、風水師陳振聰

2　第二本是《金牙大狀教你講中講英》，是我在《星島日報》的專欄文章的中英對照合集。我曾希望該書能提高他人翻譯中英文的能力，不過並無證據顯示該書達到了這種效果。

3　《明報》2009 年 4 月 26 日。

4　《英文虎報》2012 年 11 月 19 日。

（現名為 Peter Chan）一案[5]，或者是娛樂新聞主播劉明軒的民事案件[6]，或是賭場大亨、日本首富之一的岡田和生的案件。

雖然我案頭亦有不少民事案件，我的專注點一向只在於刑事。我一向注重挑揀一些較為平庸、知名度不高，卻能帶來深遠影響的案件。就我個人而言，我希望在此證偽我的徒弟陳廷謙對我提及的外間的說法，即公眾眼中，我只代表富豪或超級富豪的錯誤印象。我從代表社會中命運多舛的成員收穫的回報（至少心靈上的慰藉），往往多於代表富可敵國的大亨。

我不清楚我是從何處擠出的時間和耐心，不過我仍在每週為《星島日報》週日版及《英文虎報》週一版撰寫專欄文章。必須準時交稿的壓力時常令我坐立不安——必須最遲每週四之前提交 600 字的成品，但這也是一種健康的節律。這種節律鼓勵我閱讀更多書籍和文章，並在旅行時收集資訊。可能最為重要的是，它向我灌輸了行文準確及查驗事實的重要性。當網上充斥着假新聞及勢不兩立的論點時，這可謂一個令人厭倦的難題。

每週的專欄文章中，只有少數（迄今有 700 多篇）涉及法律或與法律有某種偏遠的聯繫。不過，我在本書中收錄了一些法律題材的文章，希望讀者會喜愛，不管是法律專業與否。為減輕閱讀法律相關內容的負擔，我也收錄了非法律主題的文章。

5　《東方日報》2011 年 4 月 8 日。
6　《英文虎報》2011 年 7 月 6 日。

我曾嘗試按主題來組織這些文章，而事實證明這是不可能的。因此，除了關於我母親的文章必須最先出現，餘下的是按時間順序排列的。

　　我設法從日程中擠出更多時間用於旅行，並愛上了兩個非常虔誠的佛教國家——緬甸（Burma，或許該稱其為Myanmar）和不丹。我第一次去緬甸（當時名為 Burma）是在70 年代。它是一個風景迷人的國家，來自 135 個不同民族及 8個種族、性格溫和良善的人民居住於此。最近，多虧我的徒孫朱立業，我重新發現了緬甸之美（此時已改名為 Myanmar），並重拾了對這個國家及其人民的喜愛。仰光大金寺及曼德勒的馬哈木尼寺院 7 是我最愛的地方，其與日本、西藏的眾多類似場所同樣神聖。

　　我還必須向我的精神導師尊貴的蘇曼迦旺仁波切（H.H. Gharwang Zurmang Rinpoche）致敬。於信眾眼中，他是一位著名藏地法王的第 12 世化身。迦旺仁波切一向是我學習佛法的靈感來源。在諸多本地大亨（包括我的朋友、睿智的企業家楊受成）的慷慨捐助下，我們於銅鑼灣成立了一間弘揚迦旺仁波切教義的佛學中心。8

　　不丹是我的佛學「師父」（pupil-master）迦旺仁波切介紹

7　馬哈木尼寺院原本坐落於若開邦、古稱阿拉幹王國（Arakan）之古都妙烏（Mrauk-U）。此為我最為珍愛的佛教場所之一，非常值得不遠萬里前來參拜。

8　香港銅鑼灣百德新街 58 號蘇曼迦舉佛學中心。另一位慷慨的贊助人是《星島日報》的何柱國先生。

給我的。到訪多次後，我發現它是世上最迷人、最壯美的國家之一。不丹或許沒有高度完善的法律制度，不過這小小的獨立王國卻人人皆有普選權，還將國民幸福指數作為衡量經濟成就的指標，這正是本港於這動盪時代所需要的。不丹是一個引人入勝的國家，人口 75 萬，即每平方公里 19 人，大部份過得十分幸福，而本港每平方公里則有 7,000 人之多。不丹不僅人口比香港少 400 倍，大部份國土還是山地，無人居住。

我一向慣於鼓勵我的徒弟們盡可能地廣泛閱讀。不僅要源源不斷地閱讀案例彙編（law reports）以了解法律上的新發展，閱讀無關法律的議題也同樣重要。幾十年來，我積攢了數千本書籍，尤其是有關亞洲文學、歷史、藝術和神學方面的書籍，當然亦有一些西方文學。我每週都會閱讀譬如《紐約客》（*The New Yorker*）這樣的刊物，儘管它有些冗長，還有英國的《觀察者》（*The Spectator*）週刊，它以高水平的英文著稱。《觀察者》創刊於 1828 年，最近已出版了第一萬份週刊，還是發展得如日中天。另一份讓我愈發喜愛的期刊是近期推出的《評論家》（*The Critic*）月刊；其自我介紹十分引人注目：「本刊是為自我孤立的讀者提供點子的新雜誌」。

本書的內容是建基於基本屬於公共領域的資料。當然，我不應透露任何基於法律專業的基礎給予我的指示，本書依然嚴謹地維護着該些指示的保密性。不過，我希望本書中簡短的敘事能揭示出香港雖然是個彈丸之地，卻仍然多姿多彩、活力四

射。我這些文字所描繪的人物，雖各有各的抱負，卻都有一個
共同點──他們都必須直面法律──這龐大、萬能的機器。

清 洪

於 Greenfields 農場，科茨沃爾德
（The Cotswolds）及香港帝納大廈

精神導師蘇曼迦旺仁波切 (H.H. Gharwang Zurmang Rinpoche)

Greenfields 家中佛堂

Greenfields 家中佛堂

不丹公主

2014 年，不丹。

不丹時任首相策林 · 托傑（Tshering Tobgay）

捐贈醫療器材予不丹

不丹塔克桑寺（虎穴寺）

西藏

緬甸大金石（Kyaiktiyo Pagoda）

與友人 Kyi 先生於仰光

想想你目前擁有的幸福，這每人都有很多；
不要回想從前的不幸，
這也是每人或多或少都有一些的。

——查爾斯·狄更斯

2

安順
鑽石港灣

❦

　　或許講故事總該從一切的最初開始，而那就是我降臨人
世的瞬間。準確來說，此事發生於馬來西亞叢林中的一片空
地上。

　　我的出生地安順（Teluk Anson）是個小得不能再小的村莊，
以致除了它的近鄰，其他地方都對它鮮有耳聞。事實上 Teluk
Anson 已不復存在，因這曾位於馬來西亞霹靂河河口附近的鄉村
小鎮，自獨立以來，已改了一個新的名字。於 1982 年，其更名
為 Teluk Intan，或鑽石灣（Diamond Bay），我想這是對「Teluk
Anson」或「Anson Bay」的去殖民化修改。

　　1882 年，檳城副總督 Archibald Anson 為彼時的安順（Teluk
Mak Intan）制定了一份新的城市規劃。為表彰他的成就，小鎮

更名為 Teluk Anson[1]。除了殖民時期的馬來亞，世界上找不到第二個如馬來亞語單詞 Teluk 加上英文姓氏 Anson 這般雙語融合的命名方式。

今日的安順（Teluk Intan）距離更為出名的怡保（Ipoh）只有一小時的車程。整個安順只有一件事物揚名在外，即安順斜塔。斜塔坐落於小鎮中央，在一片 *padang*（馬來語，意為「田地」）前。它搖搖欲墜地傾向一邊，引人將它與其更出名、更搖搖欲墜的意大利表哥比薩斜塔進行比較。

本地人只是簡單地稱其為「鐘塔」。每當我們騎單車經過它時，都可以方便地得知時間。造出這座永遠斜而不倒的塔的是中國承包商 Leong Choon Cheong，他的名字值得載入史冊。斜塔最初是用來蓄水及提高水壓的，後來卻成了英殖民主義的象徵，因為英式殖民統治的特色就是在 *padang* 或大塊空地旁興建鐘樓。畢竟，英國人必須預留地方進行他們奇怪的木球遊戲。每個馬來亞城鎮都有一片 *padang*。新加坡國會大廈外仍有一片巨大的 *padang*，吉隆坡也有一片較小的 *padang*，緬甸曼德勒附近的避暑山莊（hill station）彬烏倫（Maymyo）亦有。我剛到香港時，最初的驚喜之一就是看見身着白衣的鬼佬在中環香港會及中國銀行外精心修剪的草坪上打木球，還有幾個中國人正在圍觀，面露不可思議的神色。當時有句流行的説法：香港木

1　1786 年，英國探險家 Francis Light 代表英國東印度公司宣佈檳城島為其屬地。其於 1826 年成為海峽殖民地的一員，於 1867 年成為英國直轄殖民地。它是第一個 1945 年 9 月時被從日軍佔領中解放出來的馬來亞城市。

球會只有一名中國會員——Benny Kwong Wo。

在香港，至關重要的鐘樓坐落於維港兩岸，一座位於香港島一側的舊天星小輪碼頭外，另一座位於對岸的九龍。於該處，早在 1915 年興建的獨立鐘樓仍然屹立。它曾是廣九鐵路尖沙咀總站的一部份，而時至今日它卻很不自在地委身於當代香港最醜陋的建築群——香港文化中心——之外圍。有一位詼諧之人曾說：「駱駝是一匹經委員會設計的馬。」那麼依我之見，香港文化中心則是一座經集郵愛好者委員會設計的建築。

安順也有一座福建人的廟宇，名叫福順宮（Hock Soon Keong），供奉的是九皇大帝，即道家學說中掌握生殺大權的幾位星君的總稱。我母親每年至少要帶我們去幾次，尤其是在農曆九月的九皇爺誕和通常是農曆七月的鬼節期間。現在供奉九皇大帝的廟宇已非常稀少，大部份都在福建省及台灣。想到福建人與台灣人尤其迷信，這也就不足為奇了。安順的九皇大帝廟建於 19 世紀，彼時正是第一批福建移民來到安順的時間。

霹靂州與馬來西亞大部份其他州一樣，實行君主制。有一位蘇丹和一名被稱為 Raja Muda 的王儲，在安順有一座行宮。我上學的時候，經常騎單車路過這座宮殿，並為之驚歎不已。令人惋惜的是，我了解到這座彼時極盡奢華的皇室寢宮現已成為廢墟了。

安順也是名副其實的中式美食勝地，其中的佼佼者是豬腸粉（chu cheung fun）。絕大多數西方人不太喜歡這種煮得軟軟

的麵條，但直至今日，這個河邊小鎮仍因這道佳餚（常常搭配青椒醃菜食用）而聲名遠播。

福建人的社群還有一道特別美味的新菜式，名為香餅（*heong peah*），許多西方朋友也不喜歡，原因我百思不得其解。香餅是一種圓形的糕點，外皮酥脆，中間是麥芽糖製成的軟心。華人無論老少都愛吃，還將其視為一種口福。

不為人知的是，霹靂州的金塔谷（Kinta Valley）出產非常優質的咖啡。我記得我年青時，安順附近一帶不僅有上千英畝的橡膠樹、椰子樹種植園（現在大部份已改種單調無聊的油棕），還有許多土地專門種植咖啡樹。一度名聲在外的「公雞」（Cock）牌咖啡是由枝繁葉茂的李氏家族在安順當地生產的，其創始人的兒子 Chin How 是我的好友兼同學。在怡保英華學校讀書時，我們同住一間學生宿舍。

福建人修的寺廟位於小鎮一邊，不過我最早、最生動的記憶都是根植於小鎮另一邊的，於鎮中心、鐘樓的附近。我兒時的家旁邊有一片橡膠園，邊緣上建了四棟獨立的房子，呈長方形地緊緊簇擁在一起。我們家就住在其中一棟被認為是「新房」的房子裏。這是為了區別於其他 16 棟一模一樣但較舊的房子。這些較舊的房子與我家被一排樹隔開。

每個安順居民都知道「十六戶」（16 buildings）這個短語代表甚麼。只要在信上寫上「十六戶」，郵遞員就知道要將信派送到何處。我家住的那四棟房子則不然，每一戶都有一個以

主幹道爪哇路（Jalan Java）命名的正式地址。

如果你遇上人力車夫（人力車是我童年時期最便捷的交通工具），他必然不會知道如何將你送到這四戶的地址。不過如果你說是在那「十六戶」旁的那「四戶」，他一定能成功將你送抵目的地。

許多年前我重回安順，發現那「四戶」仍完好無損，儘管處於一種非常荒蕪的狀態，但「十六戶」這個短語已失去了意義，因為幾乎所有的房子都化為烏有了。

我家的房子很小，至少在我兒時的記憶中是很小的。房子的主體部份建於架高的樓板上，要先上幾級台階。這樓板上還有一條狹長的起居區。過了起居區，要走到廚房、餐廳和浴室，就必須下幾級台階，這使得廚房比臥室低了很多。我猜，這樣做的目的是為了確保週期性的洪水來襲時，房子的主體部份能被更好地保護起來。

廚房中最為尊貴之處擺放着一尊灶神（the kitchen god，亦稱為 stove god）的塑像。於我這一代人及過去世代的先人心中，灶神一定是中國文化中最重要的一位神靈，其起源可以追溯到二千多年前。如今，於高樓大廈被家用電器塞滿的廚房中，灶神已失去了祂的重要性，現在幾乎已從人們的家中消失了。

記得每年春節前七日，母親都會用一張紅紙蓋住灶神，拿蜂蜜或糖水塗抹祂的嘴唇，再點燃另一尊紙糊的灶神像。這是一種道教的傳統，能夠保證灶神向玉皇大帝稟報時多說好話。

正月初一，灶神回到人間時，母親就會拆開紅紙，讓灶神在新的一年也可繼續管治人間。

客廳裏最尊貴的位置則給了「女神」觀音。彼時我當然不知道觀音是一位起源於遙遠印度及西藏的男性菩薩，觀音當時名為 Avalokiteśhvara；許多個世紀後，中國人將其性別改為女性，並奉為地位崇高的宗教化身。

也許是因為水壓太低的緣故，浴室設置於地下。事實上，自來水供應本身就是一件奢侈的事。「十六戶」建於平地上，經常會遭遇最可怕的洪澇，但當時還是孩子的我們總是喜歡暴雨。

有一件非同尋常的事令我記憶猶新，那就是我的二姐與鄰居私奔一事，我們發現時驚愕極了。當時她只有 16 歲，某日清晨，在沒有通知家裏任何人的情況下，她突然就消失無蹤了。後來我們發現，她偷偷地跟着一個非常英俊的青年走了，而這青年恰好住在與我家相隔三棟房子的地方。父母始終未能完全原諒她私奔一事，不過後來她婚姻幸福，誕下四個孩子，還有十一個孫子、孫女。

當時，毗鄰我家的橡膠種植園對我有着無窮無盡的吸引力。印度裔的工人每天早上都來榨取乳膠。我許久之後才發現，這些乳膠是用來為世界各地製造輪胎的，繼而推動我們走進汽車時代。

從樹上滲出的白色物質很黏稠,有一種類似酸牛奶與卡芒貝爾芝士(camembert cheese)混合的氣味,我對此很着迷。當然,馬來西亞的橡膠樹現在幾乎成了瀕危物種,因為有了合成橡膠,天然橡膠幾乎已沒有用武之地了。我不知乳膠的命運是否會與琥珀相同,因為兩者都是樹木的汁水或血液。假設幾百萬年後人類還存在,我們的後繼者會不會佩戴一種由橡膠樹的乳膠製成的琥珀?將來,馬來西亞的海床會不會如同波羅的海海床一般,遍地琥珀?[2]

偌大的空間權充花園,這是家門口一片叢林所帶來的樂趣之一。我們家與鄰居家之間完全沒有柵欄相隔,花園的邊界取決於你願意開闢多少空地。當然,周圍的土地並非屬於我們,不過彼時的業主比較慷慨,沒有那麼強的領地意識。周圍的幾畝地是屬於我們的馬來族業主的,他們都是文雅大方的人,從不干涉我們在他們土地上的安樂生活。

我家門前有一棵巨大的芒果樹,樹上結的芒果可以直接摘下來吃,而不用去市場上買,這令我很是着迷。我曾經一坐就是幾個小時,尤其是在季風季節,盯着綠色的芒果變黃。我向一些年輕的朋友提到此事時,他們根本不能相信芒果在樹上就能變黃。這是我們時代的悲哀。

我父親是一個愛車人。當汽車時代來到馬來西亞時,他是

2　波羅的海的琥珀是針葉琥珀樹的樹汁。

最早擁有汽車的人之一。許多年後，他又成了安順第一個擁有賓士車的人。我的父母和兄弟姊妹（一個哥哥、六個姊妹）全家在爪哇路住了許多年。

十多年來，我們在安順住過幾棟不同的房子。我記得在1957年，我們相對平靜的生活被 *merdeka*（從英國獨立的運動）打破了些許。馬來西亞取得獨立後的幾個月，我們決定搬去離鎮中心更近的地方生活。

我的父親，無疑是在母親的慫恿下，認定在叢林附近生活不再安全。當時有許多流言說等到英國人離開這個國家，我們的安全會受到某種程度的威脅。以馬來人為主的政府試圖讓我們安心。我清楚記得馬來西亞實現獨立（*merdeka*）的那一天，即1957年8月31日，直升機投下的小冊子漫天飛舞，解釋何謂「*merdeka*」及為何這是一件大好事。

我與哥哥在鎮中心住了一兩年。那時父親堅持要請個私人家教，教我們中文和書法。那個年代是不鼓勵男孩上華文學校的。我六個姊妹中的大多數都是以中文接受的教育。我曾經十分厭惡上中文書法課，為此我將永遠感到遺憾。

週末是較為歡樂的日子，我們會被帶去霹靂河口邊的海濱小鎮遊玩，偶爾也會去吉隆坡和馬六甲。另外每年我們都會去檳城度假，我父親在加拉威路（Jalan Kalawei）有一間迷人的平房可用。

安順也沒能逃脫現代化的力量。幾年前我去故地重遊時，

斜塔還在，可惜那片 *padang* 已被改建成購物中心了。

我的堂妹 Lim Cheng Ai 是一位律師同行，她非常熱心地在安順組織了一次有許多親戚參加的聚會。另一次家族聚會是在積莪營（Chenderiang），它是個不太出名的村莊，坐落於安順和怡保之間的交通要道旁邊。

我的被收養的祖父祖母從福建移居到馬來亞時就住在積莪營。我家在安順的時候，我曾到訪此地兩次。第一次是在 1950年代，我被帶去見我的祖母。我對她的記憶有些模糊，不過我清楚記得她是一位性格開朗的女士，有一雙很小的腳。後來我才知道她是上一代纏足的婦女。

第二次到訪積莪營就沒那麼愉快了，那是去參加祖母的葬禮。鑒於她過世時我們並不在場，根據華人習俗，我們得從街上爬進屋裏，以表尊敬。葬禮很隆重，有幾百人參加，許多人舉着橫幅。她安葬於積莪營的公墓，在我祖父墳墓旁邊。

説些愉快的事，積莪營還是我父母結婚的地方。有張迷人的相片影下了兩人站在市政廳外的光景，現在市政廳已經被改建成一所學校。相片中兩人都穿着西式服裝，他們應該是第一代適應了西方社會的移民。

我上次回積莪營參加家族聚會時，發現這個小地方與我上學時基本沒有改變。

我的父親

家人合照，正中間的是我。

1955 年，父親的車子是
全個安順市的第一部。

1964 年，八兄弟姊妹中，我排行第六。

時年 16

求知是一筆輕如羽毛的財富，
可以永遠隨身攜帶。

3

新加坡

獅城

⌘

　　在安順英華學校完成幾年小學教育後，我和哥哥被送至新加坡聖安德魯學校（St. Andrew's School）唸書。

　　這所承載了我兩年童年時光的古老學校今日仍然存在。原先的校舍建於 1862 年殖民地時期，採用了更早期的西班牙傳教士建築風格，至今仍作為地標性建築而屹立不倒。不過，當你從新加坡的商業中心向樟宜機場疾馳時，會發現它已被一條高速公路遮掩了許多。

　　原本的校舍設計得十分宏偉，無疑是為了激勵教師和學生。「四面外牆的中間是一個四邊形草坪，周圍環繞着拱形走道和教室」。[1] 新加坡市區重建局維護管理主任（Urban Redevelopment

---

1　"Former St Andrews School was carefully restored with the help of photographic records", Straitstimes.com 2017 年 11 月 4 日文章。

Authority's Director for Conservation Management）Kelvin Ang 先生形容這所學校是「藝術與手工藝遇上西班牙傳教士……足夠壯麗宏偉，但並不奢靡」。[2] 該建築的一大特色是「魚鱗」狀的外牆灰泥。1959 年和 1960 年兩年，我都是在這棟非常歐式的建築的三樓度過的。我在新加坡的求學經歷中，讓我印象深刻的一點是華文為一門必修課，這與其他馬來西亞的聖公會學校截然不同。

我們住在附近的 Sennett Estate 時，母親沒能陪伴我們。她選擇留在安順，以便照顧其他家庭成員。

Sennett Estate 離我的學校很近，步行即可到達。彼時，它是一個令人着迷的小住宅區，中心有一個小公園，一棟普通房子的售價在 2 萬到 3 萬新元之間，而現在的價格據說已遠遠超過 200 萬新元。

Sennett Estate 附近甚至有一家書店，那曾是我最愛去的地方之一。我經常去那裏買我最喜歡的作家之一伊妮·布萊敦（Enid Blyton）的最新著作。

伊妮·布萊敦出生於倫敦東杜威治（East Dulwich），是一位著作等身的作家。我想我一定已將她「智仁勇探險小說」（FAMOUS FIVE）系列的所有作品都讀了一遍。她的著作銷量超過 6 億冊，其中許多被翻譯成 90 多種語言。伊妮·布萊敦可謂是 20 世紀中期的 J·K·羅琳與《哈利·波特》。她寫的

2　同註 1。

大部份故事都是關於破案的，故事中的人物有 Julian、Dick、Georgina、Anne 和永遠惹人愛的小狗 Timmy。Georgina 是個假小子，總想被叫做 George。我不禁思考，我對《智仁勇探險小說》的熱愛是否以某種方式在我心中根植了成為刑事律師的願望？

伊妮·布萊敦的許多故事都是以英格蘭西部的美麗鄉村為背景的，「智仁勇探險小說」的第一本著作《五夥伴寶島歷險》（*Five on a Treasure Island*）就是以英格蘭康沃爾郡（Cornwall）為背景。那是在英格蘭最西邊，一個常年多風、伸入大西洋的郡。多年以後，我有機會經常到訪康沃爾郡及其他她描述過的地方。

Sennett Estate 的書店距離我在新加坡的家只有 100 碼左右，我經常一有空閒就去這家店。書店老闆是一群印度人。福建方言中，我們總是把印度人稱為「*keling-nah*」，甚至到今天也是如此。*Keling-nah* 是 *keling* 人的意思。當時，沒人能向我解釋「*keling* 人」的稱呼緣何而來。多年後，我才發現在安達曼島（Andaman）和檳榔嶼（Penang Islands）之間，坐落着一些名為 Keling Islands 的群島。最早來到馬來半島的印度移民一定是從這些群島來的，或至少是以這些群島作為墊腳石，再前往馬來亞及新加坡。可惜的是，*Keling* 已經衍生出了貶義。稱印度人為「*Keling-nah*」相當於稱中國人為「Chinaman」。這些代稱曾經是無害的，如今卻變成了貶義詞，甚至可被視為詆毀。

　　Sennett Estate 的小公園裏曾有一個池塘和一座小山，現在已完全被水泥覆蓋了。我記得父親曾經在甚麼特殊的場合送給我和哥哥兩隻新手錶。我們欣喜若狂，還騎着單車到公園去仔細欣賞。正當我們在那兒玩耍時，一個持刀的中年男子截住了我們——我們的手錶就此失落了，相信它們必然流落到了一間當舖裏。

　　除了心愛的手錶被搶，我和哥哥在新加坡度過了還算快樂的兩年時光。週末時，我們經常去樟宜的海灘游泳。唉，現在那地方的絕大部份土地同樣已被水泥覆蓋了，已然成為一個國際機場。

　　我們也曾參觀過虎豹別墅（Tiger Balm Garden）。那是一種令人髮指的、對中式地獄的粗劣重現，而且還在香港大坑以同樣醜惡的形式再一次呈現了。對於這兩處妖魔鬼怪的創造者胡氏兄弟為何要造出如此令人厭惡的地獄景象，人們有許多猜想。虎標萬金油的創始人、胡氏兄弟之一的胡文虎富甲一方，還被認為是個偉大的愛國者，因為據稱他捐贈了大量現金援助抗擊日本侵略者的戰爭。他常開着一輛著名的虎紋車為萬金油做廣告，但眾所周知，他一定涉足了許多各種各樣、不明不白、且無疑是非法的營生。[3] 他很會斂財，不過對建築及藝術品的品味極差。虎豹別墅中水泥做的老虎真是對這種美麗動物的侮辱！

3　*LIFE* magazine, 1941 年 7 月 21 日刊，第 62 頁。

父親常帶我們去的另一個我喜愛的地方是新世界遊樂場
（New World Amusement Park）。多年後，我偶然間瞥見布魯斯·
洛克哈特（Bruce Lockhart）對這遊樂場的描述。儘管該段描述
是 1936 年寫的，我對我們在 1959 年間於遊樂場度過的歡樂時
光的記憶與洛克哈特的描述有些類似。洛克哈特在《重返馬來
亞》（*Return to Malaya*）一書中寫道：

> 裏面是一個巨大的集市，有戲院、歌劇廳、電影院、
> 舞廳、雜耍表演、各種攤位、小食站，甚至還有一個體育
> 場。遊人來自各個階層，各個種族……正在上演雜耍的地
> 方傳來陣陣歡聲與人群的絮語。正中間的攤位上，日本人、
> 中國人正販賣一些會讓每個歐洲孩子心花怒放的玩具：模
> 樣貪婪的龍、上發條的鱷魚及蛇、微型嬰兒車、木製士兵
> 及最為古拙的家畜模型。[4]

我們也偶爾去葡屬馬六甲旅行，我心中還留存着第一次目
睹偉大的耶穌會傳教士 St. Francis Xavier 的空墓穴的記憶。[5]
假如我是天主教徒，毫無疑問，我一定會皈依於 St. Francis

---

4 *Return to Malaya*; Lockhart; 1936 年著，第 134-135 頁。
5 1552 年，Francis Xavier 在前往中國的路途上繞了半個地球之後，在上川
   島附近去世。那是他距離中國大陸最近的一次。他一定非常沮喪，因為他殞命
   時，他不遠萬里想要抵達的國度就近在眼前。他最終都未能踏上中國大陸的土
   地。我在 2006 年去了上川島。該島在香港西南方向，直線距離只有 80 公里，
   離澳門很近。我向澳門居民詢問如何去上川島，以及是否知道這島有甚麼名堂。
   有幾個人說是以賣淫出名，沒有一人提及 Francis Xavier。

Xavier 的教義。他是基督教最為學識淵博的修道會——耶穌會或「White Fathers」——的創始人。事實上，聖公會傳教士在馬來西亞及新加坡比天主教傳教士更為活躍，原因不外乎英國是新教國家，而非天主教國家。

即使在如今的香港，無論屬於聖公會還是天主教會，最好的教育仍是基督教學校提供的，不過世界範圍內被譽為最佳教師的卻是耶穌會的成員。

在去馬六甲品嘗美味的娘惹（意為海峽華人）咖喱的路上，我們一家必定會經過以富有而聞名的柔佛蘇丹（Sultan of Johor）的寶座——新山（Johor Bahru）。他的一位祖先因在 1824 年把新加坡賣給了英國人，被人銘記至今。

柔佛蘇丹的皇室或許是馬來西亞九位蘇丹中最為富有的一個。此處有一座殖民時期興建的宮殿，恢宏而迷人，現已被改建成皇家博物館，絕對值得一遊。柔佛的歷代蘇丹中許多都是親英派，其中最為著名的是 20 世紀的阿布·峇卡·蘇丹（Sultan Abu Bakar），他於英國法律的長河中取得了一席之地。許多法律系的學生都研究過 Mighell v Sultan of Johore（[1984] 1 QB 149 (CA)）一案。

當時有一篇引人注目的文章是關於這有趣的案件的。[6] 此案涉及違背婚姻的承諾（一種現已廢除的法律伎倆），案情如下：

6　Mighell v. Sultan of Johore,《海峽時報》週刊，1893 年 12 月 12 日。

　　這位蘇丹使用假名「Albert Barker」先生，經人介紹認識了一位名叫 Jenny Mighell 的女子。Mighell 小姐來自英國的布萊頓（Brighton），那是倫敦南邊的一個海濱城鎮，鎮上還有幾間美味的中菜館。有人懷疑 Albert Barker 和 Jenny Mighell 之間的艷情是單相思而非兩廂情願，但無論如何，兩人在泰晤士河邊的戈靈村（Goring）度過了許多快樂時光。然而，某日一位來訪者，或許是一時失言，尊稱 Barker 先生為「殿下」，這立即引起了 Mighell 小姐的懷疑。她四處打聽，很快就發現 Albert Barker 其實是柔佛的君主——蘇丹王阿布・峇卡殿下。《海峽時報》記者評論道：「她發現這個秘密的時候一定很高興，這份愛情一定也變得甜蜜了，因為她燃起了希望——終有一天，平凡的 Jenny Mighell 也會蛻變成為高貴的蘇丹王妃，住在大理石宮殿裏，有一百名男僕聽她使喚」。[7]

　　這段親密關係的其他細節與我們無關，不過可憐的 Mighell 小姐，熱切地渴望着獲得皇室地位的她於 1893 年 8 月發出令狀，控告蘇丹違反婚姻承諾，並要求因「感情受傷」獲得損害賠償。

　　精明世故的蘇丹無疑得到了最頂尖、收費最高昂的律師的建議。他提出了主權豁免權的抗辯理由。Wills 大法官及 Lawrance 大法官於倫敦河岸街的高等法院表示同意，下令「擱置所有訴訟程序」。可憐的 Mighell 小姐的願望就這樣破滅了。

7　Mighell v. Sultan of Johore，《海峽時報》週刊，1893 年 12 月 12 日，第 5 頁。

她想要於地處熱帶的馬來亞住在大理石宮殿裏的夢想就此化為泡影。

具諷刺意味的是，Mighell 小姐無意中對法學作出了寶貴的貢獻，因為該案中法庭擱置訴訟程序的決定是法庭最早作出的此類決定之一。關於擱置訴訟程序，尤其是擱置刑事訴訟程序的文獻有很多，並且還在不斷增長。在香港，我們以李明治[8]案所訂立的原則為依歸，而在英國，有關該議題的法學思想要成熟得多，主要是私人檢控案件中衍生出來的。[9]

我方才有些許偏離主題了，現在我必須回到新加坡的話題。彼時，新加坡是一個政治敏感的地方。那裏有一位年青、脾氣火爆的人士，就是劍橋大學畢業的李光耀。此人作為反英派聲名遠播，又有報道指他是親共派。

當時我顯然對政治的細枝末節一無所知，但父親認定新加坡將會變成一個是非之地。我記憶中有一日，父親告訴我們如果首席部長林有福敗選，新加坡就會變成共產主義國家。後來，李光耀領導人民行動黨於選舉勝出，並於 1959 年成為新加坡的第一任總理。[10]

8　HKSAR v Lee Ming Tee (2001) 4 HKCFAR 133, HKSAR v Lee Ming Tee & SFC (2003) 6 HKCFAR 336 .

9　擱置訴訟程序意為阻止訴訟程序繼續進行。其後法庭亦可解除擱置，恢復有關的訴訟程序。擱置訴訟往往是將訴訟程序永久性延期的一種手段。

10　此事已從大多數人的記憶中消逝，不過 1963 年至 1965 年期間，新加坡作為馬來西亞的一部份經歷了接連兩年的動盪。1965 年，新加坡成為現代史上第一個違背其本身意願而獲得獨立的國家。外界觀察者紛紛表示新加坡這彈丸之地，作為一個獨立國家是不可能成功的。他們實在是錯得離譜。

在新加坡度過兩年後，我們決定收拾行李，返回安全的馬來亞。由於這突如其來的變化，在尋找合適的學校時必須要作出調整。我於芙蓉市 （Seremban） 的英華學校及吉隆坡的 St. Gabriel's School 短暫停留後，被送去了怡保的一間寄宿學校。

成就偉業並非依靠蠻力、速度或靈巧的身體，
而是取決於思考、勇於承擔的品格及判斷力。

　　　　　　　　　　　　　　——西塞羅

4

怡保
百萬富翁之城

❦

　　十分幸運地，怡保仍是英國殖民時期留下的最迷人的城鎮之一。在 1960 年至 1966 年，我於怡保的英華學校接受了六年的中學教育。

　　怡保坐落於金塔谷。19 世紀時，華裔移民們成群結隊地來到此處，熱切地盼望着能從豐饒的錫礦中找到工作機會以及財富。直到現在，怡保仍是一個以華人為主的城市。即使今日重遊怡保，我對於還能見到許多保存完好的殖民時期建築也心生歡喜。成為聯合國教科文組織頒佈的受保護城市，它當之無愧。

　　雄偉宏大的火車站、市政廳和基督教傳教士設立的眾多學術機構使得怡保市中心容光煥發。這座城市被石灰岩山丘環繞，當地最負盛名的華人寺廟是三寶塘寺（Sam Poh Tong Temple）。該寺是在數不勝數、象徵吉祥的石窟中雕刻出來的，

我的父親就是安葬在此。儘管三寶塘寺建於 1890 年，將石窟與禪寺融為一體的理念在佛教中是一脈相承的。例如，印度有阿旃陀石窟（Ajanta）、埃洛拉石窟（Ellora）等擁有 1,400 年歷史的佛教石窟，這些石窟跨越喜馬拉雅山一路延伸，直抵敦煌（意為「燃燒的火炬」）石窟，以及中國北方眾多其他同樣著名的佛教石窟。

怡保英華學校（ACS）由循道宗傳教士 Rev. E. Horley 創辦，為霹靂州最古老的學校，至今仍然承擔着教育 13 至 19 歲學生的使命。我就是在這裏接受了中學一年級至六年級的教育。

為本章查找資料的時候，我碰巧讀到了一本名為 *Voyager* 的刊物。這瞬間打開了我的回憶之門：我曾是這本 ACS 發行的刊物的編委會成員。多虧我徒弟 Arthur 勤奮又精通電腦，*Voyager* 1928 年刊的網絡版被他挖了出來，其中載錄了 Rev. E. Horley 對這所學校的概述：

> 1895 年 7 月，為了來這裏開辦英華學校，我懷着滿心悲痛告別了新加坡。我在新加坡英華學校度過了一年半的快樂時光。我離開該校，來到這霹靂州的叢林時，遺憾佔據了我的身心，因為當時霹靂州除了叢林別無他物。這裏一棵橡膠樹都沒有，若不計原先 Grahame Elphinstone 爵士從基尤皇家植物園（Kew Gardens）帶來種在 Sitiawan 村和 Kamunting 咖啡園的寥寥幾株。整個州都被茂密的叢林

覆蓋，只有錫礦和幾個「attap」小屋組成的村落算得上是例外。新修的鐵路剛剛開通，但只能從安順到怡保，無法抵達更遠的地方。要去太平（Taiping）只能坐有篷馬車（shandrydan），當時需要八個小時的車程。

我來到怡保時，唯一能讓我開辦學校的地方是一間馬來人的小屋，與現在的警員營房相鄰。有人告訴我沒有男孩會來這裏上學的，其後華民護衛司及助理區長都來勸我不要在怡保開辦學校。但我還是堅持了下來，最後有四個男孩準時來到——兩個華人和兩個馬來人。其中一個就是現在霹靂州的 Panglima Kinta。

幾個月後，我的學校有了 60 名男學生，馬來人的小屋的低層部份被圍起來當做教室。有人給它起了個綽號叫「加爾各答的黑洞」。我立即向政府申請四英畝的土地，而後者也同意了。現在這塊土地上有小學校舍、我的住所，還有教堂。我已故的摯友 W. Cowan 先生當時任職華民護衛司，我與他一齊與領頭的華人礦商進行了商談，後者慷慨地捐助了一所學校。學校於 1895 年 11 月奠基，第一所校舍於 1896 年 5 月落成。校舍一週有五天作教學用途，在週日則是教堂。因好友借款給我，我得以於同期建成我自己的居所……於 1901 年放假回來後，我去了吉隆坡，在那裏建成了美以美男子國民中學（Methodist Boys' School）。

Rev. E. Horley 進一步介紹了英華學校是如何在馬來亞的其他地方生根發芽的：

> 英華學校的各個分校都以怡保英華學校為源頭——1898 年於安順，1902 年於金寶（Kampar），後來又在實兆遠（Sitiawan）、端洛（Tronoh）、務邊（Gopeng）和打巴（Tapah）陸續開設了分校。我們的怡保英華學校也在持續發展，相信它還會作出更大的貢獻。幾百年前，一位中國先賢曾說過：「教育中道德的缺失；教育中對主從、父子、君臣之義的漠視；教育自負地將自身置於信仰與權威之上，此乃對中國的威脅。」如今，這種做法的確也威脅到了其他國家吧？本校的育人之道在於腳踏實地地修學，在於忠於祖國、感恩父母、恪守道德、省身自律，在於對一切真理之源泉——上帝的信仰。願其前途光明，繁榮昌盛。願本校的贊助人知道他們的善款令數以千計的學生得到了良好的教育，從而感到欣慰和愉悦。[1]

奇妙的是，得益於互聯網，一張我作為 *Voyager* 編輯部成員的照片重現眼前。我之前未曾意識到我新聞從業者的本能可以追溯到如此久遠的年代。

1　Rev. E. Horley's letter to Dr. L. Proebstel, *Voyager* 1928.

我在怡保 ACS 度過了最快樂的一段時光。學校的課程安排一絲不苟，包括必修的體育課和教會活動。我於我最愛的科目中取得了出類拔萃的好成績，即《聖經》課、英國文學及歷史；而於理科的學習上卻可謂是一事無成。

我們在修讀文學課程時享有絕妙的自主性，儘管這意味着我們對英國文學的了解多於對亞洲文學的了解。必讀的文學作品包括珍·奧斯汀（Jane Austen）的《勸導》（*Persuasion*）、威爾基·柯林斯（Wilkie Collins）的《月光石》（*The Moonstone*）——被著名作家 T·S·艾略特（T. S. Eliot）譽為「第一部英國現代偵探小說……也是最好的一部……」[2] 以及 W·H·哈德森（W. H. Hudson）以 19 世紀末的阿根廷為背景的 *Far Away and Long Ago—A History of My Early Life*。哈德森這本自傳給我極深的印象。書中以令人驚歎的筆墨描寫了阿根廷古老的潘帕斯樹（pampas trees）、蕭瑟而美麗的風景，還記述了一個叫聖安東尼（St. Anthony）的庸醫試圖用青蛙治療帶狀皰疹的故事。*Far Away and Long Ago* 是一本別開生面的作品，其吸引力超越了歲月的洗禮，至今仍在不斷重印，甚至還被拍成了電影。

英華學校有許多老師來自英格蘭和愛爾蘭。其中最讓人捉摸不透的是一位 Gower 先生，他是一位心地最為善良的單身漢，

2　*The Atlantic Companion to Literature in English*, Mohit K Ray 編著 (New Delhi: Atlantic Publishers & Distributors, c. 2007), 第 104 頁。

其人沉默寡言、惜字如金。是 Gower 先生為好奇的我打開了馬來亞以外世界的大門。他每年都會去不同的歐洲國家度假，以及去愛爾蘭的親戚家探訪。無論他去哪裏旅行，他都會給他在 ACS 的每位學生寄去一張明信片，多年來始終如一。學生們翹首期盼郵差的到來，那些從異國他鄉寄來的明信片上有時貼着非常有收藏價值的郵票，總是令他人又是欣賞又是羨慕。我記憶中，學生之間總是打賭誰會收到第一張明信片，這往往能說明他更偏愛哪個學生。

其他老師也令我難以忘懷。英國文學老師 Olivia Teoh Kim Chuang 當年一定給我留下了深刻的印象，以至於當時正在讀六年級文科 B 班、18 歲的我還在 *Voyager* 1965 年刊上發表了一篇關於她的短文。

另外兩位難忘的人物是校長 Teerath Ram 和他的妻子。他們住在校園內的一間平房裏，享有獨一無二的地位。

Teerath Ram 是 1957 年馬來亞獨立後學校任命的第一位校長。他是一名雷厲風行的管理者及強而有力的集資人，在他的領導下，ACS 發展迅猛。作為一名戲劇愛好者，他將莎士比亞戲劇的舞台演出引進學校，還創辦了戲劇社。這是一個十分活躍的組織，它培養了學生於公共場合演講的信心，還讓我參與了《暴風雨》及《馬克白》的演出。

大多數戲劇演出是由熱心的學校老師 Chin Sin Sooi 導演的，甚至連 Alan Jay Lerner 及 Frederick Loewe 的美國音樂劇《蓬

島仙舞》（*Brigadoon*）也是如此。

Ram 夫人是藝術系主任，不過有時會偏離課程大綱為我們講授哲學。她突然去世時，我們皆十分震驚並為悲傷所淹沒。關於她的死因亦有一些流言蜚語。

我與 Yeoh 先生曾有一次未經預先安排的對話，我對此事的記憶仍然鮮明。那一定是 1962 年，因為他向我們講述了古巴導彈危機的情況。他說世界可能要完了，因為蘇聯在古巴裝了導彈，現在世界的命運掌握在甘迺迪總統手中。我當時只有 15 歲，儘管我清楚地記得他悲觀的想法和嚴峻的警告，我不認為我和同學們對他的末日演說理解了多少，年少輕狂的我們根本不以為意。

ACS 在五年級及以下都是男校，六年級時則變為男女同校了。我有一位摯友名叫 N. 拜里米蘇拉（Parameswaran，取馬六甲開國君主之名）[3]。我還與一位名叫 Loh Siew Lin 的迷人女孩相鄰而坐好幾個月。多年後，我聽說拜里米蘇拉與 Siew Lin 結了婚，而我這位印度朋友也在馬來西亞外交部門表現優異。

許多同學後來加入司法機關，就此開啟了卓越的職業生涯，其他也在各自的行業中表現出眾。遺憾的是，我早在 1996 年就離開了馬來西亞，我的長期缺席使得與舊友保持聯絡變得尤為困難。我個人也要負一部份責任，因我並非 facebook 的忠實用

3　拜里米蘇拉（1344 -1414），據説與《馬來紀年》中名為依斯甘達沙（Iskandar Shah）的人士是同一人。

戶。我經常思念同學們現在過得如何，包括 Ng Weng Sum、A. Indirani、Lee Poh Tek、Low Siew Sim、Tengku Maimun 等等。如果你們於世界的某處看到此書，我現在就在這裏。

　　隨着我完成普通教育高級程度證書（A-Level）考試，我在怡保 ACS 的快樂時光也結束了。同年，我乘着 Lloyd Triestino 海運公司的 Marconi 號，從新加坡出發前往英國。來自澳洲的回國人士及遊客摩肩接踵，塞滿了整條船。船駛過馬六甲海峽，在可倫坡、亞丁、塞得港、巴勒莫、那不勒斯及熱那亞一一停留。我於熱那亞登上了前往倫敦維多利亞站的火車。

　　我的人生自此翻開了新的篇章……

Voyager 編輯部成員，後排左起第三個是我。

學生時代的我（前排身體前傾者）

生而知之者，上也；學而知之者，次也；
困而學之，又其次之。

———《論語》

5

倫敦與劍橋
我的友人與學業

　　於倫敦維多利亞車站，我第一次踏上了不列顛的土地。車站嘈雜混亂，人潮洶湧，與今日並無二致。我想，我於他人眼中是典型的天真孩童形象，雙目圓睜，盯着陌生的景物與黑皮膚的面孔（這些我都未曾見過），隨身攜帶的小行李箱裏裝着我的全部財產。

　　所幸，我父親最好的朋友的住處距離倫敦只有一個小時車程，只需坐上火車便能很快到達。他們是 Douglas 及 Enid Howes，我一直稱他們為伯父、伯母。Douglas 幾年前從他於馬來西亞的工作中退休，與 Enid 在梳士巴利（Salisbury）附近安了家。我與他們短暫同居了一段時間，這正是遠渡重洋、從新加坡漂泊至熱那亞後的我所需要的。他們從馬來西亞帶來了他們最愛的特產：咖喱和米飯。我大快朵頤，彷彿能從中找到

家鄉的影子。Douglas 是典型的蘇格蘭人，他的善意令人有些不知所措，Enid 亦然。開飯前，他們會唸誦基督教禱詞，而且不浪費一顆糧食。Douglas 唯一的放縱之處（如稱得上放縱的話），乃是製作一種看似是一茶匙威士忌加上一茶匙水的飲品。他認定在威士忌裏加冰塊是一種褻瀆：上帝不准我們這樣做！為防止自己過於貪戀這種神聖的啡色飲料，他甚至在威士忌樽的標籤上畫了一條線。在我看來，一支威士忌確實能喝很久。Douglas 和 Enid 是很好的人，我將於第 18 章詳述。

我遠渡重洋的目的當然是去倫敦內殿法律學院（Inner Temple）修讀法律，這意味着我必須找到落腳之處。我理想中的居所是一處能讓我安靜學習的地方，最好離內殿不遠。最後，我幸運地尋獲一處寬敞的住所，它是一棟歷史悠久的老房子，位於貝爾格雷夫廣場（Belgrave Square）和海德公園角附近的一條街上，位置十分理想。

這棟房子共有六層，每層都空間寬敞，光線昏暗，畫及藝術品遍佈每一個角落。房子的住客有兩兄弟及其妹妹，還有一名住在地下室的租客，後來我發現他每日大部份時間都在痛飲甕酒。兩兄弟 Harry 及 Michael 總是在進行友好的口水戰，而妹妹 Katherine 整日都在廚房度過，與一隻名叫 Joey 的鸚鵡形影不離，牠是可以隨意飛去其他地方的。

Katherine 對待我簡直像對待親生孩子一般（願神保佑她），總是給我額外的食物，尤其是在我考試期間。透過 Katherine，

我認識了住在拐角處小雜院裏的一對夫婦 Francis 及 Jane Watson，他們既古怪又不合群，小屋子裏遍地都是書籍和貓。一打開前門，貓的氣味就撲鼻而來，為了能喘上氣，我只得下意識地退後一步。屋內的東西都混入了貓毛，無論是吃、喝還是觸碰都無法避免。整整 50 年後，我依然能回憶起貓的臊味。Jane 愛貓如命，她曾因於特拉法加廣場（Trafalgar Square）參加動物權益示威而被拘捕，某份報紙還刊登了一張警員笑着帶走她的相片，Jane 對此引以為榮。Francis 在 Jane 過世後才開始收到貓舍寄來的賬單，她之前一直向他隱瞞了此事。Francis 因而發現她一直在為 71 隻貓咪支付「貓咪麗茲酒店」（Ritz Hotels for Cats）的昂貴膳宿費。還有一次，Francis 和 Jane 在晚上駕車途經鄉郊地區返回倫敦，於夜幕中他們撞傷了一隻羊。他們將羊捆在車後座上而帶回了倫敦，將這隻瘸腿的動物艱難地抬進房子，抬上樓梯，當晚牠就睡在臥室的地板上。第二天早上，Jane 帶着受驚的羊去伊頓廣場（Eaton Square）附近看了獸醫。她對動物簡直是愛得瘋狂。

　　Francis 則沒那麼瘋狂。他只是古怪，並且聰明絕頂。他告訴我，他在劍橋讀書時結識了偉大的哲學家伯特蘭・羅素（Bertrand Russell）時，我被深深地折服了。他也曾出席一個火爆的電視節目《動物、植物還是礦物》（*Animal, Vegetable or Mineral*），在該節目中，主持人會向一班英國最聰明的人士（Francis 是其中之一！）展示各種神秘物體，讓他們猜測那究

竟為何物。於此過程中參加者只能問一個問題：「這是動物、植物還是礦物？」一如人們對聰明絕頂之人的印象，Francis 每一分、每一秒的閒暇時間都是被閱讀填滿的。於英格蘭的夏日，坐在樹蔭下閱讀某本巨著就是他最快樂的時光。他告訴我，古往今來寫得最好的書是法國作家馬塞爾‧普魯斯特（Marcel Proust）的著作《追憶似水年華》(*À la Recherche du Temps Perdu*，英譯名為 *In Search of Lost Time*，中文另譯《尋找失落的時間》）。我還未有時間去讀這本共 7 卷、4,300 頁的鉅著。Francis 對閱讀的執着一定影響了我，因為如今的我正如當年的他，亦會習慣性地隨身攜帶一本書以填充閒暇時光。書店也是我最愛的一類店舖。

　　Francis 的住所對面的住戶是一位名叫 Wynn 的法官。我還記得，當 Francis 向 Wynn 法官介紹我是一名「想成為大律師的法學生」時，我突然自信大增。Wynn 法官認識一位被首相戴卓爾夫人（Margaret Thatcher）稱譽為「現代英國最偉大的法官」的丹寧勳爵（Lord Denning）。當時 "Tom" Denning 還為從馬來西亞及新加坡來的法律學生做了一次講座，我也得以面見他本人，因此欣喜萬分。Francis 還擁有一間週末度假小屋，位於倫敦西邊大約一小時車程的地方。該處是一個小村莊，只有大約六間房子和一座教堂，沒有酒吧和商店。那裏的田園風光令人沉醉，而我也是在該處養成了散步的愛好，直到今日也是如此。村中有一些其他房子是屬於大使的。有人在駐德國大使家

的對面建了一座醜陋的現代房子，大使 Nicholas Henderson 爵士對此非常惱火，於是修了一堵高牆來隔絕這可憎的景象。可想而知，這堵牆很快就被戲稱為「柏林圍牆」了。

在我的記憶中，想在村子裏打電話，必須得先撥 0 找接線生，再告訴她想撥打的號碼。奇怪的是，接線生並非身處某個遙遠的城鎮，反而是一名住在村中、離我們步行距離只有兩分鐘的農婦 Grundy 太太。電話交換機就安置在她的廚房裏。如果你於通話過程中聽到「咔嚓」的聲響，則說明 Grundy 太太正監聽通話內容。村中沒有秘密，亦沒有新聞，尤其是熱點之談，總能飛快地傳遍整個村莊。這是個古怪卻令人愉快的地方。

「柏林圍牆」的起因——那棟醜陋的房子，是一位頂級律師 James Fawcett 及其妻子 Bice（此乃意大利語中的 Beatrice）所擁有的。James 將會為我的人生帶來莫大的裨益。Francis 將我介紹給 James Fawcett 後，我與他很快發現彼此在幾個重要的方面趣味相投。首先，我們都是內殿法律學院畢業，而我剛剛完成法律科目的考試。其次，我們的另一個共同愛好是國際法。他對國際法的知識在世上無出其右，而我則是一名初初踏足國際法的學徒，對這片深奧的法律天地滿是好奇。James Fawcett 為人謙遜，但這份謙遜並未妨礙他的光明仕途：他是國際事務研究所（更廣為人知的名稱是「Chatham House」）所長、歐洲人權委員會主席、國際貨幣基金組織總顧問、聯合國《世界人權宣言》這一真正的歷史性文件的起草者之一。當時我自然沒

有料到，James 和 Bice Fawcett 的小女兒 Charlotte（我也見過她）
會結婚並生誕下一個名為鮑里斯・約翰遜（Boris Johnson）的兒
子——英國的未來首相。

　　對我來說很幸運的是，James Fawcett 開始為我創造機遇
了。他聯繫了同為法律人的御用大律師 Elihu Lauterpacht，其父
Hersch Lauterpacht 是國際法之先驅。沒過多久，我就駕着我的
迷你小汽車，去劍橋與一位名叫 John Collier 的法學教授會面。
他即將成為我在三一學堂（Trinity Hall）的導師。從我的經歷
可知，與一個人（就我而言是 Francis Watson）的偶然相遇，或
能接連打開一扇又一扇的機遇之門。我從未忘記這道理，並時
常將其傳授給即將踏上職業生涯的年輕人。

　　劍橋大學成立於 1231 年，與牛津大學一樣，它是一個由 31
個自治學院組成的學院聯盟，其中最著名的是三一學院（Trinity
College）。在強勢的三一學院附近，有一所規模小得多的學院，
名為三一學堂，有人認為後者更為挑剔。無論如何，三一學堂
成了我接下來兩年在 John Collier 的指導下修讀國際法的安身之
所。這所 700 年來始終走在法律教育前沿的學院給了我前所未
有的體驗——我完全沉浸於法學的海洋中。學院的許多校友都
是著名的律師，學院圖書館中還存有一份由首席大法官 Thomas
Reeve 撰寫的關於修讀法學的手稿，影響着一代又一代的律師，
從偉大的 William Blackstone 爵士到 Glanville Williams 的里程碑
式教科書《學習法律》（*Learning the Law*）。它至今仍是法學

本科學生的標準入門教材。

我在劍橋度過了兩年快樂的時光,起初住在市中心,後來便搬到附近的鄉村,一個名叫 Coton 的小村莊。Coton 除了有一座 12 世紀的古老教堂,再沒有甚麼美麗的風景了。不遠處就是甘遮打(Grantchester),它是一個典型的英格蘭村莊,坐落於劍河(Cam River)邊。魯珀特・布魯克(Rupert Brooke)的詩歌讓它聞名於世,而我之所以記憶猶新,是因為這些詩歌是我多年前在怡保上學時的必讀作品。我時常重讀他 1912 年寫的詩歌《甘遮打的老牧師》(*The Old Vicarage, Grantchester*),它總是令我憶起童年時光。魯珀特・布魯克悲劇的一生也讓他在人們心中佔據了一席之地。他的詩作與他的長相一樣令人着迷(詩人 W.B. 葉慈曾表示布魯克是「英格蘭最英俊的青年」),因此,他 27 歲時因蚊蟲叮咬而猝然長逝就更令人悲慟了。

除了 John Collier,我還有另一位導師名叫 Derek Bowett,是一位國際法教授。他的開創性著作《海事法》(*The Law of the Sea*)至今仍是該科目的標準教科書。每隔一段時間,我都要去見 Derek Bowett 一次,討論我的論文《所謂「不平等」條約與中俄邊界爭端》的進展。

講師 Robert Yewdall Jennings 也曾指導我撰寫論文。Jennings 後來就任國際法院院長一職,並接替 Lauterpacht 成為了劍橋大學的惠威爾國際法教授(Whewell Professor of International Law)。他與他人合著的《奧本海姆國際法》

（*Oppenheim's International Law*）令他為人所熟知，該書是國
際法領域之經典著作。有趣的是，他曾擔任汶萊、阿根廷等多
個國家的法律顧問。我在劍橋遇到的另一位法律人是 Dr. Kurt
Lipstein 御用大律師，他是一位出生於德國的猶太裔學者、比較
法的先驅，也是經典教科書 *Dicey, Morris and Collins: Conflict of
Laws* 的編輯。Lipstein 的大多數學生都認為他為人乏味、毫無幽
默細胞，但我記得有一次他極為罕見地講了一個笑話，聽者皆
大受震撼。這笑話並不令人捧腹，只不過充份彰顯了他的個性。
某次他講課時遲到了些許，便講了如下的笑話：「噢，很抱歉
我遲到了，我剛去羅馬參加我最好朋友的婚禮了。我的朋友是
德國人，他娶了一名法國人。我並不想向他道破，但這樁婚約
於英國是極不可能有法律效力的。」他對比較法可謂十分熱衷。

　　完成論文、經過導師認可後，我獲得了三一學堂的法律學
士學位。論文的題目是關於清朝時期中俄之間訂立的第一份條
約——《尼布楚條約》，該條約訂立於 1689 年，將黑龍江定為
中俄兩國的邊界線，這條邊界至今仍然有效。

　　我第一次參加「五月舞會」（May Ball）之事是我對劍橋
的記憶中格外歡欣的一件。該舞會並非於每年 5 月舉行，而是 6
月。當時是 1971 年，我第一次親身體驗了英國人盛裝打扮、打
上黑色或白色的領帶來慶祝學年結束的習俗。大家都喝得醉醺
醺的，舞會從晚上 9 點一直持續到第二天早上 6 點，徹夜狂歡後，
我和朋友們都暈頭轉向，幾乎站也站不穩了。

隨着我拿到法律學士學位及完成內殿法律考試，我又回到倫敦，準備作為新晉大律師開始我的見習生涯。我的朋友 James Fawcett 再次打了幾個電話，動用了一些關係來幫助我。他好心地把我介紹給 John Foster——一位活躍的御用大律師、同時還是國會議員及政府部長。他安排我成為他一位辦事處同僚、專攻民法的 Stanley Brodie 御用大律師的徒弟。John Foster 的一生多姿多彩，他的訃聞如此描述他：「他是個相信人類應當把快樂最大化的天才本瑟姆派功利主義者」。他與一位名為 Lulie 的公主有一段長期的戀情，我有幸見過她幾次。據聞，她是第一位進入牛津大學學習的穆斯林女性，出身於一個顯赫的家庭，其父曾是外約旦（今約旦）的首相。

Francis Watson 於許多其他方面也對我慷慨相助。透過 Francis 我認識了一系列的社會名流，例如 Ian Fleming 的遺孀 Annie Fleming 及其子 Caspar。可憐的 Caspar 啊，父親去世後，他（作為獨子）繼承了「占士邦 007」系列書籍的全部版權及版稅；可是 Caspar 適應不了繼承得來的名聲和財富，最終自殺了。如果他還在世，他應該是地球上最富有的人之一。Francis 還把我介紹給了戴安娜王妃的父親 "Johnnie" Spencer 伯爵及他當時的妻子 Rayne（Spencer 家族的其他人都對她出了名地憎惡）。Francis 在劍橋時曾與一群極為優秀的學生為伍，這群人後來卻被發現是蘇聯間諜，他們是：Kim Philby、Donald Maclean、Guy Burgess、John Cairncross 及 Anthony Blunt。最後

提到的 Anthony Blunt 令 Francis 的處境有些尷尬，因為 Francis 曾舉薦他去英女皇伊莉莎白處擔任重要職務。1979 年，當「叛徒 Blunt」的新聞登上各大報章時，Francis 正好在美國普林斯頓大學高級研究所（Institute of Advanced Studies）擔任客席教授。電話鈴響了，電話裏的聲音説：「我是倫敦《每日郵報》（*Daily Mail*）的編輯。我想和你談談 Anthony Blunt 的事」。Francis 飛速掛斷電話，將電線從牆上的插槽中拔了出來，之後好幾個星期都拒絕接聽來電。這五人間諜集團在英國被稱為「劍橋五諜」（the Cambridge Five），在蘇聯卻被稱為「五英豪」（the Magnificent Five）。有段時間，有傳言説 Francis 是「間諜五號」，但當 John Cairncross 於 1990 年被斷定為第五名間諜時，流言也不攻自破了。不用説，Francis 在劍橋時也認識 Cairncross。

我於 1988 年被委任為御用大律師時，Francis 非常熱心地專程飛到香港參加了委任儀式及之後於香港會舉行的派對。他那時已年老體衰，我總是親切地想起，他坐在一張舒適的椅子上，手持拐杖與所有他從未見過的香港律師聊天的情景。他一向喜歡有趣的閒言碎語。

1969 年 21 歲，
獲英國大律師資格。

1969 年，前往倫敦途經羅馬。

我與 Graham

快樂時光

我們從別人身上學到的東西，
也會變成我們個人的反思。

——愛默生

6

羅弼時爵士
紳士之典型

羅弼時爵士（Sir Denys Roberts，1923-2013）乃殖民地香港的最後一位非華裔首席按察司。他深愛香港，為其服務了將近 30 年。他還有着傳奇般的幽默感，不時提醒新晉大律師尤其是辯方代表律師「永遠別問你不知道答案的問題」。[1]

於香港的漫長職業生涯中，羅弼時爵士以典型英國紳士的形象而聞名於世。他總是彬彬有禮，即使對法律界資歷最淺的成員也是如此，他的人性和風趣是眾所周知的。他的餐後演講是同類演講的典範，總是即興演講，不用演講稿，還充滿了幽默的趣聞。他又以濃密的眉毛和節制的生活方式著稱，很少飲酒，午餐經常只吃一個蘋果。有句受人傳誦的英文諺語：「每

1　《護法──金牙大狀回首昨天》；清洪著；2008 年，第 13 頁。

天一蘋果，醫生遠離你」，這種飲食習慣似乎對羅弼時爵士非常有效。

首先，我們應回顧 Denys 在香港歷史中所扮演的重要角色。他最初加入殖民時期的英籍公務員隊伍時，是在尼亞薩蘭〔Nyasaland，今馬拉維（Malawi）〕擔任檢察官。1962 年他以法律政策專員（Solicitor-General）的身份來到香港，並於 1966 年成為當時的殖民地首任律政司（該職位現更名為「律政司司長」）。短時間內，他先後升任輔政司、布政司及首席按察司等職務。這紀錄是其他政府公務員無法比擬的。1978 年，他甚至短暫地擔任過署理港督，是偉大而深受愛戴的港督麥理浩的好友。有趣的是，雖然他是一名有執業資格的大律師，但在出任首席按察司之前，他從未擔任過法官，這引起了某些司法界人士的嫉妒。然而，他作為一名能幹的行政人員，負責興建了新的高等法院及區域法院大樓，此舉立即為他贏得了經久不衰的名望。有些律師可能還記得，一年一度的法律年度開啟典禮得以恢復也得歸功於羅弼時。而也許沒有多少人記得的是，他還是一名狂熱的網球及壁球愛好者，在元朗還有一個以他名字命名的壁球場。無論如何，我可以很自豪地說，我與 Denys 有着幾十年的私人交情，自 1988 年他從香港退休後，我有幸拜訪了他許多次。

從香港退休後，Denys 傑出而長青的法律生涯仍在繼續，他出任了百慕達上訴法院院長及汶萊首席大法官的職位。即使

在從香港退休前，他也定期去石油資源豐富的汶萊（乃一夾在馬來西亞東部沙巴州及沙撈越州之間的國家）擔任副按察司（puisne judge）[2] 和上訴法院法官。他總是知曉許多軼事，有許多關於汶萊生活和汶萊王室的詼諧故事可說。他最喜歡的兩個故事令我記憶猶新。

從各方面來看，汶萊的蘇丹一向都是親英派，與英國皇室保持着密切的聯繫。甚至有傳言說，於英國的黑暗時期、戴卓爾夫人擔任首相時，若不是蘇丹出資協助，英鎊將面臨災難性的崩盤。蘇丹有足夠資金來撐起英鎊，鑒於汶萊一向是英國的重要投資者，他也非常樂意這樣做。Denys 回憶說，當蘇丹與他為數眾多的家族成員到訪新加坡購物時，為了使家人在購物期間有一個熱情好客的住處，蘇丹買下了彼時新加坡最頂級的酒店之一的假日酒店（Holiday Inn）。蘇丹的家族成員難免開始感到厭倦，想換個地方，這是可以理解的。最終，他們選擇了倫敦。為了滿足大家庭的需求，蘇丹買下了位於倫敦公園徑（Park Lane）的多徹斯特酒店（Dorchester Hotel），為家人的購物狂歡之旅提供了新的避風港。他們的勞斯萊斯車隊可以在幾分鐘內駛到龐德街（Bond Street）。當他的其中一位妻子抱怨她乘坐的汶萊皇家航空的小型客機要停靠加油兩次才能飛抵倫敦時，蘇丹表示「沒問題」，並買了一架更大的飛機，可以

2　陪席，發音為 puny，源自拉丁語和古法語，意思是「年青」或「低階」，一個絕對的法律名詞。

直飛倫敦。對了，機上的廁所都是鍍金的。

Denys 的另一個故事更具法律色彩。有一次，Denys 接手了一項艱巨的任務：就涉及蘇丹皇室成員的家事案件作出裁決。案件的細節或許與我們無關，但當時的法律顯然對蘇丹的親屬不利，而對另一方有利。於心理上，這顯然是一個左右兩難的抉擇。一方面，Denys 是由蘇丹任命的司法人員，無論怎麼說，這王國某種程度上可由蘇丹一手掌控。另一方面，Denys 有責任適用法律，即使這樣做將得罪蘇丹及其親屬。Denys 一向忠於自己的法律原則，因此他感到自己必須作出對蘇丹的親屬不利的裁決，儘管他對可能招致的後果有些擔憂。於是乎 Denys 判處蘇丹敗訴了。蘇丹以皇家的風度、毫不猶豫地接受了 Denys 的判決，不過立即對法律做出了具有追溯力的修訂，使得該判決可被迅速地推翻。或許這就是真正的（汶萊式）法治精神吧。

我印象中汶萊法律界還有一位人物乃是 Mohammed Saied 法官。在香港還是殖民地時、1963 年汶萊加入馬來西亞聯邦失敗後，英國與汶萊之間達成了一種協議（無論是默示與否），即香港的首席按察司通常也會出任汶萊的首席大法官。這一安排的主要目的是維護汶萊法治健全、司法獨立的國際形象，特別是鑒於英國和其他國家於汶萊及其石油工業擁有大量投資。實際上，即使到了今天，英國仍有軍隊駐紮汶萊，為英國在該區域僅存的軍事基地，專供叢林戰的訓練。

Denys 的繼任者是一名華裔，也是出任香港首席按察司的

第一名華裔。雖然汶萊皇室能夠接受英國佬出任首席大法官，但在穆斯林佔絕大多數的社會中，華裔首席大法官被認為是不理想的。解決這一難題的妙計為：當 Denys 從香港退休後，繼續委任他為汶萊首席大法官。

幾年後，Denys 仍擔任汶萊首席大法官時患上了輕度中風，因而蘇丹決定任命 Mohammed Saied 為他的繼任者。Mohammed 不僅是一名穆斯林，他的法律功底也很好。他來香港擔任裁判官之前，曾於烏干達擔任首席大法官。Mohammed 對 Denys 感激不盡，因為當臭名昭著的烏干達總統 Idi Amin 摧毀該國的司法機關和經濟後，Mohammed 逃到了倫敦。所幸他遇見了 Denys，當時急需一份工作的 Mohammed（他以烏干達貨幣結算的退休金與烏干達經濟一齊煙消雲散了）告訴 Denys 他願意考慮香港法律界的任何職位，無論是在律政署還是司法機關。一向善良的 Denys 便委任 Mohammed 為裁判官。許多法律從業者都會記得，Mohammed 是一位溫暖而有人情味的裁判官，而我亦能惴惴不安地説，他是我等辯護律師口中「並非一心想着檢控」的裁判官。能力出眾的 Mohammed 很快被提拔到區域法院，又升任為高等法院法官，此後又出任了汶萊的首席大法官。

Denys 的一大優點是，儘管他擁有眾多的頭銜和崇高的地位，他是個非常平易近人的人。他很樂於了解整個社會中正在發生甚麼，街上的普通市民正在想些甚麼。在他的自傳 *Another*

Disaster: Hong Kong Sketches 中，他寫道：

> 我每個月都要聽一次裁判法院的上訴。我告訴大家，
> 這種做法使我能夠隨時了解下級法院的情況，而下級法院
> 反映的是他們所處的社會。[3]

Denys 決定審理這些裁判法院的上訴實乃一件幸事，因
為他就是在其中一次庭審中遇見了他仍年輕的未來妻子 Fiona
Alexander。他在回憶錄中坦然揭示：

> 她做這事的時候，我更仔細地觀察了她。即使戴著一
> 頂不能安放於女性秀髮上的假髮，她也是一位很迷人的女
> 性。她的法袍很大程度上掩蓋了她的身材，儘管當她向前
> 傾時，我可以見到她的身材十分值得稱讚。[4]

Fiona 確實是一位魅力十足的女性，無論是外表還是內涵。
我很榮幸她是我最好的朋友之一。Fiona 和 Denys 好心地請我做
了他們的獨子 Henry 的誼父。

Fiona 出身於威爾斯的一個傑出律師家庭，她曾是律政署的
檢察官。1985 年，兩人在汶萊結婚後，她不得不放棄工作，轉

3　*Another Disaster: Hong Kong Sketches*，羅弼時著，2006 年，181-182 頁。
4　同上，第 182 頁。

而成了山頂 Hulme House（首席按察司官邸）的迷人女主人。
Denys 去世後，Fiona 說他是最浪漫的丈夫。

我亦有幸認識及景仰其他已退休的法官，廖子明（Benjamin
Liu）法官及胡國興法官是其中兩位。廖子明先生於 1999 年作
為上訴庭法官退休時，我們已成了至交好友，以至於他大方地
將他的及肩假髮（full-bottom wig）贈予了我。非法律界人士可
能不明白，及肩假髮是資深大律師僅有兩個場合用得上的馬鬃
假髮，其中一個只會發生一次。其一是被委任為資深大律師時，
其二是在法律年度開啟典禮上，而這典禮不是必須參加的。雖
說如此，對於任何一名大律師，及肩假髮都是非常有感性價值
的珍貴物品，因此我非常感動，亦非常感激 Benny 將他的假髮
贈予我。我時常將它從鐵皮盒子中取出來晾曬、撫摸，心中勾
起一些親切的記憶。

由於 Benny 是一名民事法官，而我傾向於做更多刑事案件，
所以我只有區區幾次於上訴法院來到 Benny 席前。他總是對所
有法律界人士都彬彬有禮、耐心細緻，許多大律師都認為他是
羅弼時的華裔版本，是一名一流的紳士，機智、人性又良善。
全因政治上的權謀，Benny 未能升任首席按察司。不過這不足掛
齒，正因為未擔任過首席按察司，Benny 方得以享受退休後活躍
至極的社交生活，並極大地擴展了他的朋友圈。[5]

5　他的密友包括 Peter Cheng、M. K. Koo 和 Eric Wong。

　　胡國興法官於 2011 年退休，官至上訴庭副庭長。他曾擔任選舉管理委員會主席等多項公職，並於 2006 年出任截取通訊及監察事務專員。該議題深入我心（屬於法律的部份），因為我參與了幾宗相關的早期案件，其最終推動了《截取通訊及監察條例》的立法。[6]

　　於職業生涯初期，我與「KH」（法律界都是這樣稱呼他的）共享一間大律師辦事處。與廖子明一樣，KH 也是專攻民事案件，因此我們於職場上幾乎沒有交集。但這未有妨礙我對 KH 的景仰，無論是作為朋友還是作為法官。KH 退休後，我為他舉辦了一場晚宴，這位法官的朋友都對他想念極了，以致有足足 83 名賓客到場。出席人數之多，乃其人氣經久不衰、業界對其敬佩有加之明證。我發表了幾句感想，並引用了他於兩件刑事案件中的判詞。其一是一宗裁判法院上訴案，KH 分析證據、裁定上訴得直後總結道：

> 　　由於控方證人一的證據不能令人滿意，基於上述原因，本席認為裁判官作出的判決是不穩妥的。因此本席裁定上訴得直，撤銷定罪並擱置判刑。

　　另一宗刑事上訴案的被告人沒有法律代表，KH 於判決書中寫道：

6　《護法——金牙大狀回首昨天》，清洪著，第 151 頁。

考慮到本案的所有情況，我對控方證人對事件的描述是否完全正確或真實感到潛在的疑慮，並且認為定罪是不穩妥的。因此我裁定上訴得直，撤銷定罪並擱置判刑。[7]

非法律界人士閱讀這兩段節錄之後，可能感到無甚特別，然而對於法律界人士來說，這兩段文字卻是至關重要的。胡國興於該兩宗上訴案中的裁決是基於普通法的發展，如今已寫入《刑事訴訟程序條例》（第 221 章）第 83 條中。其判例法中的先例為 R v. Cooper 一案。該案中，英國上訴法院表示：

如果本庭考慮過案件的所有情況，認為陪審團的裁決是不穩妥的，本庭就必須撤銷裁決、裁定就定罪上訴得直。換言之，於此類案件中，法庭最終必須向自己提出一個主觀的問題，即本庭是否滿足於維持現狀，抑或本庭心中仍有一些潛在的疑慮，令本庭懷疑有否不公之事發生。此類反應未必須要嚴格建基於證據本身，亦可出自法庭對案件的整體印象。

於香港，若下級法院的斷案思路於某種程度上是合理的，

7　HCMA74/1999

大多數上訴法官都不會裁定上訴得直。我敢說這並不符合香港刑事司法制度透過《刑事訴訟程序條例》（第 221 章）第 83 條所傳達的精神。

我相信一些年輕讀者未曾聽說過某些偉大法官的名字，例如 J.G. "Blue" Wilson、Henry Daniell 法官或 Tom Gall 法官。隨着法官紛紛退休，關於他們的記憶也隨之消散。因此，雖然羅弼時作為首席按察司為本港司法制度的發展作了巨大貢獻，本港卻沒有舉行追思會來緬懷他，對此我並不感到意外。現在仍有一兩塊刻有他名字的牌匾，不過我希望這短短一章能激勵青年讀者緬懷羅弼時爵士。他是我的良師益友。可惜，羅弼時爵士於 2013 年 5 月 20 日星期日於英國諾福克（Norfolk）去世，享年 90 歲。

我也想在此記錄另一位老友、前首席法官梁紹中（Arthur Leong Shiu-Chung）的不幸逝世。Arthur 與病魔鬥爭已久，於 2010 年 8 月因病逝世，年僅 74 歲。他曾好心地為我較早的著作作序。同樣為我作過序的 Michael Wilkinson 教授亦於 2019 年 2 月過世了，令人惋惜。我非常懷念他們。

最後，對已故大法官阮雲道致以傷感的告別。

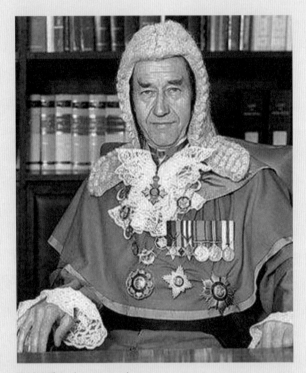

羅弼時爵士（1923-2013）

歲月悠悠，憶往惜今。

資深大律師穿戴袍服與及肩假髮
（full-bottom wig）

阮雲道大法官和 Mable

鏡子是個毫無價值的發明，
只有從別人眼睛的反映中
才能看到真正的自己。

——伏爾泰

7

大牌檔
熟食攤販

　　經營熟食的小販一向是香港的一個社會問題。他們是足智多謀的企業家，一心賺取利潤，這樣看來，他們代表了香港最優秀的一面。不同於將小販有效劃入屋邨和熟食中心的新加坡，多姿多彩、活力四射的熟食攤販是香港的樂趣之一。

　　許多香港人居於狹窄擁擠的「籠屋」內，因此於露天大牌檔用晚餐或許是一件令人放鬆的新鮮事，尤其是在較為乾爽、清涼的月份。食物環境衛生署（食環署）乃一強大的政府部門（或許應稱其為「機關」），負責管理小販之艱巨工作。食環署的工作類似於坊間流行的街機遊戲「打地鼠」，即用木槌捶打從洞中彈出的地鼠。將所有地鼠打回洞裏並非易事，管理大牌檔亦是如此。新冠疫情期間，食環署僱員還須額外承擔確保食肆中兩枱之間至少相隔 1.5 米的職責。

我曾一度代表位於大坑之民聲冰室的老闆。這是一間小型的本地食肆，只有幾張枱和十來個座位，規模很小，名聲卻很響亮。名菜蒸肉餅及口水雞是由當事人 Carol 的雙親於五十多年前發明的。正如其他所有傳奇餐廳一般，民聲乃世代相傳的家族生意，Carol 的三個兒子也在這裏工作。以我所知，這間食肆於新冠疫情中倖存了下來，甚至經營得蒸蒸日上。[1]

該食肆空間既小，名氣又大，所以難免要在門外的行人路上多擺放幾張桌椅，以滿足需求，這也是慣常的做法。食環署人員亦知道這情況，所以不時就違規佔用行人路而發出告票。

該控罪於《食物業規例》（第 132X 章）第 34C 條中有定義，不過，干犯該罪的情況相較遵守該條款的情況要多得多，因為每間成功的大牌檔都佔用了行人路或道路的空間。食環署目標遠大，要將那些於「**所劃定的食物業處所的範圍以外的任何地方，經營食物業，或安排、准許或容受他人在或從該地方經營食物業**」的持牌人一一懲治。但事實是，如果大牌檔不得於劃定的範圍以外經營，許多大牌檔都將面臨倒閉。這就是經營大牌檔的企業家寧願繳交 34C 條罰款的原因。他們將其視為一項常規開支。但「食肆扣分制」則不然，這或許會對他們的生意造成致命打擊。

干犯第 132X 章第 34C 條會被扣去 10 分，而如果於 12 個

1　大牌檔的命運與所有家族經營的小型零售生意類似，接連遭受了街頭示威及新冠疫情的打擊。

月內被扣足 15 分或以上，則會被停牌 7 天。亦有規定訂明，如已被停牌兩次，食環署則可完全撤銷其牌照。

因此，食環署人員有寬泛的酌情權決定是否提出檢控。人人都知道，這與管理違例建築物的制度類似，衛生督察可以因種種原因對之視而不見，亦不提出檢控。

Carol 遇上了一個大麻煩。2011 年 11 月，一隊食環署人員針對她的食肆進行執法。一名姓梁的食環署主任見到兩張枱及七張座椅被非法擺放在「劃定的範圍以外」，便立即向她的兒子發出告票，指其違反了第 132X 章的規定。雪上加霜的是，這已是該食肆於過去 12 個月內第二次干犯第 34C 條，如果罪名成立，這必然會對食肆的經營造成嚴重甚至是致命的衝擊。

該案其後的發展出乎意料。梁主任聲稱，發出告票後，她於辦公室接到了 Carol 的電話。她聲稱 Carol 以粗言穢語辱罵她、詛咒她，關鍵是 Carol 還威脅了她。根據控方案情，Carol 於電話中說：

> 「啲仔都同我講，阿媽咪，我寧願坐監都唔會畀人釘我哋牌……
>
> 「我哋死之前都會寫血書，搞死你哋，我唔怕死㗎……
>
> 「我成舖頭都係爛仔，有咩好怕，要知你哋住邊度有幾難？睇吓你哋仲有冇腳返屋企㗎……」

梁主任表示，儘管她當時身處辦公室的私人空間內（直線距離大約兩公里），她仍感到十分驚恐，並立即將這番說話記錄於紙上，以便日後於法庭程序中作為證物。更非同尋常的是，梁主任聲稱這次通話持續了大約 30 分鐘。Carol 被控以刑事恐嚇罪。

於審訊中，我得到了我的得力助手藍雪溫小姐的協助，她與事務律師莊凌雲、見習律師陳匡珉一齊精心準備了辯方案情。我方的事務律師與控方之間進行了大量書信往來，以督促控方作出就某些事項的全面披露，包括 2011 年 11 月事發之前雙方之間發生的事情。

此案原本已排了期，並交由東區裁判官沈智慧審理，但由於控方未能作出全面披露，審訊不得不押後。

押後的審訊其後被交給東區裁判法院的另一名裁判官審理。控方於辯方的特別要求下披露的資料顯示，前一年（即 2010 年 5 月）也有一起事件發生，涉及另外三名食環署人員及兩名警察。當時 Carol 的兒子 Yan 亦在食肆內，他與該三名食環署人員起了爭執（包括粗言穢語）。其中一名食環署人員其後報案，指 Yan 曾威脅要將食環署燒成灰燼及謀殺該署職員。另外兩名食環署人員亦作了類似供詞，支持其同僚的說法。

所幸，兩位明顯與食環署無關的警員也剛巧在場，目睹了事情經過。該兩名警員表示沒有聽到 Yan 作出任何威脅，與食環署人員的供詞相抵觸。

Yan 其後於 2010 年 6 月被拘捕，但由於食環署人員與警員的口供互相矛盾，Yan 免於被檢控。該起較早發生的事件及食環署人員存心報復的可能性，在 2011 年針對 Carol 的案件中成為了關鍵。

梁主任供稱，她認識 Carol 的時間點遠遠早於 2011 年 11 月發生的事件。她早在 2010 年便認識 Carol 的家人，甚至曾邀請 Carol 到訪她的辦公室與她商討某些事項，過去也曾與她通電話。可見，梁主任與 Carol 的關係似乎穩定而務實，至少過去是如此。

於審訊中，我向梁主任指出，她就 2011 年的事件作出證供並非真實無訛，Carol 並未威脅或恐嚇她。我想只要她承認這通電話持續了三十多分鐘，任何理性的裁判官都不可能判 Carol 有罪。

從三十分鐘的通話中隨意挑揀出幾句對話似乎令人生疑，而且也沒有辦法核實所說的內容。此外，我一向梁主任指出早前 2010 年涉及 Carol 兒子的事件，她就退縮了。Carol 很快便獲無罪釋放。

食環署的僱員不一定過得輕鬆，這一點我們都理解。他們的工作往往非常艱辛，還須忍受經常性的言語侮辱及威脅。不過，即使 Carol 的確說了幾句威脅的話，恐怕那只不過是法律中的「狂言亂語」（wild and whirling words），莎士比亞則會將其形容為「雖聲嘶力竭，卻毫無意義」（full of sound and fury, signifying nothing）。

　　我希望讀者下次到訪大坑時能幫襯民聲冰室，不過請謹記，一定要於「**劃定的食物業處所的範圍**」內就座。我想這「劃定的範圍」得張貼於顯眼之處供食客參閱。否則，你的晚餐可能會被眼尖的食環署職員打斷。

　　此類「大牌檔案件」很容易招致富人的反感。但事實上諸如此類的小案才反映了香港的真實模樣，才是大多數香港人日復一日「搵銀」、交租、於法律劃定的範圍內艱難求存的真實寫照。相比大牌檔的經營者，那些為上億的合約爭論不休，競拍天價地王的大亨的人生可謂安逸極了。

能人背後總有其他能人。

8

答辯協商
有失有得

❦

　　答辯協商（plea bargains）是指以法庭或控方為一方、被告為另一方達成的互利協議，譬如被告承認較輕的控罪，以換取較輕的判刑，從而節省了刑事檢控的開銷和時間成本，從而令雙方都感到滿意。

　　與法官進行答辯協商一度是非常普遍的現象，其於香港司法制度中一度扮演了重要的角色。不過由於在 1980 年代發生了多起不幸的事件，這便捷的制度已不再為人所接受。與法官達成的交易不復存在，其後果之一就是訟費增加。我記得我剛開始作為刑事大律師執業時，辯方律師幾乎是習慣性地會去內庭面見裁判官或法官，以了解是否有可能達成答辯協商。大多數法官也鼓勵於內庭進行這種討論，因為答辯協商可節省大量時間。一旦交易成功，或許十分複雜的正審便突然簡單了起來，

茶歇及午休也令人愉快地長了起來。向法官提出一個誘人多汁的答辯協商，通常無異於在老虎面前揮舞生牛排。可悲的是（對任何一方都是如此），如今無處不在的錄音機象徵着私隱的終結，沒了私隱，答辯協商亦變得不可能了。很快，「所有法庭程序都必須錄音」就成了一種規矩，而由於裁判官和法官的私人內庭沒有錄音設備，關於法律程序的討論就無法展開。內庭沒有錄音設備一事常常引致律師與法庭之間的誤解，發生幾宗尷尬的事件後，律師於正審過程中受邀進入法官內庭的情況就越來越少了。

除了去內庭私下商討之外，還有一種做法是在向公眾開放的法庭上進行答辯協商。但英國法院一向反對這種做法，它被認為有損公平公正、不可動搖的法律制度的完整性。Lord Scarman，英國最傑出的法官之一，對此有一廣為人知的評論：

> 我們的法律不允許被告人與法庭就判刑討價還價，如果法庭中發生一些事情，令人覺得看似有這種交易出現，則必須非常小心地確保這種表象得到糾正。[1]

這就是為甚麼香港忠實地效仿了英國的制度，並且幾乎禁止了於公開法庭上與法官進行答辯協商。表象即是一切，而討

---

1   R v Atkinson (1978) 7 Cr App R 200

價還價被視為有失身份的舉動。美國的情況則恰恰相反。答辯協商於美國法院是一項根深蒂固的制度，於司法制度的運作中起着至關重要的作用。此事稍後再談。

另一種答辯協商是控方與辯方之間的交易，譬如被告人承認較輕的控罪，作為回報，控方同意撤銷較為嚴重的控罪。這種形式的答辯協商於香港時常發生，儘管裁判官與法官在某些情況下有酌情權拒絕接受這種交易。毋庸置疑，法官、裁判官極少行使這項酌情權，因為即使法官拒絕該答辯協商，這種威脅也不過是空談而已，因為控方享有「不提證據」（offer no evidence）的絕對酌情權，可使被告人就有關的控罪全身而退。

讓我以一宗我經手的涉及答辯協商的案件為例。我對其抱有極大的疑慮，我曾經捫心自問：我的當事人真的干犯了較輕的罪行嗎？為了達成交易他必須承認該控罪嗎？該案及其事實相對簡單，但對被告人來說，後果可能是災難性的。

一名 24 歲的青年（方便起見，我稱他為 Charles），某天晚上與朋友外出遊玩。那是個熱鬧的星期六夜晚，他去了一間最時髦的酒吧。大量香檳下肚後，他的情緒自然高昂起來，以致他與友人們離開酒吧時與人發生了一些小爭執。當時自動扶梯上擠滿了人，人們摩肩接踵，抱怨與喊叫隨之而來。這是件微不足道的小事，但於酒精作用下，爭吵很快發展成了毆鬥，拳打腳踢亦有發生。所幸閉路電視將該次打鬥拍攝了下來，影片回放清楚顯示我的當事人並不是施襲者。不過，當警方趕到

時，這根本於事無補。你可以同警方理論到臉色發青，堅稱你還手是出於自衛，但警方幾乎必然會表示：在他們眼中，鬥毆就是鬥毆，因此警方會拘捕所有相關人士。

警方到場之後，接着發生甚麼事的描述就變得模糊了起來。警方的說法是 Charles 被拘捕時情緒激動，大喊大叫，還向一名警員潑水。此外還有一項指控：他向同一名警員擲了一個裝了水的膠樽。這些純屬一時衝動的行為導致 Charles 被控兩項罪名：在公眾地方打鬥，以及襲擊在正當執行職務的警務人員。

Charles 家境優渥，曾於英國和加拿大接受教育，並曾於一間知名的香港金融集團就職。他已結了婚，他的妻子幾個月內就要為他誕下子嗣。那個晚上的鬥毆及與警方發生的摩擦顯然完全與他的個性不符。

「在公眾地方打鬥」的控罪不了了之，因為閉路電視的清晰度不佳，無法辨認出有誰參與。Charles 的朋友也被無罪釋放，控方未有提交任何證據。

這樣一來，可憐的 Charles 就得面對襲警的指控。儘管圍繞該控罪的案情不過是小事一樁，警方還是極不明智地選擇依賴香港法例第 232 章《警隊條例》第 63 條檢控 Charles。

出於未知原因，關於襲警罪的法律條文至少有兩條，分別是《警隊條例》（第 232 章）第 63 條及《侵害人身罪條例》（第 212 章）第 36 條。警方選擇使用哪一條例，對 Charles 這樣的被告人來說，可能會產生巨大的影響。

第 63 條和第 36 條從表面上看是類似的，但被定罪導致的後果卻可能大相徑庭。過往的案例顯示，於《警隊條例》第 63 條下，即使是初犯也可能被判處監禁刑期，而《侵害人身罪條例》第 36 條則給予法官寬泛的酌情權裁定如何判刑。究竟以第 63 條還是第 36 條檢控被告人，完全是由警方或律政司的檢控官（如警方詢問其意見）酌情決定。

Charles 最初否認他故意將水潑向警員，亦否認他向後者投擲水樽。他的說法相當可信：他當時手持水樽，在警員拘捕他的過程中（他認為警員反應過激了），他掙扎了一下，水樽從他手中滑了出來，水潑到了警員身上。

此案看似非常簡單，但對這名或有光明前途的青年人來說，後果可能是災難性的。他被裁判官定罪的可能性不容小覷，因為襲警罪的控罪元素非常寬泛，並且很容易證明。令我左右兩難的是，我是否該冒險建議 Charles 不認罪，明知法庭可能判他有罪，從而導致他不可避免地被判處短期監禁，從而毀掉他的職業生涯？還是說我應該建議他與控方達成交易，令他承認《侵害人身罪條例》第 36 條下的控罪呢？

事後回顧時，對此類兩難問題的答案往往是顯而易見的，但在氣氛緊張的法庭上，我們卻時常在不同的答案間搖擺不定。Charles 非常理性地接受了我的建議，與警方進行了談判，承認了《侵害人身罪條例》第 36 條的控罪。最後他被判處緩期執行的短期監禁。

另一宗答辯協商⋯⋯

　　另一宗涉及答辯協商的案件要嚴重得多，亦是起於某個星期六晚上發生的事件。被告人黎先生於當晚被拘捕了。

　　根據警方的說法，星期日凌晨時分，警方觀察到被告人正以狂亂的方式駕車，因而截停了他。被告人當時坐在駕駛座上，據稱夜晚的空氣中瀰漫着一股濃烈的酒氣。

　　因拒絕接受酒精呼氣測試，被告人因「未能提供涉嫌干犯交通罪行的人士之呼氣樣本」而被正式拘捕。鑒於他沒有造成涉及其他車輛或他人的交通意外，即使被定罪，黎先生也極不可能被判入獄，特別是考慮到他背景良好。他所面臨的最嚴厲的刑罰無非是被停牌一段時間，這是不可避免的。入獄的可能性微乎其微。

　　然而，正如此類時刻時有發生的那樣，事情進展得並不順利。事實上，事態變得糟糕透頂了。根據警方的說法，在前往灣仔警署的途中，被告開始狂毆三名警員。即將從警車上下來時，他又轉身衝回警車的車廂裏，這時他不慎滑倒了，兩名警員見到此情景，好心地扶住了他。黎先生不但沒有感激他們的幫助，反而踢中其中一名警員。另一名警員前來協助他的同僚，被告人又用右肘擊中該警員。最後，當第三名警員制服被告並為他戴上手銬時，他又捉住並扭傷了第三名警員的左手。一項微不足道的「未能提供呼氣樣本」的罪行，對年輕的黎先生來

説，已然成了一場噩夢。他還得面臨另外三項襲警的指控，不用説，警方選擇了更為嚴重的《警隊條例》第 63 條。

被告人提出了一項難以行得通的辯解：警方冷酷無情地毆打了他。

黎先生出身優越，曾在英國接受大學教育，有望成為前途無量的股票經紀人。他當時只有 28 歲，他的同事、朋友都紛紛寫信來佐證其背景和良好的品性。

所幸，黎先生在被警方拘留期間曾尋求醫療服務，當時拍攝的相片顯示了他的傷情。就其中一部份相片展示的傷勢，警方可能很難於法庭上作出辯解。

這種情況下，辯方律師往往左右兩難。該如何建議當事人呢？警員已就他們如何被被告人毆打作了數份口供，儘管該些口供或已構成妨礙司法公正。醫療報告顯然傾向於顯示被告人的説法更有可能為真。問題在於，被告人是否應該承受被定罪的風險？因為如果法庭接受警方的説法，被告人將不可避免地面臨 12 至 15 個月的長期監禁。如快速翻查江樂士與張維新所著的 *Sentencing in Hong Kong* 一書，可知此類控罪慣常的判刑為監禁刑期。該書的編者評論道：

鑒於有必要阻嚇這類行為及確保在正當執行職務的警員的人身安全，判處入獄是標準的做法。[2]

---

2 *Sentencing in Hong Kong*; Cross and Cheung 著；第 722 頁。

以上就是我建議黎先生考慮答辯協商的原因。鑒於上述的醫療記錄和相片，警方欣然同意了有關建議，而黎先生承認了三項較輕的「拒捕」控罪。

我於東區裁判法院主任裁判官錢禮（Bina Chainrai）席前為黎先生求情，並提交了前述的醫療報告以揭示他的傷情。見到傷口的彩色相片後，我想裁判官應該對被告人產生了同情。被告人立於裁判官面前的被告席中，被判處繳納幾千元的罰款。黎先生作為股票經紀人的職業生涯得以保全。

而在美國，答辯協商是在一個完全不同的層面上進行的，許多人聲稱它已完全失了控。我將於下一章探討這個問題。

能屈能伸者才是最後的贏家。

9

辯訴交易
美國人與廉署的做法

在美國，答辯協商還有另一種形式（香港亦廣泛採用），那就是控方與第三方（通常是控方指稱的刑事罪行中的共犯）之間進行的交易。這種交易給予該名共犯大幅度的刑期扣減，作為交換他或她必須承認一項較輕的控罪，並就其他共犯的罪行作供。於香港，大量使用這種形式的答辯協商是廉政公署（簡稱「廉署」）慣用伎倆。我不清楚具體的統計數據，但可以肯定，於廉署檢控的案件中，有相當多的比例是依賴共犯的證供的。

以我個人的記憶，我已數不清我辯護過多少案件其中有涉及廉署及為其所用的共犯了。不過以下的案例或能很好地闡明我想表達的觀點。

「權證之王」一案 [1]

有一宗有趣的案件引起了媒體的廣泛關注，那就是 Raymond Ng 及其妻子的案件。該案有幾名被告，不過此處我們只須要關注 Raymond 與其妻子。我原本同時代表這兩夫婦，但因潛在的利益衝突，庭審時我只代表丈夫出庭，妻子則由我朋友夏偉志資深大律師代表。

該案涉及衍生權證的交易，而衍生權證是一種備受我們絕妙的資本主義制度所喜愛的、高度專業化的金融產品。簡單來說，衍生權證賦予投資者權利，以預先設定的價格買入或賣出掛鈎資產。此類權證可於指定的到期日之前買入或賣出。在我們高度完善的資本主義制度中，發行衍生權證時可將其視為於一系列資產中的投資，包括股票、股票指數、貨幣、商品及證券組合。

針對 Raymond 的指控是 [2]：於 2005 年及其後，他策劃了一個所謂的權證操盤計劃（warrant pushing scheme），還有一個內地的辦事處供其「中樞神經」運轉。有人於香港開設了多個交易賬戶，而權證操盤計劃的成員則利用這些賬戶進行交易。

主謀 Cheung Ching Ho 直接掌控着內地操盤手每日的運作。

---

1 HKSAR v Ng Chun To, Raymond, Lam Sze Hang, Leo, Sun Chor Fun, Polly , Cheng Yuen Yi (DCCC405&895/2009)
2 關於此案的大部份細節出自我的記憶、記錄或上訴法院的判決書 (CACC178/2010)，當然還有維基百科。

這些操盤手之間互相買賣權證，其目的明顯是為了推高有關權證的交易額，從而造成有交易活動的假象。

這成功地誘使一些無辜的投資者（尤其是願意承擔風險以快速獲利的那些）購買權證，而賣出權證的內地操盤手則賺取了可觀的利潤。在此情況下，權證通常會回售予權證發行人或流通量提供者，而為確保他們能從中獲利，必須確保有受僱於發行公司的內部人士的合作。如果指控屬實，這無疑是一個大陰謀，涉及金額巨大。

兩名被告被拘捕後，涉案金額超過 1 億港元的事實亦浮出水面。Raymond 被控多項串謀詐騙罪，其妻則被控洗黑錢。

由於案情嚴重、涉案金額巨大，廉署與張先生及其內地同夥達成了答辯協商。上述人士都免於遭到檢控，條件是他們必須作供，披露不利於 Raymond Ng 的信息。對其妻子的指控則完全建基於涉案的資金出入處於她的掌控之下。

最低限度地說，廉署給予張先生及其內地同夥的豁免可謂慷慨。除非違反豁免條件，否則這些所謂的共犯不會被控以任何刑事罪行。豁免的前提是他們必須作出「完整且真實的證供」。

這句話可能的解讀一直令我迷惑不已。「完整且真實的證供」是依照誰的標準呢？如果獲得豁免的人士偏離其證人書面口供的內容（其為豁免的基礎），則他人可輕易地指責他未能在法庭作出真實的證供。另一方面，如果他供稱證人口供的內

容並非事實，毫無疑問，他將被控干犯某種刑事罪行。上述情況的危險在於，證人不得不遵照其證人書面口供的內容作供，否則就會失去豁免權。解決這一法律困境的方法還是「掃入地氈下」吧。

張先生的證供對於控方案情來說至關重要，因為除了張先生，其他內地同夥無人能作供說曾見過 Raymond。除了張先生，無人能認出 Raymond 的樣貌。若沒有張先生，控方案情將變得極其薄弱，並且將完全建基於環境證供上。此案的正審於 2010 年年初開始，聽審的是區域法院的游德康法官。

張先生是控方最早傳召的證人之一，而就在控方傳召他時，一齣好戲上演了。他只說了一句話：他不願作供！

因張先生拒絕作出廉署無疑預計他會作出的證供（根據他的證人書面口供），他的豁免權亦隨之消失了。張先生被即時拘捕，並被控與 Raymond 同樣的串謀詐騙罪。毋庸置疑，這預料之外、非同尋常的展開本應令控方針對 Raymond 的案情土崩瓦解，不過謝華淵資深大律師領導的控方團隊（無疑收到了刑事檢控專員的指示），還是決定負重前行。其他細節就不在此贅述了，最後這兩夫婦都被判有罪，Raymond 被判入獄四年，其妻則因洗黑錢被判入獄三年。

其後發生的事情甚至更離奇、更令人不安了。張先生被捕後，他馬上和盤托出了有關幾名廉署人員的故事，講述了上述人員是如何誘導、威脅他去指證 Raymond 的。這份供詞導致三

名廉署人員被捕，其中兩人被裁定串謀妨礙司法公正罪成立。這三人後來都被裁定公職人員行為失當罪成立，並被判處了長期監禁。

這三名廉署人員的案件是鄧立泰法官審理的，結果他們三人都被判有罪，Raymond 及其妻也因此就定罪上訴成功。鄧立泰法官接受以下事實為真：廉署誘使張先生指證 Raymond，條件是他可免於被起訴，其可觀的資產也不會被沒收。此乃雙方之間的秘密協議。此外，2008 年 6 月至 2009 年 12 月，張先生與廉署人員於不同地點進行了不少於 54 次會面，其中一些是在廉署寫字樓，另一些則是在公眾地方。

從該些會面中可見，廉署人員告知了張先生其內地同夥的口供內容。雙方於 2009 年 11 月 3 日在一家茶館進行了一次會面，其於正式記錄上被形容為「送遞傳票」，法官斷定此為謊言。該會面持續了約三小時，其間廉署人員教唆張先生在作供時應說些甚麼，以及應如何回答他們預計會問他的問題。廉署人員甚至提議，如果問及他的資產情況，他就應向法庭撒謊，說他的資產都在賭博時輸光了。

若不是張先生有兩次偷偷將他與廉署人員的會面錄了音，或許他人並不會相信他作供時提到的眾多非比尋常之事。若要將這齷齪至極的故事以幾句話概括，則廉署人員為了使 Raymond 入罪，可謂是不擇手段。這是對法治的公然漠視，是法律界長久以來遭遇的最大醜事。我們只能猜測還有多少類似

的事件曾發生過，卻不為人所知。我們永遠不會知曉，該案是一次性的偶發事件，還是僅僅是一座龐大、危險的冰山的可見一角。

廉署人員被判有罪，他們的暴行亦於鄧立泰法官審理的案件中大白於天下，這成了 Raymond 及其妻的主要上訴理由。

上訴庭（由司徒敬副庭長、鮑晏明法官、麥機智法官組成）一致裁定 Raymond 夫婦就定罪上訴得直。上訴庭認為，兩名被告被剝奪了公平審訊的權利。在此或許應摘錄司徒敬副庭長的評論。副庭長表示：

> 法院的職能是對特定的案件作出判決。一般來說，我們的職權範圍並不包括查問及裁定此案及本庭提到的另外幾件案件內揭示的行為，是否顯示本案涉及的某個特定機構內廣泛存在對法治的不健康態度。然而，任何人閱讀本案事實及本庭提到的一兩宗較早案件的事實之後，都不免提出這種疑問，而這問題很可能有一個足以令人安心的答案。此乃一間強大的組織，出於合理的政策原因，它被賦予了嚴苛的職權。因此，最為重要的是，其行使職權時必須真正地理解、尊重法治。法治不只是一句空談。理解法治的多種表現形式的實際含義，以及為何尊重法治是保護社會所有成員的基石——既要保護手握權力之人，也要保護因權力的行使而受到影響之人——是至關重要的。若該

組織或任何其他組織的成員未能有效地接收這一訊息，則
他們或許未能充份理解，為在某一案件中達到他們認為「公
正」的結果而蔑視法治，必定會緩慢侵蝕長久以來為了
給予公眾及個人一個值得尊重的司法制度而設計的制衡制
度。或許這訊息已妥善傳達到了所有人心中，不過，如果
有必要進一步對其進行特別關注，本庭表達的擔憂或能引
起這種關注。[3]

寫到此處，我想是時候對廉署表達一些其他看法了……

公眾人士一向對廉署抱有敬意，但往往也有些恐懼，或
許是因為廉署有在清晨疑犯熟睡時敲門的習慣。不過，廉署自
1974年成立以來，已收穫了絕大多數人的鼎力支持。數十年來，
司法機關在使廉署成為本港反貪工作的重要工具方面也起了不
可或缺的作用。六、七十年代時，貪污現象十分猖獗，連救護
車司機運送病人時都會公然索要茶錢。臭名昭著的前總警司葛
柏（Peter Godber）就被查出管有430萬港元賄款（當時還是一
筆巨款）。他逃至英國，被英國警方拘捕後又被引渡回香港，
被裁定貪污受賄罪成立，判處了四年監禁。其後，他最後一次
離港，去了西班牙享受奢靡生活。似乎沒有記錄顯示他已過世，

---

3 HKSAR v Ng Chun To Raymond & Anor (unrep.) CACC 178/2010, 31 July
2013, §176

若他還在世，則現已 98 歲了；或許他已應其犯下的罪孽所要求的默默無聞地死去。

近年也發生了一件不幸的事，即前廉政專員湯顯明被指行為不檢，令廉署的形象蒙上了污點。我曾就此事寫過幾篇文章，並強調評價湯先生的所作所為要從全局着眼。他任職廉署專員 5 年，即不過 60 個月。針對他的主要指控是：他與一些內地的公職人員共進晚餐兩次，花費 77,000 港元；向內地人員送禮，花費 154,000 港元；出國 15 次及到訪內地 19 次，花費 757,921 港元。

由於廉署規定每人娛樂開銷不得超過 450 港元，至少從表面上看他的做法是有些奢侈的，其人均消費略高於 1,000 港元。假設上述的數字無誤，則問題是他的做法是否過度奢侈了呢？嗯，我想這很大程度上取決於湯先生款待的對象是誰。畢竟他是東主，這些活動中受到款待的並不是他。

至於在 60 個月之間於送禮上花費 154,000 港元，在我看來根本算不上奢侈。送禮是社交、商業、外交及公務活動的常態。連大律師公會都會於其會員拜訪內地同行時送禮。

湯先生的大部份外遊行程似乎都是去內地，這理應受到政府鼓勵，他又並非打算飛去紐約在聯合國席前就人權問題發表演說。

我的看法很簡單。相比其他部門主管和立法會議員，湯先生哪有甚麼奢侈之處呢？除非我知道湯先生相比他人開銷如何，否則我無法譴責或批評他。當然，批評湯先生的人士堅稱他是

與眾不同的，只因他是廉政公署之首。對於該些人士，我有兩個問題：如果他以同樣的飯局和禮物款待美國、英國的政客；如果他被英女皇授予爵位，而不是被任命為 CCCPC[4] 成員，他還會否遭受同樣的批評？

此外，請讀者謹記，湯先生被指干犯的罪過並不是他收受了好處，而是因為他熱情款待內地人士。此處有一個顯而易見的問題：某些人士是否因為涉及內地，才將矛頭指向湯先生？

亦有人指湯先生以每月不到兩支的速度購入了 125 支烈酒，想必也飲用了其中一部份。以我之見，對於一名身居高位的廉政專員來說，這飲酒量再正常不過。辛勤工作一天後，適量飲酒可謂是種非常健康的放鬆方式。我仍記得英國殖民統治時代，許多高級「鬼佬」公務員（即便不是全部）皆有飲酒的習慣，而他們就絕不能被稱為適量飲酒了。

或許廉署人員是與眾不同的，人們期望他們保持較高的、清教徒般的標準。作為回報，他們的薪酬也相當豐厚，首席調查主任的月收入約為 14 萬港元，而最低級別的廉署職員也能獲發將近 41,000 港元。[5] 廉署人員還時常受制於異常嚴謹的生活作風要求。有一位朋友告訴我，他的妹妹曾應聘廉署中的秘書職位，結果發現安全檢查異常繁重，她的家人最終不允許她就職。兩週多的時間裏，廉署將這位小姐的哥哥的日常活動全部細緻

入微地檢查了一遍。

此外，所有部門的人員都要保持體格健壯及健康的生活方式。還有強制性的體能測試，包括三分鐘台階測試、握力測試、伏地挺身及仰臥起坐。

雖然我與廉署人員交往多年，但沒有哪位稱得上我的好友。我與其中許多人相熟，但與廉署人員建立友誼困難重重，尤其是對他們來說。他們身處的制度鼓勵他們主要與廉署同僚交往。他們是個由同僚組成的封閉群體，如果連偶爾與同僚飲杯酒都不獲恩准，似乎並非公平的做法。我希望白韞六專員[6]盡量對他的下屬仁慈些。

美國的答辯協商

許多讀者無疑已讀過或從著名電視劇中了解到，答辯協商於美國法律中是一種根深蒂固的制度。某位法律學者曾說（並為加圖研究所之 Timothy Lynch 引用）：

> 於一個典型工作日中，美國法院每兩秒就能以認罪或「無意抗辯」（*nolo contendere plea*）的方式處理一宗刑事案件。

---

6 現任廉政專員（2021 年）。白韞六專員於 2012 年上任，是至今任職時間最長的廉政專員。

Lynch 認為，這種答辯協商制度有損正審中的憲制保障。[7]

曾擁有英國《每日電訊報》及《觀察者》週刊的著名大亨康拉德‧布拉克（Conrad Black）寫了一本激烈批判美國答辯協商制度的自傳。[8]布拉克乃加拿大人而非美國公民，他抨擊答辯協商制度時毫無保留。

布拉克對此當然很了解，因為他本人最初就因多起嚴重的詐騙罪被判有罪，基於某些與美國司法部長達成典型答辯協商之人士的證供。他的共犯承認了較輕的指控，從而避免了漫長的刑期。

透過上訴至美國最高法院，康拉德‧布拉克就更為嚴重的幾條控罪被判無罪。他在他博聞強識、揮灑自如的著作中描述了他因美國答辯協商制度而遭受的磨難。雖然我個人就他對政治與宗教的保守態度並不感同身受，但布拉克針對美國答辯協商制度的指控或許值得在此摘錄，它至少能凸顯這位商界權貴是如何看待該制度的。

布拉克表示：「答辯協商就是赤裸裸地以遭篡改的證供換取經調整的刑期。其通常始於一個組織的底層，向那些內心不夠強大或沒有經濟能力抵擋這種衝擊的人施加無法抗拒的高壓，直到該人同意指證一名控方目指的高層人士。」[9]布拉克男爵尖

7　*Nolo contendere* 是古拉丁語，美國律師很熱衷於使用，簡單來說就是「我無意爭辯」的意思。

8　*A Matter of Principle*, 2012.

9　*A Matter of Principle*, 2011.

刻地認為答辯協商是美國法律制度中的一顆毒瘤。「這顆答辯協商的毒瘤已於監獄系統中蔓延，並使其中的一切都染上了黃疸或其他疾病。無論是於正審前還是正審後，它都是一種從不緩和、逼人服從的制度。監獄就是一群怒氣沖沖的告密者與捏造事實者的集合，這幾乎是對憲法（第五修正案）所保障之正當法律程序的最大限度的侮辱。」[10]

　　有趣的是，康拉德‧布拉克將美國持續高企的在囚人士數量歸咎於答辯協商制度。統計數據顯然支持了他的觀點。美國人口佔世界總人口的 5%，在囚人士卻佔世界的 25%。美國人口是英國的將近 5 倍，在囚人士數目卻是英國的將近 40 倍。世界各國在囚人士比例排行榜上，香港於 223 個國家及地區中排名第 112 位。與澳洲類似，香港每 10 萬人中有 130 名在囚人士，比例正常。而美國是世界上在囚人士比例最高的國家，甚至比薩爾瓦多（El Salvador）還高，這就說明了問題。

10　同註 9。

寬恕乃正義之支柱。

10

守行為令
仁慈，但有條件

刑事檢控專員是否就刑事案件提出檢控的決定幾乎是不可能透過法律程序挑戰的。專員就一名被告是否須要面對審訊的煎熬，享有極大的酌情權。

於法律上，律政司受律政司司長管轄，而刑事檢控科乃律政司之一部份。刑事檢控相關事宜通常由刑事檢控專員定奪，但於現行的制度下，刑事檢控專員並不是獨立的，即律政司司長仍擁有就提出檢控與否的最終決定權。

近年發生了一連串備受關注的案件，涉及某些社會知名人士，因而社會中出現了要求設立獨立刑事檢控專員的聲音（即獨立於律政司司長）。前任刑事檢控專員江樂士對該提議表示支持，並列舉了幾個涉及身居高位及具影響力的人士的個案作為論據。這些案例包括前財政司司長梁錦松於公佈開始徵收新

的車輛登記稅之前購入新車之事，以及五名政府部門主管涉嫌於其物業上搭建違例建築物一事。時任教育局局長孫明揚，不僅被發現於其跑馬地的物業上搭建違例建築物，還據稱五年以來對其轄下的部門發出的拆卸通知書視若無睹。[1]

江樂士資深大律師任職刑事檢控專員大約 12 年，後由麥偉德資深大律師（現為上訴法院法官）短暫接任，而後者又隨即被任命為高等法院法官。當薛偉成資深大律師（現為上訴法院法官）接替麥偉德於 2011 年出任刑事檢控專員時，江樂士為此事而進行的游說也愈演愈烈了。薛偉成拒絕接受江樂士就設立獨立刑事檢控專員的提議，認為其「過於簡單化」，他表示：「我們有一個有效的問責機制，於檢控方面有獨立的決策權」。[2]

關於這項重要議題，顯然還有必要進行進一步的公開討論。眾人應該牢記，我們現行的制度是從英國人手中繼承的，而他們明智地將大部份的刑事檢控權從 Attorney General（相當於我們的律政司司長）手中轉移到了一個較為獨立的刑事檢控專員手中。

可惜，本港的許多政治人物似乎都更熱衷於討論普選或其他政治問題，當然，這與他們本身的政治訴求有更為緊密的聯繫。也不知這是否是一件幸事。

1　《南華早報》2012 年 12 月 3 日。
2　《南華早報》2012 年 11 月 6 日。

我稍稍偏離了本章的主題，即，簽守行為的案件中[3] 刑事檢控專員可以行使何種權力。現在是時候回到這個議題了。

律政司曾頒佈過一份重要文件，即《檢控守則》（2013 年版）。該守則第 10.7 段指出：

> **控方決定是否同意按具體條件採取該程序（守行為令）時，必須考慮下列因素：**
> **（a）提出檢控是否符合公眾利益；**
> **（b）犯罪者承受的後果，會否與罪行的嚴重程度毫不相稱；**
> **（c）若被定罪可能帶來甚麼刑罰；**
> **（d）犯罪者的年齡、犯罪紀錄、品格、精神狀態（犯案時及現時）；**
> **（e）受害者的意見；**
> **（f）犯罪者對有關罪行的態度。**

常言道，於許多瑣碎案件中，特別是對於那些出生優渥，前途光明的人士來說，因任何刑事罪行而被拘捕，往往已是對他們最大的懲罰。根據《罪犯自新條例》（第 297 章），定罪可能「喪失時效」，即根據特定的條款，一項定罪於指定時間後可被忽略。「該『已喪失時效』的定罪、或罪犯不披露該定罪，

3　本章中，我只關注因控方「不提交任何證據」而引致守行為令的情況。亦有其他種類的守行為令，見 Lau Wai Wo v HKSAR 2003 6 HKCFAR 624。

均不得作為將他／她從任何職位、專業、職業或受僱工作撤除或排除的理由。」 [4] 不過，警方仍會繼續保留這些喪失時效的定罪記錄。事實上，由於警方可拒絕發出「無刑事紀錄」之證明文件，第 297 章的重要性已被大大削弱了。

　　簽保守行為時，被告仍可不承認控罪，但必須承認控方案情中陳述的事實。關鍵是，此種情況下，被告將被正式宣告無罪。因此，被告不會就該案被定罪，從而繼續享有清白的紀錄。只須繳付 225 港元便可向警方索取證明無刑事定罪紀錄的文件。

　　第 18.4 段亦列舉了一些刑事檢控專員在決定是否准許被告簽保守行為令時應考慮的因素。裁判官和法官通常不願干預這種決定，但如果他們不認同，他們仍有權拒絕頒令。就算如此，控方仍有一張王牌：不提出任何不利於被告的證據，被告甚至無須簽保守行為令，即可被無罪釋放。不過，律政司一向不願採用這種做法，原因不明，律政司也從未解釋過。有人譏誚地認為，其背後的原因是這種做法可能對警方收集的統計數據產生不良的影響。

　　《守則》中沒有條文闡明何種罪行可透過守行為令處理。這或許並無不妥。此事亦須由刑事檢控專員酌情決定。

　　於下文中，我將列舉我處理過的一些案件，以作說明。顯然，由於該些案件被告人的紀錄仍是清白的，他們將匿名出現。

4　https://www.clic.org.hk, 2020 年 4 月。

傾倒混凝土塊入海的男子

被告人（一名專業人士）收到了一張告票，指控他在沒有許可證的情況下，從一艘不明船隻上往香港水域傾倒混凝土塊，違反了《海上傾倒物料條例》（第 466 章）第 10 條。被告人於法庭承認的事實指，於 2011 年的一個早晨，被告人鄰居的家傭（很可能來自菲律賓）見到被告人〔下稱「希波克拉底（Hippocrates）」〕[5] 站立於花園中。她目睹希波克拉底指揮工人從他家附近的船上卸下混凝土塊，並將其擺放好；他家位於新界一個比較時髦的地方。她聲稱看到「一艘大船同一艘小船」，但由於距離太遠，她無法聽到被告人與船上工人的對話。

約兩星期後，環境保護署的職員發現了涉案的混凝土塊。其後的幾個月內，他們又到現場視察了幾次。約四個月後，鄰居的家傭提供了第一份口供，聲稱目擊了希波克拉底當日的行為。環保署隨後詢問了希波克拉底的家傭，但她的說法與她菲律賓同胞的口供相左。後來發現，希波克拉底與其鄰居之間有私人恩怨。

該案的案情撮要中，四名環保署職員被列為控方證人，審訊排期兩天。不過，律政司非常理性地欣然接受了簽保守行為

5　希波克拉底乃古希臘亞歷山大大帝的醫生。

的提議，原因或許是顯而易見的：唯一能夠證明希波克拉底的所謂參與的直接證據來自鄰居的家傭，而很有可能是她的僱主說服她協助環保署的。

一名英國學生的案例

下一位客戶，我將稱其為赫費斯提翁（Hephaestion）[6]。赫費斯提翁年僅 19 歲，無刑事紀錄。他出身於一個善良的普通家庭。他的父親任職政府公務員已有三十多年。

儘管家庭收入不高，父母仍決心送赫費斯提翁去英國接受教育。赫費斯提翁就讀於某間公學，並考上了一所著名的英國大學。他的觀念顯然是西化的，無疑與英國的同齡人類似，心中充滿放任自由的社交態度。

某次放假回到香港時，赫費斯提翁因管有小量大麻被拘捕了。他與朋友們晚上外出遊玩之後，正在回家的路上，就遇上了警方的隨機搜查。警方在他身上發現了一個裝有 0.8 克大麻的膠袋。時運不濟的赫費斯提翁坦然承認該些大麻是供自己吸食的。

刑事檢控專員十分好心地接受了簽保守行為的提議。毫無疑問，年輕的赫費斯提翁從這次磨難中學到了非常慘痛的教訓。

6　赫費斯提翁是亞歷山大大帝的密友。

他的家人大鬆一口氣，他們的兒子也回到英國繼續大學學業了。

透過這種方式挽救一個年輕人的前途總是令我倍感欣慰，也證明正義與仁慈是可以共存的。如赫費斯提翁這般的年輕人，即使被判很輕的罪名，也可能造成最為災難性的後果。

犯偷竊罪的富婆

曾有一名富婆，因一時興起於一家商店實施盜竊，盜走了一些便宜的商品，儘管她的銀包中裝着一大筆現金。

類似的偷竊行為出奇地普遍，其動機似乎是為了追求刺激，而於更為嚴重的案例中，也有可能是受一種名為偷竊癖的精神疾病影響。偷竊癖患者往往患有其他精神疾病，包括情緒波動、焦慮，甚至濫藥等。我也曾遇到過因婚姻破裂導致偷竊的案例，卻從未見過有人因貧窮而偷竊。

只要這類店舖盜竊犯無刑事紀錄，被盜財物的價值不高，並且有一份或多份心理學家報告證實被告存在精神問題，則有很大機會一名通情達理的檢控官會接受簽保守行為的提議。

藉着中國農曆而獲救的女子

一名內地女子於香港被捕，被控向入境處職員就其出生日

期作出虛假申述。下文中我將稱她為「武后」。[7]

武后隨身攜帶兩種旅行證件：雙程證及護照。她向入境處職員出示了雙程證，當入境處職員問她是否有其他旅行證件時，她又出示了護照。眼尖的入境處職員發現她兩份證件上的出生日期有出入。其中一份寫着她於二月出生，而另一份則寫着不同的月份。嚴格來說，這種差異性質嚴重，至少干犯兩項刑事罪行：使用偽造旅行證件及向入境處職員作出虛假申述，違反《入境條例》（第 115 章）的多項規定。

如果罪名成立，此類罪行通常會被判處即時監禁。武后很走運，因為雖然這本身只是個小差異，卻可能造成嚴重的影響。更重要的是，造成這種差異的原因可能是內地政府部門採用的制度不同，即西方陽曆（公曆）與中國農曆的日期不同。

她有足夠的財力拖延審訊，並從內地取得文件以證明這差異是由內地的政府部門造成的。儘管裁判官有些疑慮，但經過他的一番詢問，控方還是准許武后簽為期約 12 個月的守行為令。當日好運顯然眷顧了這位女士。

爭執不休的平治車主

最典型的守行為案件涉及家庭糾紛或鄰里之間的爭執、打

7　武后（武則天）乃中國歷史上第一位及唯一一位女帝。她在位的時期乃唐朝年間（618-907）。

鬥,其於裁判法院幾乎每天都有發生。

通常情況下,警方不會對被捕人士提出任何指控,反而會主動提議以簽守行為的方式處理案件。被捕人士通常不需要法律意見,亦無須律師參與。

我記得有一宗個案,涉及兩輛平治車的車主為爭搶車位而發生的糾紛。兩人一時衝動,互相指罵(包括粗言穢語),隨後還襲擊對方。雙方都聲稱自己是正當防衛。兩人都被控在公眾地方打鬥,但由於沒有獨立證人或警員作供,無法證明他們干犯刑事罪行。兩名被告人(都有律師代表)都同意簽保守行為令。

一宗簽保守行為不成功的案件

以下說法沒有統計數據支持,然而很有可能的是,大多數簽保守行為的提議都是以失敗告終的。我處理過的一宗案件可作說明。該案中,控方拒絕接受簽保守行為的提議,但作為補償,控方同意進行答辯協商,使這名年輕人免於入獄。

該案的案情很簡單。當事人是一名 27 歲的大學畢業生,我在此稱其為居魯士(Cyrus)。[8] 他被發現攜帶一把摺刀,辯稱是用於自衛。案發時間是一天晚上,當時居魯士正與他的兄弟及

8　居魯士大帝乃波斯帝國之開國君主、阿契美尼德王朝第一位國王。

一名朋友走在回家的路上，警員攔住了他們，進行隨機搜查。警員於居魯士的袋中發現了涉案的摺刀，於警誡下，他主動解釋了自己管有摺刀的原因。

我猜測，居魯士以為與警方合作可以讓他擺脫麻煩，免於被檢控。他以為只要他向警員說出真相，警方就會放過他。於其後的會面中，他向警方充份解釋了為何他帶着涉案的摺刀。

如果居魯士閉口不言，拒絕錄取口供（這終究是他的合法權利），那麼，法律上是否有足夠證據檢控他就存疑了。僅僅於公眾地方管有一把摺刀，可能構成犯罪，也可能不構成犯罪。

正是因為居魯士選擇開腔，不明智地透露了他的前僱主威脅、恐嚇他的歷史，因而出了問題。他向警方解釋說，他與一名生意夥伴（亦為該前僱主的僱員）曾多次收到恐嚇信及郵包。

第一次，一個郵包寄到被告人家中，內有一條被砍掉頭的 6 英寸長蛇的屍體，不過收件人是他的父親。他立即向警方報了案，並錄取了證人口供。

第二次，居魯士收到一封信件，內有一份指控他盜竊的文件，還隨附了一張他香港身份證的影印本，上面畫了一個叉。

第三次，居魯士的生意夥伴的妻子收到一封信，內有一份幾頁紙的文件，指控他偷竊，還有一張他兒子的相片及兩頁他日常活動的監視記錄。他的生意夥伴立即向警方報了案。

最後一次，被告人被拘捕前不久，他與生意夥伴又收到了一個郵包及一封信。包裹內是另一具被砍掉頭的蛇屍。居魯士

的生意夥伴又向警方報了案。

因對這些威脅、恐嚇感到驚恐，被告人決定去旺角購入一把摺刀，並以信用卡付款。這些都已正式呈堂為法庭證物。

不同尋常的是，本案中居魯士及其生意夥伴有向警方報案，而不是被拘捕後才編造出「自衛」的辯解。我毫無疑問地確信，居魯士真的認為自己有生命危險，而如有必要他可用摺刀來保護自己。

本港刑法中，自衛是一種行得通的辯解。自衛的行為即使導致他人死亡，也是可獲諒解的，當然前提是自衛所用的武力是正當的。然而，此處有一個法律陷阱，居魯士必然沒有意識到它的存在。法律規定，要成功證明自衛，被告人的反應必須與他所受的攻擊相稱，或對他的威脅必須迫在眉睫。

英國著名的 Tony Martin 一案（1999 年）凸顯了裁定何謂相稱的反應的困難。Martin 是一名農夫，在開槍打死兩名爆竊犯中的一人後，被判處過失殺人罪。Martin 原本被判謀殺罪，當時控方聲稱 Martin 預料到這兩人將擅闖他的土地，因兩人都是在爬出窗戶時被射中背部，控方成功證明 Martin 使用了過度武力。20 年過去了，Martin 一案仍使英國人民就業主權利和自衛權問題爭論不休。[9]

於他人眼中，居魯士理應收穫大量同情，尤其是鑒於他和

9　Mark Shields, BBC online article: "Tony Martin: Man who shot burglars knows he still divides opinion", 2019.

他的生意夥伴向警方多次報告針對他們的威脅、恐嚇，卻沒有得到任何庇護。

更倒霉的是，警方竟選擇以《公安條例》（第245章）第33條的嚴厲條款檢控他。正如我在《護法——金牙大狀回首昨天》一書中所說，第33條「管有攻擊性武器」是文化大革命的產物，現今社會中沒有它的一席之地。第33條尤其具有迫害的性質，因為它強制法庭判處被告人即時監禁。對居魯士來說更糟糕的是，即使高級法庭檢控主任鄧家駒十分同情他，但仍不願考慮守行為令。

為避免被判入獄的極高風險，居魯士在我的建議下，同意承認一項《簡易程式治罪條例》（第228章）第17條下的較輕控罪，因而免於入獄。居魯士確實是個幸運的人。

關於簽保守行為的一些其他想法⋯⋯

在薛偉成還未成為法官仍就職於律政司時，刑事律師普遍認為他是一位直切主題、手腕強硬的檢控官。然而，他於一篇登報的採訪中[10]呼籲「以悲憫之心對待」干犯較輕罪行的初犯者，揭示了他人性的一面。他表示，守行為令或為預防初犯者將來再次犯案的有效手段。他說：「此處我指的主要是第一次

10　《南華早報》2012年12月24日。

與法庭打交道的人士。有時他們年青無知,有時他們是成熟的人,但做了些與品性不符的蠢事。有時他們捲入家庭糾紛,失去了對自己的控制。這些是與他們的品性不符的個別事件。」

　　但願所有刑事檢控專員都能認同薛偉成的立場,徹底領會《檢控政策及常規》第 18.4 段之內容與精神。

變革之風吹來時，有人築牆，有人造風車。

11

公務員自行租屋津貼
簡稱 PTA

麥齊光與曾景文的個案之所以引起傳媒關注，只因麥齊光是前行政長官梁振英執政時的前任發展局局長，而時運不濟的曾景文（我的當事人）則是路政署助理署長。麥齊光、曾景文都被控多項罪名。[1]

控方案情的要點是，兩人於大約 35 年前互相將自己的物業租給對方，干犯串謀詐騙罪。他們被拘捕，來到法庭席前時，我向區域法院法官陳仲衡陳詞說：「如果不是因為……麥先生的政治抱負，根本不會有人展開此類調查。」對麥先生的指控顯然是出於政治動機，只因他是高級政府官員。

廉署之所以調查此案，是因為兩名所謂泛民派人士的投訴。

1　代表麥齊光的是郭棟明資深大律師。

我告訴法庭，這些投訴可能是由一些懷有政治目的的人作出的。由於涉及政治，加之媒體對政治的狂熱，此案很快便引起了公眾的極大興趣。

案件簡史

曾景文先生現年 58 歲，為政府効勞 33 年後，即將過上退休生活。他有許多學術成就，其中有一項是香港大學的土木工程學位。

加入香港政府後，曾先生迅速晉升為路政署助理署長。他熱衷慈善事業，表現為人稱道，行政長官甚至任命他為太平紳士（太平紳士享有在無事先通知的情況下探訪監獄的特權，但我從未聽說有太平紳士行使這一權利）。

麥先生和曾先生自學生時代起就是好友。控方指，兩人訂立欺騙性的協議，以虛假的「互相持有對方的物業」而非法律容許的「互相租住對方的物業」的形式，騙取了位於北角的兩個單位的自行租屋津貼。

自行租屋津貼是英國殖民時期的產物，乃令某些政府公務員得以享受較為舒適的居住條件的妙法，若沒有津貼，他們是絕無可能負擔得起的。領取自行租屋津貼的程序為：公務員租用一間物業，然後簽署一份聲明，表明他於所租用的物業中沒有「所有權或經濟利益」。

得以住進原本無法負擔的單位的願景，顯然激勵了足智多謀的申請人構思出別具創意的計劃以欺騙制度。其中一種典型的創意為：PTA 申請人透過一間有限公司持有物業，再出租給他自己。我早已數不清我接手過多少類似的案件了。

不過，麥先生與曾先生的案子是不同尋常的，因為它遠沒那麼簡單。麥、曾二人的計劃，於創意上更上了一層樓。他們各自買了一個單位，然後將各自的單位出租給對方，麥先生的單位租給曾先生，曾先生的單位租給麥先生。法律上的問題是，兩人互相租住對方的單位，是否構成於所租單位中的「所有權或經濟利益」。

控方案情為，登記於麥先生名下的單位實際上是由曾先生擁有，反之亦然。當二人互相租用對方的單位，並聲明於所租單位中沒有「所有權及經濟利益」時，已然欺騙了政府。

此案的細節（不勝枚舉）無須在此贅述，此處只須強調，二人確實互相住進了對方的單位。辯方案情為：二人並沒有互相持有對方名下的物業，只不過是互相租用了對方的物業，而這是完全合法的。控方反駁道：麥、曾二人擁有他們各自所租單位的實益擁有權，因此二人就自己擁有的物業申請津貼是犯法的。

辯方亦辯稱，麥、曾二人確為其各自單位之法定擁有人，而單位亦登記於他們各自的名下。二人訂立的租約也是真實的，而互相租用對方的單位是許多公務員的慣常做法。互相租用單

位不僅是慣常做法，而且是合法的。

由於時間久遠（超過三十年），許多同期文件已遺失或損毀，但這並未影響廉署追查此案。麥先生是一名高級的政府部門主管，因此廉署必須進行調查。事實上，投入此案中的資源比許多謀殺案還要多，不知是對是錯。

資源雄厚、無出其右的廉政公署立即調動資源投入了調查。經過使費高昂的深入考察，廉署的確發現了一些有利於辯方而非控方的證據。得益於法證科學，一份文件浮出水面，其中提到了於 1990 年起草信託聲明書一事。這點至關重要，因為信託聲明書的存在有助於證偽麥、曾二人懷有任何不誠實的意圖，因為其傾向於證明他們最初購買的物業於法律上及實益上都是由他們各自擁有的。

1990 年間，曾先生的律師是黎世安，當時他曾經是見習律師。黎先生不願參與此事，原因很簡單：信託聲明書會構成對按揭公司的欺騙。因此，黎先生否認自己曾起草過一份這樣的聲明書。

由於大部份同期文件皆已損毀，亦沒有信託聲明書的註冊紀錄，辯方案情為黎先生與曾先生之間一定就該聲明書進行過討論，因為曾先生於 1990 年寄給黎先生的文件（由法證人員呈堂）中寫到，曾先生曾要求黎先生起草一份信託聲明書。

即使不存在正式的信託聲明書，毫無疑問，曾先生曾有草擬一份聲明書的意向。出於某種原因，該份信託聲明書沒有正

式完成。信託聲明書的存在與否，是兩名被告人是否有意欺騙政府的關鍵。

無論如何，雖然辯方下了許多功夫，法官仍認為我的陳詞不足以令他裁定曾先生無罪。

麥先生傳召了一位重要證人就 80 年代的 PTA 制度作供。王永平乃公務員事務局前任局長，他向法庭供稱：互相租用單位，並以租金收入償還按揭貸款是合法的，而且當年的公務員普遍採用這種做法。[2] 他還說他「從未見過有公務員申請租屋津貼時，還要申報與他人互相租住物業的情況」。

可惜麥、曾二人運氣不佳，法官接受了控方的說法，判處兩名被告有罪。二人都被判緩刑。

麥、曾二人被定罪後，有人呼籲政府赦免類似的租屋案件。根據傳媒報道，公務員工會聯合會主席梁籌庭表示：「我們希望政府重新考慮赦免與他人互相租住物業的人士…… 那些現已升至高層的公務員都很焦慮不安。我們不知道將來還會有多少人受人針對。情況令人擔憂。」[3]

麥、曾二人是否不誠實，互相租住對方的單位是否是不誠實的行為？這才是問題所在。這個問題有些類似避稅與逃稅的區別。前者是合法的，後者則是百分百非法的。不誠實亦有兩個層面，其一為道德層面，其二為法律層面。道德敗壞之事未

2　《南華早報》，2013 年 5 月 8 日。
3　《南華早報》，2013 年 6 月 25 日。

必觸犯法律，而犯法之事也未必違背道德。

此案最終打到了終審法院（2016 HKCFA 1），儘管我沒有代表麥先生，但終審庭基於我們在下級法院的陳詞裁定上訴得直，仍然令我十分欣喜。終審法院常任法官李義代表終審庭作出一致的裁決：區域法院及上訴法院裁定麥、曾二人實際上擁有對方的物業是錯誤的。終審庭表示：

> 該推論本身就不可信，控方及上訴法院依賴的事實皆不能支持該推論。同期證據顯示，每名上訴人（及其妻子）均已付妥樓價，並成為了各自單位的法定擁有人，其後亦簽訂了互相租用單位的協議。本庭沒有充份理由可以推斷存在非法的「互相持有對方物業」的潛在協議。（2016 HKCFA 18）

許多香港人質疑是否有必要對三十多年前發生的事落案檢控。[4]

本港的刑事司法制度因早前檢控這二人的決定而得到改善了嗎？這顯然存疑。

4　因此，也產生了是否該赦免這些被判有罪的人的問題，見第 17 章「特朗普赦免康拉德布拉克（Conrad Black）」。

人若無反思，猶如盲目前行。

12

洗黑錢
天羅地網

⟨ ❦ ⟩

　　立法者頒佈新法律時可能懷有崇高的理想，而結果卻往往與他們的期望不同。有關洗錢的罪行或許能很好地說明這種風險的存在。洗錢這個詞彙原本的關注點只在於資金的來源，現在卻也包括資金的去向。用於捕捉罪犯的網越織越大，如今有更多、更小的魚落入法網。

　　英國首相貝理雅（Tony Blair）領導的工黨政府於其執政的九年間（1997 年至 2007 年）制定了 3,000 多項新的刑事罪行，即是說，每執政一日就多出一項新罪行，因此揚名在外。

　　這一系列的新條文包括關於銷售灰松鼠的條例，指定一名鄰居關閉防爆竊警報器的要求，以及船隻的船長在運輸糧食時必須持有一份《國際穀物法》的要求。其他新條文涉及床單的進口及對人工成本數據的評估。貝理雅的立法狂熱與戴卓爾夫

人及馬卓安執政九年間的做法形成鮮明對比，後者執政期間只有不到 500 項新罪行經主體立法（primary legislation）成為法例的一部份。

貝理雅領導的英國政府最為熱衷的一個新的法律分支是洗錢。事實證明，反洗錢法在世界範圍內非常受歡迎，愈來愈多國家參與到打擊洗錢的鬥爭中來。2001 年 9 月 11 日發生於紐約及華盛頓特區的恐怖襲擊事件，激發了世界各國切斷恐怖組織資金流的努力。我毫不懷疑，制定反洗錢法是有許多崇高目標的。當今世界，嚴重的刑事犯罪已不分國界，罪犯還可以利用互聯網光速洗錢，因此嚴厲的法律是必須的。然而，許多時候這些法律的效果卻並非立法機關所希望的。

我處理過許多有關洗錢的案件。在談及其中一宗案件之前，我或許應先向讀者簡要介紹香港的法律。

有關的法例主要為以下三章：《販毒（追討得益）條例》（第 405 章）、《有組織及嚴重罪行條例》（第 455 章），以及《打擊洗錢及恐怖分子資金籌集條例》（第 615 章）。

最後提及的第 615 章於 2012 年 4 月開始生效，涵蓋金融機構、保險人、保險代理和保險經紀等。該條例賦予香港金融管理局寬泛的權力，並訂明所有金融監管機構都必須對客戶進行盡職審查，以及監察可疑的金融交易。幸與不幸，本章沒有足夠篇幅詳解第 615 章。

顧名思義，第 405 章涉及毒品罪行，訂明販毒得益可被追

溯、凍結及充公，亦制定了一條關於販毒得益的刑事罪行。

第二項法例，即第 455 章，訂明除販毒罪外，其他可公訴罪行的得益亦可構成洗錢罪，擴大了洗錢罪的範圍。

上述兩章條例均有幾處條文，要求懷疑有此類交易出現的人士作出披露。這顯然弱化了有關舉證責任的基本原則，不過我不會以有關舉證責任定義的複雜法律術語來煩擾讀者。這需要一整本書才說得清楚。

我們最感興趣、最基本的主體法例為《有組織及嚴重罪行條例》第 25（1）條，該條訂明：**「如有人知道或有合理理由相信任何財產全部或部份、直接或間接代表任何人從可公訴罪行的得益而仍處理該財產，即屬犯罪。」**

如已在毫無合理疑點的情況下證明一名被告人故意洗清屬於「嚴重」可公訴罪行之得益的財產，自然沒有甚麼人會同情他，特別是在涉及恐怖主義的情況下。

第 25（1）條中並無「嚴重」一詞，是我後加的，因為立法機關的原意必定為：瑣碎輕微的罪行不會被納入第 25（1）條的範圍，即使其於法律上是可公訴的罪行。

我見過許多案件，就其嚴重性而言，是沒有必要啟用嚴厲的《有組織及嚴重罪行條例》第 25（1）條的，我也經常為此類案件辯護。此類案件包括，例如，於租用樓宇時違反公務員事務規例、租屋津貼申請、作出不實聲明即表示自己沒有於任何物業中持有經濟利益或業權，等等。類似的案件數不勝數。一

般來說，被告人會被控以詐騙政府，但如果被告人的配偶剛好與被告人共用一個儲蓄賬戶，並且共同收取了流經該賬戶的款項，就可能被控以第 25（1）條的控罪。

我曾聽我的事務所同僚林浩明說過一宗特殊的洗黑錢案件。被告人於印尼的一個機場發現了一部手提電話。他心想「見者有份」，便將手提電話放進口袋帶回香港，於香港出售了這部電話。他爽快地承認了上述的事情。擺在檢控官面前的難題是，由於偷竊行為發生於香港之司法管轄區之外，無法以盜竊罪起訴被告人。一位頭腦靈活、富有創意的警員決定控被告人以洗錢罪，從而解決了這個難題。換言之，被告人被控的罪行是處理出售所盜的電話得到的收益，而他已承認了這項罪行。最後，雙方達成協議，被告人承認了上述的事實，並簽了要求其表現良好的守行為令。不過我們必須發問：第 25（1）條是為處理這種罪行而設的嗎？當然不是。網是織來捕魚的，於該案中卻捕獲了其他微不足道的獵物。

《有組織及嚴重罪行條例》第 25（1）條的後半部份還有另一個大問題，即，其訂明被告人如「有合理理由相信」任何財產全部或部份、直接或間接代表任何人從可公訴罪行的得益，即屬犯了洗錢罪。根據該條文，控方無須證明被告人確實相信有關財產是可公訴罪行的得益，只須證明他有「合理理由」相信便可。同樣地，這般含糊不清的措辭導致該條款涵蓋了許多輕微的罪行，捕獲了許多不值一提的小魚小蝦。

嚴女士案 [1]

我與助手徐玉霜於區域法院代表嚴女士。該案最終上訴至終審法院（FACC6/11）。從嚴女士被拘捕，到香港最高級別的上訴庭宣判她無罪，過程漫長而曲折，歷時三年之久。同案的另一名被告人亦於下級法院被判有罪，但由於他已服完刑期，便沒有提出上訴。如有，他必定是會勝訴的。

嚴女士曾是（很可能現在仍是）一名非常成功的內地女商人，在香港有很多投資。她的商業頭腦集中地運用於在內地開餐館及於股票市場投資。她還通過於本港銀行開設的戶口涉足香港股市，從中賺取利潤。她的銀行記錄中確實有許多大額存款、提款。她從不讓她的資金閒置。然而，由於內地的外匯管制，嚴女士與無數其他人一樣，使用了地下錢莊的貨幣兌換服務。每當她需要港幣或其他貨幣時，她就會通知她在內地的代理人，代理人就會要求她將等額的人民幣存入一個內地戶口。其後代理人就會安排他人向嚴女士的香港戶口匯入港幣。這樣一來，相關各方都很滿意，包括代理人，其無疑賺取了一筆豐厚的佣金。

當然，嚴女士對誰人持有代理人所指定的戶口，以及存入她香港戶口的支票的詳情，一概不知。不過，她設法出示了一

1　HKSAR v Yan Sui-ling (DCCC904/2009)

些銀行結單以支持其中一些跨境交易。此外還有涉及她母親及妹妹的家庭成員之間的交易。

出奇的是，嚴女士並不認識同案的另一名被告。兩人之間的聯繫僅僅是他與嚴女士同時使用了同一間地下錢莊的服務。該名同案被告的資金流動與嚴女士完全無關，而是與他在深圳的業務有關。

很長一段時間內，這安排進行得一切順利，直到 2009 年 3 月 3 日。在那命中注定的一天，一筆超過 200 萬港元的款項被存入嚴女士的香港本地銀行賬戶。該筆款項的來源已被證明是有問題的，直至毫無合理疑點的程度，因為該筆款項是內地一起按揭詐騙之得益。一天前，一筆數額幾乎相同的款項被存入同案被告的銀行賬戶。同案被告隨即將這二百多萬港元轉入了嚴女士的賬戶。三個月後，嚴女士一踏入香港便被拘捕。眼尖的入境事務處的攔截名單上有她的名字。

對於從海外或內地來港的被捕人士來說，即使是在候審期間，要取得保釋也絕非易事，於被視為嚴重的案件中則更為不易。嚴女士在香港沒有家人，所幸處理她的保釋申請的是一位富有同情心的裁判官，因此她取得了保釋。她確實是一位幸運的女士，而於我而言幸運的是，她相信是我給她帶來了好運。為對我表示感謝，她聘請我於正審中代表她。順帶一提，律師中普遍認為，如果你未能於初始階段為被告人取得保釋，則他極不可能繼續委聘你處理之後的庭審。

徐玉霜與我準備此案的審訊時，與嚴女士開了許多次詳盡的會議。事務律師必須收集足夠的證據，令法庭相信嚴女士的銀行賬戶進行的交易是光明正大、完全合法的，而且她沒有合理理由懷疑存入她銀行賬戶的二百多萬港元是可公訴罪行的得益。

打擊洗錢的法例導致了一種不幸的後果（或為無心之失）——將舉證責任倒置。實際上，舉證責任已轉移至被告人身上，因而他必須證明自己無罪。當然，法庭不能承認事實如此，這可以理解，但所有人都明白事實上舉證責任已轉移了。用法律術語來說，法院設下的檢驗標準為被告人是否「有合理理由相信」某件事是合理、合法及誠實的。然而，「有合理理由相信」的檢驗標準並不要求證明被告人確實相信有關得益的來源是有問題的（HKSAR v Ma Zhajiang 2007 4 HLKRD 285）。[2] 我向那些或許難以理解法律枝節的非法律專業讀者致歉。對此，就算是律師亦會感到困惑。

審訊於和藹可親的區域法院法官黃崇厚席前展開，黃法官曾有過擔任檢控官的豐富經驗。他於 1990 年成為英國大律師，很快便成為助理檢控官，其後又不斷晉升。十年後，他被委任為裁判官，又過了九年後，他被提拔為區域法院法官。他現在是一位備受尊敬的高等法院法官，於 2015 年被提拔到現任官階。

2　HKSAR v Harjani Haresh Murlidhar (2019) 22HKCFAR 446 為有關「有合理理由相信」之定義的最新案例。

　　嚴女士的案件是黃法官最早審理的案件之一。他總是很有耐心、以禮待人。他非常認真地聽取了法庭上出現的證據。可惜，儘管呈堂證物中有大量文件支持嚴女士的清白，法官還是判她有罪，並判處 18 個月的監禁。這對被告及她的辯護團隊來說，是黑暗的一天。

　　法官根本不相信嚴女士的證供。他說，他注意到嚴女士不知道代理人是否持有處理外匯匯款的執照，而「一個理智的普通人不會冒這風險」。

　　結果，黃法官裁定本案的事實情況「使社會上一名有良知的人士有合理理由相信該些錢款的全部或部份、直接或間接代表任何人從可公訴罪行的得益」。

　　禍不單行，郭莎樂資深大律師及我本人提出的等候上訴期間之保釋申請亦失敗了。由於審訊及保釋申請雙雙失敗，不足為奇地，嚴女士不再聘用我，轉而聘請我的前徒弟黃敏杰資深大律師。他向上訴法院提出上訴，但亦未能成功。

　　雖然審訊、保釋申請及上訴均告失敗，嚴女士仍未放棄。她獲准向終審法院提出上訴。於這最後的申請中，她勝訴了，她的定罪被撤銷，亦贏回了幾次上訴的訟費。

　　終審法院的判決的關注點在於嚴女士就貨幣兌換安排的證據。終審庭法官的結論為，原審法官拒絕接受嚴女士的證據是錯誤的。

　　我感到我在某種程度上獲得了「平反」，因為終審法院裁

定上訴得直時所給出的理由，與我們在下級法院促請原審法官裁定嚴女士無罪時陳述的理由是相同的。終審法院表示：

> 基於上述理由，本庭認為法官拒絕接納上訴人的證據的理由不能成立。雖然他知道一些他認為對上訴人有利的事情，但他似乎沒有適當地評估她的證供或充份考慮文件證據。上訴法院也是如此。這嚴重偏離了公認的準則，對上訴人不利。如果上訴人的證供及文件獲得恰當及公正的考慮，便可以提供令人信服的理據，足以令人斷定她就如何收到有關支票所作的解釋至少有可能是真實的，而這會使得控方案情中出現合理疑點。法官不應建基於「上訴人未有解釋她收到支票的原因」。這樣一來，他便不可能得出結論，認為存在不可抗拒的推論，即她有合理理由相信該支票是可公訴罪行的得益。([2012] 15 HKCFAR 146, §44)

從這件事中，我們至少可以學到三個慘痛而值得借鑒的教訓。首先，若不是嚴女士不屈不撓，花費了大量的訟費和時間，她的清白是不可能被證實的。其二，我的助手及事務律師為從內地和香港取得大量文件而付出的辛勤努力，最終得到了回報。文件證據的價值得到了體現。其三，須永遠銘記的是，成功的上訴往往最終是建立於辯方團隊早先為準備下級法院的聆訊而做的基礎工作之上的。

一言既出，駟馬難追。

13

香港賽馬會
「不成為賭徒，便不能成為贏家」[1]

⚜

　　香港賽馬會於 19 世紀末成立於香港。成立初期，如所有特權會所一般，幾乎沒有華人會員。其為英國殖民者及其家屬的專屬會所，即使在這種族歧視的制度下，其會員也僅限於英國殖民者中的上層人士。這間誕生於那個遙遠的年代的排他性會所顯然是殖民者社會生活的象徵之一。

　　在馬來西亞及印度，也有類似的專供英國人使用的殖民者會所。更為排他性的會所藏身於山丘上氣溫適宜的避暑山莊，英國人去那裏躲避馬來西亞、緬甸及印度的濕熱氣候。時至今日，在這幾個國家仍能見到該些會所的遺蹟。

　　譬如，在新加坡與吉隆坡，木球會仍然存在。在緬甸則有

1　出自 Aldous Huxley（1894-1963），英國作家，獲諾貝爾文學獎提名七次。

或許更為浪漫的勃固俱樂部（Pegu Club）。它位於仰光郊外，專供外國人、高級政府官員、軍官及知名商人使用。[2] 這名字已經深深刻在了許多飽飲氈酒之人士的腦海裏。於仰光總督官邸及 Strand 酒店，你仍可享用到冰鎮的珍氏（Jane's）勃固雞尾酒。懷念殖民時期的緬甸的讀者應該讀一讀我最愛的作家莫里斯科利斯（Maurice Collis）所寫的諸多關於那個時代的著作。[3]

出於我百思不得其解的奇怪原因，於殖民時期結束後的香港，許多受過教育的人士（即便不是絕大多數），仍然十分渴望加入香港賽馬會。賽馬會仍是一間顯赫的會所，也許是因為它實際上壟斷了合法的賭博活動。每年，代表上流社會精英的馬會董事都會間接地向有意義的慈善機構捐贈數億港元。該些錢款都是從賭客處合法獲得的，無論他們只是以賭博作為消遣，還是嗜賭成性。因此，當我要為一名全港聞名的醫生辯護，應對與賽馬會會籍有關的貪污指控時，這引起了公眾的極大興趣。[4]

由於馬會會籍遠遠供不應求，成為全費會員所需的費用高達約 70 萬港元，不過與的士牌照所需的 350 萬港元相比，這價格已十分低廉。而且，與的士司機不同，馬會會員可以享受餐飲、社交、賽馬及娛樂設施。

2　Thant Myint-U, *The River of Lost Footsteps*: *A Personal History of Burma* (Farrar, Straus and Giroux, 2006)

3　莫里斯科利斯是 20 世紀初仰光的一名裁判官，他寫了許多暢銷書，譬如：*Trials in Burma*、*Foreign Mud*、*Into Hidden Burma* 和 *The Great Within*。他與當地人「同化」了，與緬甸人民一起反對英國殖民統治，並失去了在殖民地的工作。他的所有著作都令人受益匪淺。

4　賽馬會也是香港最大的納稅人（每年超過 200 億港元）。

本港人口密集，市民被迫生活在狹小的空間裏。因此，不難理解為何馬會提供的設施如此炙手可熱，尤其是對有能力支付會費的中產家庭來説。

除了入會費用外，有意入會之人士還要跨越一些額外的障礙。據聞，結婚時須填寫的表格都少過加入該精英俱樂部時須填寫的表格。申請入會的過程如此艱難，以至於不時有鋭意進取的會員受到經濟利益的誘惑，為有意入會之人實現夢想獻上一臂之力。

董事局每年都會審查會員申請表的名額上限。會籍分為幾類，有遴選會員、全費會員及賽馬會員。遴選會員會獲發會員申請表，可以每年推薦若干候選人成為賽馬會員或全費會員。何醫生的個案中，每位遴選會員獲發兩份全費會員申請表及五份賽馬會員申請表。我會稍後再談何醫生的個案。

全費會員比賽馬會員享有更多特權，除了賽馬設施外，他們還可以使用馬會的娛樂設施。因此，要成為全費會員是比較困難的，開銷也更高。要成為全費會員，申請人必須已經是賽馬會員。申請人須獲得一名遴選會員的提名，馬會才會考慮批准他成為全費會員。還有其他類型的會員，譬如定居香港之名譽董事、名譽遴選會員。會籍制度的結構與內容實在是錯綜複雜。

為確保新會員全部都是現有會員認識的人，提名申請人的遴選會員必須與該申請人熟悉。提名者必須就他與申請人的關

係作出聲明，馬會亦禁止會員向不認識的人索取或接受他們的入會申請。

由於馬會中的精英會員獨攬入會申請的審批權，多年來一直有傳聞指會籍制度中貪污盛行。為破壞這個安逸的壟斷集團，廉政公署派了兩名職員潛入馬會，臥底搜集資料和證據。

廉署採取的策略很簡單。廉署的臥底向某人表示，他認識一名有興趣入會的人士，該人就回覆說，只要支付酬金予他，他便可以安排遴選會員在申請表上簽字。該人索要大筆錢款，據說當時的市價在 25 萬港元以上。

那些提名或附議該名申請人的馬會會員隨後即遭到拘捕及檢控。於法律上，關鍵的議題為該些人士中是否有人收受任何酬金，如沒有，他們在申請表上所作的聲明是否為真。即使推薦人沒有收受錢款，有意做出誤導性或欺騙性的陳述也是犯法的。

愛好賽馬的外科醫生之個案

何醫生只不過是眾多被拘捕人士中的一位。其後，該些人士大多就各種罪行被定罪，並被判處監禁刑期。其中一部份就判刑提出了上訴。[5]

---

5 見 CACC225/2012。

　　何醫生乃一位知名外科醫生、馬主及遴選會員。他被控一項串謀詐騙罪。針對他的指控為：他推薦一名申請人時作出了虛假的聲明。不巧的是，該名申請人恰好是廉署的臥底，冒充一間賣紅酒的貿易公司的老闆。所幸，幾乎沒有任何不利於何醫生的強而有力的證據，因為沒有跡象表明他收受了金錢上的酬勞。

　　何醫生被指稱的不當行為，在不牽涉貪污罪行的情況下，通常不會招致媒體的關注。但此案的難處在於，何醫生於賽馬界乃一知名人物，不止如此，其妻還是香港政府之前任食物及衛生局局長。

　　此案的主控是我已故的好友 Adrian Bell。他是一名資深大律師，無論是作為律政司的檢控官還是私人執業的辯護律師，他的資歷均無可挑剔。我亦曾帶領他處理過幾宗案件。

　　最初，何醫生主動提出為廉署錄取口供，並同意上庭指證其中一名被告（如有需要）後，控方同意撤銷針對他的串謀指控。

　　此並非辯方與控方之間的答辯協商，因為此次是被告人何醫生自願協助廉署，而他提供的協助與針對他的指控完全無關。

　　我們有充份理由相信，根據現有不利於何醫生的證據，即使他被檢控，他也非常可能就串謀的指控被判無罪。但他自願協助廉政公署，令自己免於遭受正審的折磨及可能相伴而生的意料之外的後果。

　　何醫生最終同意出庭作供，我與我的助手亦一併出席。何醫生的證供是中立的，他只不過供稱，他確實同意提名一位他以為他認識的人士入會，但他沒有索取、亦沒有收受任何酬金。法官邱智立於作出不利於其他被告之判決時，顯然毫無保留地接受了何醫生的證供。

　　香港人口正在不斷增長中，每年都有 50,000 名以上的內地人士來此定居，且正日益融入有着 7,000 萬人口的珠三角大都會，難怪小小的香港已人滿為患。自 1997 年以來，香港各家會所的會員資格愈發成為社會中成功與財富的象徵。似乎香港哥爾夫球會的入會費是最高的，二手會籍的價格可高達 1,700 萬港元。不知舊時的殖民者會對自己彼時善意的造物於無意間產生的長遠效果作何反應？

千里之堤，潰於蟻穴。

14

破產
「人一死，債務亦還清了」[1]

⚜⚜⚜⚜⚜

在一個人道的社會中，法律保護弱者並非一件出奇的事。許多人甚至認為對少數群體的保護是受憲法保障的人權。

如香港這般強硬的資本主義社會中，積極進取的精神得到鼓勵，失敗者則得不到任何回報。因此，部份生意未能成功是在所難免的。許多雄心勃勃的計劃付諸東流，許多企業倒閉清盤。

黃氏父子之案例

多年來，我曾就許多有關破產的案件提供法律意見，亦操

1　《暴風雨》，莎士比亞著。

刀辯護了許多件。其中有一件特別值得一提，因為該案揭示了法律是如何被人濫用的。該案涉及一對父子，他們曾是兩名成功的商人。

黃老先生是一位年逾古稀的長者，曾於內地擁有一間生意興隆的印染織造廠。該廠已存在二十多年，在內地和香港都僱了工人。

造化弄人，黃老先生的內地工廠發生了一起火災，許多員工因此失業，工廠也被迫關閉。父子倆極力挽回這盤生意，然而 2008 年的金融危機令重振舊業變得幾不可能。最令人唏噓的是，父子倆被不斷累積的債務壓垮，兩人均於 2009 年被宣佈破產。彼時，他們還拖欠着一些員工的工資。

這種情況下，標準的程序是由債權人根據《破產條例》（第 6 章）委任破產受託人。受託人可以行使的權力非常寬泛。與他們名為破產管理署署長的同行一樣，破產受託人催生訴訟程序的能力可謂神乎其神。有時，受託人催生訴訟的速度幾乎可與馬爾薩斯法則中的人口大爆炸相提並論。1798 年，英國學者托馬斯·馬爾薩斯（Thomas Malthus）提出了一個理論，認為世界人口將呈指數級增長，從而導致所謂的馬爾薩斯災難。[2]

除了訴訟，黃氏父子的破產還招致了許多其他不愉快的、

2　馬爾薩斯認為，當人口的增速超過農產品產量的增速時，災難就會發生。歷史已經證明他是錯的。呈指數級增長的是科學技術，而不是人口。

意想不到的後果，其中最主要的是他們面臨的刑事指控，而我
獲聘為其辯護。

黃氏父子之入獄

2010 年 3 月，黃氏父子因未有支付一名僱員的工資，違反
《僱傭條例》（第 57 章）的多項規定，而必須到荃灣裁判法院
面對幾張傳票。考慮到他們過去的經濟能力，涉案的 4 萬港元
實乃微不足道。有位好心人挺身而出，向所有前僱員付清了遭
拖欠的工資。到開庭時，父子倆已沒有拖欠任何員工工資了。
然而，該控罪的要旨（gravamen）[3] 為：該廠的兩名董事未有於
法例規定的期限即工資到期後七日內向僱員支付工資。即使後
來有好心人付清了工資，也於事無補。

唯一的證人是一位吳先生，他作供時態度坦誠，因此他的
證供未受質疑。吳先生供稱他在公司工作了 17 年，被告一向對
他很好。他證實了火災的情況，以及火災是公司倒閉的原因。
他甚至確認，在公司倒閉後，小黃先生曾與他和其他員工討論
過公司的財務狀況。他描述了小黃先生如何向員工解釋公司正
在尋找新的合作夥伴。正是因為得到了這些保證，部份員工才
同意繼續為公司工作。吳先生同意，全體員工都相信公司的財

3　Gravamen 乃一項刑事控罪之要點或最為嚴重的部份。

政狀況會有所改善，而 2009 年 5 月清盤人突然來到公司時，所有人都大吃一驚。於吳先生的描述中，兩名被告是非常體貼、善良的僱主，他們將員工的福祉放在心上。

於刑事案件日程（criminal calender）[4] 中，黃氏父子面臨的指控顯然是性質輕微的簡易罪行，尤其是考慮到僱員其後已獲發工資（儘管有一些延誤）。兩父子僅被控一項罪行。

可以想見，任何理智、公正的人士都會達至幾乎不可避免的結論——本案不應判處監禁刑期。黃先生當時已 78 歲，身體不好，而他的兒子當時 46 歲。父子倆都沒有刑事紀錄，他們從未觸犯過刑法。因此，當裁判官下令將他們還押兩星期時，我們都震驚極了。更聳人聽聞的是，裁判官其後竟判處他們每人六星期監禁。他們的遭遇成了香港刑事律師小圈子中的談資。[5]

由於判處的監禁刑期較短，法院批准了兩父子等待上訴期間的保釋申請。我於韋毅志法官席前就定罪及判刑提出上訴。韋毅志法官是一名作風穩健、毫不含糊的法官，現已退休。我對於韋毅志法官駁回就定罪之上訴感到有些失望，不過他減輕判刑，令兩父子免於再次入獄顯然是正確的。我深信這兩父子毫無必要地在獄中被關押了 14 天。

黃氏父子的磨難並沒有隨着被定罪而結束，因為破產程序

4　刑事案件日程是指案件的嚴重程度。
5　該名裁判官以斷案輕率著稱，此後便退休了。

仍在繼續，而且步步緊逼。他們仍不得不多次來到高等法院席前，而我則繼續就他們不得不參加的破產程序的許多方面向他們提供建議。很遺憾，黃老先生這位和藹的紳士於幾年前去世了。

破產程序

破產法之立法原意為使得被宣佈破產之人士於四年後自動解除破產（之前曾被裁定破產之人士則為五年）。立法機關的首要目的顯然是令破產人改過自新，並使其永遠擺脫債務負擔，而非懲罰他們。（見 HCB22870/2002）

香港法律改革委員會於《破產研究報告書》（1995 年 5 月 5 日）中寫道：

> 我們建議採納一些條文，准許破產人於破產令作出日期起計三年後可自動獲得解除破產，而在破產人未符合若干準則的情況下則可被反對解除破產。自動解除破產與反對解除破產制度如同時設立，應具有雙重作用。首先，破產人應比現時更樂意與受託人合作，要不然只會使受託人反對其解除破產。其次，可保障破產人有恢復名譽的機會，除非破產人因自己的錯失而延誤其恢復名譽的機會則作別論。

然而，破產人自動解除破產的權利受到破產受託人或破產人的任何一名債權人的限制，因為該些人士是可提出反對的。

由於這一條文並不能被視為清算債務的清算所，受託人對破產人解除破產基本上有兩大反對理由。其一是破產人不配合受託人管理其資產，其二，若破產人在破產前的行為不盡人意，則破產人不會自動獲得解除破產。

正常情況下，黃氏父子將會於 2013 年 6 月自動解除破產。但由於訴訟程序曠日持久，受託人仍反對其解除破產。黃老先生的破產期限延長了 6 個月，其子的破產期限則延長了 15 個月之久。我為黃氏父子感到非常惋惜，當時他們在荃灣裁判法院遭受的苦難仍在繼續。

荃灣裁判法院

說到荃灣，還有另外一宗案件令我印象深刻。該案與破產無關，是關於猥褻侵犯的。有一名年輕人的命運被處理黃氏父子案件的同一位裁判官永遠地改變了。為了他日後改過自新，我不會提及這位年輕人的真名，也不會提及其後出乎意料地駁回了就定罪上訴的高等法院法官的姓名。

我將稱該案被告為克雷圖斯（Cleitus）[6]。可憐的克雷圖斯

6　黑人克雷圖斯是一名効忠亞歷山大大帝的軍官。他救過這位馬其頓君主的命。

是名年輕人，有一份報酬可觀的工作，和祖母住在一起。他的鄰居中有一位已婚婦女，她與丈夫及幾名親戚住在一起。在一個不愉快的日子裏，克雷圖斯與鄰居間發生了爭執。爭執的細節並不重要，在此不贅。我只想說，雙方爭執得很激烈，甚至還報了警。該次爭執沒有引致任何刑事罪行，但翌日，最不同尋常的事件發生了。投訴人與其丈夫向警方提出控告，指克雷圖斯於一年前對這名妻子進行了猥褻侵犯，連日期都幾乎一樣。

控罪指，當時，克雷圖斯因無法打開自家前門而向鄰居求助，猥褻侵犯就是這時發生的。當仁慈的撒馬利亞人之妻試圖幫助克雷圖斯打開單位大門時，克雷圖斯據稱用下體摩擦她的臀部，對她進行了猥褻侵犯。投訴人於震驚中推開克雷圖斯，立即返回了自己的單位。最非同尋常的是，其後的審訊中，鄰居的妻子供稱，若非最近與克雷圖斯發生了爭執，她永遠不會就之前的事件報案。

克雷圖斯則作供說他從來不曾猥褻過鄰居。他傳召祖母作為證人，並聲稱整個非禮事件都是捏造的，有可能是兩家人之間的恩怨導致的結果，也有可能是對他之後的行為的報復。此案的原審不是由我處理，但我被要求就上訴提供建議。

克雷圖斯出身較為卑微，我建議他去申請法律援助。我表示，若法律援助獲批，我願意代表他進行上訴，而事實也是如

此。我的兒子清晞誦[7]好心地同意做我的 *pro-bono*[8] 助手。

出於一些意想不到的原因，儘管沒有任何證據能夠支持她所指稱的侵犯，法官還是駁回了上訴。

我堅信此案中出現了司法不公的情況。若「**潛在疑點**」（lurking doubt）這一法律原則還有任何效力，則此案乃是必須適用該原則的案件之一。這名年輕人本來擁有不錯的前程，此案毀了他的生活，還令他背上了刑事定罪的污名。他還被不必要地關押了 14 天。

---

7 清晞誦現時已轉行事務律師（或許不失為明智的選擇），目前乃一間律師事務所的合夥人。

8 拉丁語 *pro-bono* 或 *pro bono publico* 意為「為了公眾利益」。律師用這個詞來形容無償或收費低得多的工作。

時間與反思會一點一點地改變我們的視野，
直到我們終於明白。

——保羅．塞尚

15

同性愛戀
「不敢説出名字的愛」[1]

　　西方文化深受基督教影響，而殖民時期的香港又是英國屬地，其道德倫理觀念吸收了英國基督教的價值，社會大眾的是非觀亦受其影響。當然，另一方面，香港向來是中國不可分割的一部份，英國殖民主義只不過是綿延千年的歷史長河中的短暫一點。香港及其周邊地區的居民受到佛教、儒家及道家思想的耳濡目染，比他們受外國基督教思想影響的時間要長數百倍。

　　在基督教文化與中國文化的碰撞中，關於性道德觀念的議題引發了許多有趣的問題。譬如，納妾的習俗早在英國人到來之前就已經是香港文化的一部份，其一路延續到殖民地時期，

1　此為阿爾弗雷德・道格拉斯勳爵（Lord Alfred Douglas）的詩作《兩種愛》（*Two Loves*）的最後兩句，寫於 1892 年。此句在奧斯卡・王爾德（Oscar Wilde）的嚴重猥褻罪審判中被引用，通常被解釋為同性戀的委婉説法。

直到 1971 年才被《婚姻制度改革條例》廢除。

　　已故的張奧偉爵士（Sir Oswald Cheung）乃香港最傑出的大律師之一。人們親切地稱他為「Ossie」。他曾是精英薈萃的行政局的一員，為政府提供建議。於立法局席前為納妾習俗激情辯護而名聲在外的也正是此人。他當時的發言值得在此節錄：

> 　　很遺憾，我完全無法從我手頭上的歷史證據或現時的證據中，得出一夫一妻制[2]大獲成功的結論。我無法肯定一夫一妻制是如此地優越，如此地有利於公眾利益及男男女女個人的幸福，以至於我可以下此結論：男男女女就該以這種方式生活，並且不能有其他的方式。如果可以的話，我想指出，即使時至今日，一夫一妻制也並未被很大一部份的人類所接受。接下來，我還想指出，在香港及所有容許離婚的地方實行的一夫一妻制，充其量只是一夫多妻制與基督教教義之間的折衷辦法。基督教教義規定男人一生只能有一個妻子。而我們的一夫一妻制規定，男人於同一時間只能有一個妻子，但於不同時間可有不同的妻子。同樣地，中國舊式婚姻也是一種折衷辦法。[3]

2　一夫一妻制只允許有一位妻子，一夫多妻制允許有多於一位妻子，納妾則不是正式的婚姻，沒有限制。
3　香港立法局，1970 年 6 月 17 日。

我不知現代的女權主義者，更不用説「MeToo」運動人士，會對張奧偉這極其坦率的説法作何反應。

> 可以説，不僅中華人民共和國在 1958 年頒佈了一夫一妻制的法律，正如我的好友胡先生所説，印度近幾年也選擇了一夫一妻制，新加坡亦是如此。過去兩千多年來，伴隨着男女平等、保護婦女、停止虐待等等的呼籲，中國各朝各代的皇帝不時嘗試廢除妾制，但成效甚微。即使中華人民共和國已制定一夫一妻制的法律，我的立場也未受動搖，即使其他大國業已選擇一夫一妻制，亦不能改變我的想法。即使過去 15、20 年的所有證據都指向一夫一妻制在該些國家取得了毫無保留的成功（沒有證據顯示一夫一妻制是完全成功的），即使證據如此，在這樣的議題上，妄圖篡改一項人們已尊崇了超過兩千年的制度……。

我對 Ossie 有許多美好回憶，特別是因為他曾帶領我於南九龍裁判法院處理過一單求情案件，那是他經手的最後幾宗案件之一，是我職業生涯初期的一個高光時刻。

同性戀的合法與否亦經常對有此傾向之人士帶來法律上的後果。中國歷來沒有立法禁止同性戀，無論是男同性戀、女同性戀、雙性戀，抑或是跨性別人士。無論是封建中國還是共產

主義中國，都沒有禁止男同性戀或女同性戀的法律。[4] 即使是在英國，男同性戀也是在 1886 年《刑事犯罪法案》（the Criminal Offences Act）頒佈後才成為一項罪行。彼時，英國議會就禁止非法性行為的新法進行辯論時，維多利亞女皇因拒絕相信女士也可以是同性戀而聞名。女皇陛下認為女性之間於生理上是不可能發生性關係的。正因維多利亞如此頑固不化，女同性戀於英國及其前身英帝國從未被取締。直至 1967 年，英國經歷了自由開化的變革，禁止男同性戀的法律才遭廢除。其後，香港又耗費了 24 年時間才於 1991 年將男同性戀合法化。

我曾為一宗非常令人唏噓的案件辯護，該案涉及三名被告，被控串謀詐騙入境事務處。所謂串謀的目的是為其中一名名為 Derek 的被告人取得受養人簽證，因而不誠實地安排他與一名女子假結婚，以便他藉助結婚的幌子在香港定居。

簡而言之，另外兩名被告名為 Andrew、Edward。Andrew 是一名成功的政府公務員，他愛上了年青的馬來西亞人 Derek。由於 Derek 是外國人，他在香港逗留的時間不能超過入境事務處規定的法定時限。Andrew 與 Derek 兩人都希望能在香港一起生活，延續他們的關係。為了達至這圓滿的結果，Andrew 找到了 Edward 的熟人，一位沈先生，要求他尋找一名願意與他的情人假結婚的未婚女子，並表示願意支付 25,000 港元作為酬勞。

4　Bret Hinsch, *Passions of the Cut Sleeve* (Berkeley, UCP 1990) .

一位名叫譚小姐的女子同意了這樣的安排。

譚小姐與 Derek 正式結婚，本來 Andrew 和 Derek 應該可以幸福地生活在一起。然而，幾個月後，一起不可預見的戲劇性事件發生了。

譚小姐因數起與她與 Derek 的虛假婚姻完全無關的罪行而被拘捕。警方手持搜查令，循例搜查了譚小姐的家，於家中發現了一張 Derek 和譚小姐的結婚相。警員幾乎是隨口問了一句有關她的婚姻的無害問題。無論讀者相信與否，她立即主動說出了這段婚姻是個幌子。根據警方的說法，她就這樣將整件事情和盤托出，導致三名被告被捕，對他們的未來造成了災難性的後果。我為其中一名被告辯護，而另一名被告則由我的好友兼事務所同僚、一向開朗的梁照林代表。

此案由香港最為人道的裁判官之一祁士偉（Timothy Casewell）審理。譚小姐和沈先生都堅持自己的說法，儘管我們竭力辯護，卻還是無法說服祁士偉給予被告疑罪從無的好處。兩名被告都被判處短期監禁。

兩名被告獲准保釋，等候上訴。上訴由郭莎樂資深大律師帶領唐明大律師，於現已退休的倫明高法官（Mr. Justice Lunn）席前進行，處理得非常出色。這位法官在加入司法機構前乃是私人執業的資深大律師。儘管法官發現譚小姐與沈先生的證據有許多差異及矛盾之處，卻還是駁回了上訴（HCMA235/2009）。

　　兩名被告其後又更換了大律師，延聘了戴啟思資深大律師代表他們向終審法院提出上訴（FAMC42/2010）。李紹強資深大律師當時代表律政司，如今卻在我的大律師辦事處愉快地進行私人執業。終審法院拒絕批出上訴許可，並表示：「雖然申請人特有的困境令人心生同情，但不可否認，許多人都會發現入境法例有礙於他們實現心願，這樣的情況數不勝數，申請人的情況不過是其中之一。」

　　此事令人不禁反問，如果香港沒有於英國殖民時期繼承西方基督教的價值觀，Andrew 與 Derek 是否還會面臨刑法的嚴峻制裁？

疑惑深，智慧深；疑惑淺，智慧淺。

16

指示
大律師之職責

　　本書迄今為止所寫的案件幾乎沒有觸及我處理的上訴工作。上訴與原審往往是兩回事，尤其是因為很多時候大律師不得不令當事人失望，因沒有可行的上訴理由而拒絕代表當事人上訴。

　　我記得有一次，我接手了一項相當令人不快的任務，即主要依賴辯方大律師不稱職的理由進行上訴。使用「不稱職」一詞令我感到非常遺憾。該案涉及對一名未成年少女的猥褻行為。當時，能力出眾的大律師謝志浩邀請我處理該上訴，我們都認為唯一的上訴理由乃是一位經驗豐富的大律師的失職。

　　當然，我們必須永遠把當事人的利益放在第一位，因此我們毫不猶豫地認定，代表該上訴人是我們的職責所在，即使這樣做等同於抨擊我們的同行。我們這一行最重要的行業準則之

一就是保持獨立，即使情況令人不適，也不應將有理據的上訴人拒之門外。

上訴人被控多項對其 6 歲的繼女做出猥褻行為的罪行，並且都被判有罪。這名小女孩於社工的陪伴下接受了詢問，並供稱在她六七歲時，她曾進入上訴人的臥室，繼父將手伸進她的內褲裏，觸摸她的私處。此乃第一項控罪的基礎。

她還供稱，幾個月後，繼父再次做了同樣的行為。他還叫她揉搓他的私處，之後他的私處就變硬了。此乃第二項控罪的基礎。

第三項也是最後一項控罪涉及另一起發生於臥室的事件。據稱，繼父除下他和女孩的內褲，用手臂環抱住她，然後於她的臀上射精。

這名柔弱女孩的母親也作了供，但關鍵的證據來自投訴人。

針對辯方大律師的主要指控為：他未有對投訴人進行充份的盤問，亦沒有處理事務律師提供給他的一系列非常詳盡的指示。上訴的基礎是原審大律師未有向證人提出當事人的事務律師給他的指示。

原審辯方大律師作了一份誓章於上訴法院存檔（CACC 425/2011），其中，他辯稱他之所以沒有使用所有交予他的指示，是因為他認為向投訴人指出其中的許多指控只會適得其反。

辯方大律師於正審期間必須作出困難的決定，這種情況並不反常，事實上也很常見。當事人的指示可能並不是全都有用。

這也是為何法庭對辯方大律師總是很有耐心的原因。

上訴庭（由朱芬齡法官、麥機智法官及麥偉德法官組成）在裁定就定罪上訴得直時，引用了兩個著名的案例。在 R v Birks (1990) 48 A Crim R 385 一案中，法庭指：

> 一般而言，訴訟一方受其大律師的言行約束，而大律師在如何進行訴訟上有寬泛的酌處權。傳召甚麼證人、提出或不提出甚麼問題、作出甚麼陳詞、放棄甚麼論點，這些都是大律師可酌情處理的事項，而且經常涉及難以抉擇的問題，包括對訴訟策略的抉擇。關於大律師的權利與義務，判例中有許多有力的論述，既強調大律師的獨立角色，又強調大律師在處理案件時作出的決定對當事人具有約束性。

而在 Chong Ching Yuen v HKSAR (2004) 7 HKCFAR 126 一案中，法庭指：

> 因此，幾乎不可避免地，通常情況下大律師作出的策略性決定，就算事後看來不應作此決定，其仍然不能成為上訴理由，因為該決定會被視為是被告人親自作出的。其他類型的判斷失誤也不能成為上訴理由。

然而，真正的檢驗標準並不在於大律師失職與否，而是在

於被告是否未能得到公平審訊。

上訴庭對此亦表示同情：

> 　　就涉及其家庭成員的性侵犯罪行盤問年紀尚小的兒童是有一些特殊的難處的。法律代表必須小心謹慎地處理這一問題，必須關注盤問對該名兒童的影響，以及對目睹這程序的法官或陪審團的影響。另一方面，關注這些困難的同時，法律代表還必須小心避免凌駕於當事人的指示之上，如果當事人堅持這就是他的指示。畢竟，當事人委聘律師，不僅是為了得到他關於如何處理及呈現案情的建議，也是為了獲得他進行時而困難且令人不快的盤問的經驗與技巧。

此外，原審大律師不能僅僅充當當事人的喉舌。麥機智法官[1]在判決書中進一步解釋道：

> 　　如果大律師認為他收到的指示是無稽之談、毫無必要、不可置信，或可能得罪法庭，他完全有權告知他的當事人，並且要堅決地告知他。然而，儘管大律師已告知他提出這些問題的弊端，若當事人堅持這就是他的指示，則

1　現為高等法院上訴法院副庭長。所有大律師都應該讀一讀麥機智法官於 HKSAR v. Harjani; Re Sutherland (Appeal: Wasted Costs Order) 2017 HKLR 1 一案中的判決書。

大律師仍有責任將當事人的指示付諸實行。這種情況下，他無疑會運用他作為辯護人的技巧和經驗，以符合他職責的方式提出這些問題，同時也要關注他所擔憂的這些問題可能對證人和法庭產生的影響。

上訴庭得出的結論是，被告人案情的許多方面本應向證人指出，而不這樣做的話，被告人被判有罪幾乎是不可避免的。法官指出，有見及此，上訴人沒有得到公平審訊，因此裁定上訴得直。

幸運的是，由於上訴人與投訴人母親之間的關係相當特殊，上訴庭沒有下令重審。上訴人原本被區域法院暫委法官沈小民（當時官階）判處六年監禁。當然，我不是在批評沈法官，他以他一貫的縝密態度審理了此案。從此案中學到的教訓是，大律師必須時刻小心謹慎，確保他們遵從當事人的指示。

大律師還必須小心避免於荒謬的論點上浪費法庭的時間與耐心。於另一宗上訴案件 CACC524/2011 中，上訴庭（由司徒敬副庭長、倫明高法官及張慧玲法官組成）嚴厲批評了大律師提出「無可救藥的理由」的行為，並命令答辯人的訟費由上訴人支付。

上訴庭表示：

> 我們完全可以理解，一名面臨長期監禁的申請人及她的家人會渴望嘗試所有可能成功的上訴理由，但就算如此，大律師也不應提出完全無可救藥的理由。

我寫這些文字的目的並不是要責備任何大律師。相反，我只是想通過實例說明大律師必須極其謹慎。在法庭上為當事人辯護需要大律師兼具獨立性、勇敢及洞察力，但最為關鍵的是要充份考慮當事人的指示。

封閉的思想就如一本合上的書，
只不過是一塊木頭。

17

短篇集粹
每週 600 字

　　本章挑選了一些每週於報章刊登的文章。當中除了香港時事及法律議題外，還涵蓋了許多其他題目，由假期旅行（如博茨瓦納、日本、古巴、河內）到外國政治（如西班牙、美國、脫歐及緬甸），由健康及環保（如塑膠、酒精、榴槤及長壽）到分化社會及破壞商業活動的示威與暴力。修書之際，喜見示威及新型冠狀病毒疫情逐漸平靜，街頭重回和平穩定。人們可再次歡聚，無懼受到感染或吸入催淚氣體。期望接連遭受暴力及疫情重創的商業活動能夠重新振作。惟願香港能回復舊日的平和生活，繼續發展經濟。

1. 懷念母親點滴

很容易便會把現代的奢華生活視作理所當然。每個人一生之中難免遇到無數大小轉變,當中大多是正面的改善或更替。鍾情香港並於此地交上不少好友的家母,上週日於新加坡安詳辭世,令我不期然追憶舊日生活片段,更細想這些年來世界上的種種變遷。

家慈出生於仍喚作馬來亞這東南亞地區之時,當然尚未有所謂出生證明書這官方文件。故此,就如當時極之普遍的個案一般,究竟她是生於 1919 或 1920 年,至今仍是個未解之謎。大英帝國統治下的馬來亞正處於其作為殖民地的歲月,但即使在這英國主權管轄地區內出生及成長,家母並未獲賦予英籍公民身份。事實上她要等上數十年後的 1957 年,直到馬來西亞獨立後才取得該國國民身份。

儘管生長於較為富足的家庭,家母常憶述孩提時並未有如抽水馬桶這等奢侈設備,更遑論電動風扇。她跟當時馬來亞大多數女孩一樣,從未接受過多少具意義的正規教育,但這顯然未能阻止她日後作為每天閱報的忠實讀者。電力當年是極其罕有的奢侈品,因而每幢建築物的層數亦有一定限制。

家庭照片冊中有一幀 1937 年父母成婚時所攝的美麗照片。相中的她穿上 30 年代最新、最流行的法國時裝——絲質晚裝配以精緻的花邊頭飾。縱使這算是個半安排式的婚姻,我的父母

卻能一起度過了多年的美滿婚姻生活，並誕上了不少於八名子女，本人於當中排行第六。而家母更有約 33 名內外孫及曾孫。

雖則所受教育相當有限，但家母本身卻是個才智聰穎且好奇心亦極強的女子。打從領得護照起她便熱衷旅遊，直到去年已須以輪椅代步的她仍堅持盡可能到歐洲一趟。喜愛盤問別人亦是她的另一特性，她往往能夠從一連串的發問中尋找她所需要的真相。好些時候懷疑我的大律師生涯一早已植根於家母盤問技巧的遺傳密碼之中。

摯愛的母親勇於面對疾病帶來的種種窘境，她不屈不撓的生存意志更曾挫敗不少資深醫生的專業見解。於她生命中的最大改變 ── 驚人的醫學發展，當然亦有助她延長生命及更充份的享受生活。這令我不禁想到今年方才呱呱落地的小女娃，到了 2098 年 90 歲之時又會有何等經歷？我敢說昌明醫學將又再舉足輕重。

（原文寫於 2008 年 7 月）

1937 年，父母親婚照。

母親攝於日本

2. 欲速無從的司法程序

經常有非從事法律專業的人士，投訴司法程序過於緩慢。事實上，這類型的投訴可絕非香港獨有，世界各地的情況亦大致相同。歸根究柢，誰曾聽聞一個處事迅速的司法制度？這幾乎等同於英語矛盾修辭中的常用片語——「a deafening silence」（震耳欲聾的沉默）。

早前香港兩位被裁定罪名成立的名人被告，要忍耐長達八個月的磨人等待，方可知悉他們上訴的結果。換言之，上訴庭的判決在聆訊後的八個月才得宣佈。

但類似的延誤亦非只出現於刑事案件。硬要說出兩者間有何區別的話，只有是民事案中的原告及被告，往往要經歷更長的耽擱。就試憶述已故龔如心女士的案件為例。她的訴訟於 1999 年展開，卻要直到 2004 年 6 月原審法官才頒下長達 600 頁的判決。大抵不少讀者亦記得這位信奉基督教的法官，在其判決的序文中引用了《聖經》內的「世人行動實係幻影。他們的忙亂，真是枉然。積蓄財寶，不知將來有誰收取。（詩篇 39:6）」。而到了訴訟開展的六年多後，於 2005 年 9 月，我們的最高級法庭方得出終審裁決。但這有關龔女士的劇目卻看似沒完沒了，第二回亦即將在高等法院內正式上演。

叫人難堪的事實為法律問題幾近全皆錯綜複雜，間或複雜得令人討厭。法律本身就是一頭難以快跑或轉彎抹角的慢行笨

重巨獸。

聊以自慰的是，香港司法制度的速度跟許多其他國家相比尚算不俗。比方日本的民事案件，用上十年時間亦只屬等閒之事。而嚴重的刑事案件要花上再多的時間，這更眾所周知。

跟香港一樣繼承了英國這殖民佔領者的法律制度，印度的情況更是值得考量。該國高等法院積壓了極大數量的待決案件。以現時的速度計算，要耗上 466 年方可全數處理。

印度面對的最大難題是數量而非速度。印度高等法院為求事情得以順暢處理，平均每宗案件的聆訊只需時 4 分 55 秒。然而，候審超過 20 年的案件已有六百多宗，這確是一場必敗之仗。進入司法程序的新案數字上升速度遠比辦妥的舊案為高。聯合國指印度整個司法流程內的案件約有二千萬宗。

饒有趣味的是，為企圖減少新案踏進這完全負擔過重的印度法庭門檻，有關當局竟添加一系列的古怪手續。結果導致許多案件基於一些瑣碎或令人費解的理由，被法庭拒諸門外。當中包括「複印件未夠清晰」、「頁邊空白位置闊度不足」或「文件字體只有單行間距而非兩倍行高」等。

如此看來，香港的司法程序也許未能每次皆如各人期望般迅速，但相比之下已屬相當流暢。

（原文寫於 2009 年 3 月）

3. 規管秘密監察

時光荏苒。香港訂立新法規管秘密監察已逾三載。當天情景仍歷歷在目，支持及反對秘密監察的意見激發了一場健康、熱烈及具爭議性的辯論。

約數週前，有關我們社會內的秘密監察工作年報又再發表。這是一份有力且實際的報告，出自專員胡國興法官的手筆。他從來説話都是直截了當，未嘗轉彎抹角。專員揭露的 11 次違規事件，跟全年共 1,745 次獲授權的監聽行動相比，看來是微不足道。然而，法官卻特別挑出當中的一位人員作嚴厲批評。據法官所言，這名人員的行為「傲慢及放肆得近乎抗命」。這些都是作為法官鮮有採用的強硬言辭，尤其卓越及備受推崇的胡官也竟用上如此沉重的語氣。就是報告作者的權威令我確信有關批評必定是無可非議。法官的非難亦同時提醒我們，當所有執法人員運用秘密監察這入侵性權力之時，堅守法則是極其重要，絕不容半點扭曲或改寫。其中，有關人員斷不可於獲得合法授權以外的時間進行監聽。

碰巧近日收到一份來自香港中文大學法律學院五名優秀學生的大型研究報告。報告的篇幅甚長（共 140 頁），標題亦不短。[1]但研究進行得非常出色，當中更訪問了不少法官及律師（包

1　"Striking the Balance: Examining the Effectiveness of the Interception of Communications and Surveillance Ordinance (Cap. 589) and its Implications on the Right to Privacy."

括本人）。

　　儘管報告的大部份內容都是為律師及執法人員所撰寫，但其中有關公眾意見的調查結果，相信大多數人士亦會感興趣。

　　當市民被問到（網上及街上）他們對秘密監察的想法，好些答案都叫人驚訝。包括：

- 超過 60% 的受訪者未知道有法例規管秘密監察；

- 當被問到是否同意秘密監察為防止嚴重罪行的正當理由時，大多數受訪人士採取中間立場，既不完全同意，亦不大力反對；

- 被問到應否於旺角區裝置閉路電視系統時，78% 的受訪者表示贊同（大抵他們受到近日連串腐蝕性液體襲擊事件所影響），但只有較少的 53% 同意在全港各區亦應同樣裝上閉路電視這建議。

　　這五位勤勉的學生為進行今次有價值的研究付出了無數的精力及時間，實在值得嘉許。

（原文寫於 2009 年 12 月）

4. 性別人權爭議

英國發生了一宗異乎尋常的法律訴訟。68歲的變性人 Christopher（他已把名字改為 Christine）聲稱他的人權遭受侵害，理由是若他不跟太太離婚，法律將不承認他的女性身份。

Christopher 於高等法院提出抗爭，因其婚姻狀況妨礙了他跟其他女士一樣，從60歲起便可申領退休金。基於法律上他仍屬男性，故此他要待至65歲方符合申領資格。這名兩子之父渴望無須離婚亦能正式承認他的女性身份，現向政府追討遲發了五年的退休金總額。

Christopher 是一名退休特許會計師，在其59歲之時進行了變性手術，然而他選擇跟妻子 Joy 繼續維持婚姻關係。他更是經常到教堂的虔誠信徒。他的法律問題源自於2005年生效的新法例《性別確認法（Gender Recognition Act）》。在這新法之下，接受了性別重整手術的男士假若仍與一名女士保持婚姻關係，便不可於法律上變成女性——原因是一位女士不能跟另一位女士締結婚約。案中的夫婦大可結束他們43年的婚姻，轉而成為公民伴侶（civil partnership）。但作為虔誠的基督徒，他們認為離婚有違本身的宗教信仰。

看來 Christopher 最終必會以人權理據獲得勝訴。而數以百位仍跟太太維持婚姻關係的變性人，亦希望他們的女性身份能得到法律認許。

Christopher 告知法官，他自幼便知悉自己「與別不同」。當退休以後，他聲稱對作為一個藏於男性身軀內的女性所感到的不適已達到「不能忍受」，把真相向妻子和盤托出後便接受手術。他倆有兩名已長大成人的子女及兩名孫兒，更重要的是他倆仍深愛對方。他於庭上指出：「就着我的退休金索償，政府的回應指稱我屬男性，但我不是。政府未可承認這點確實丟臉。Joy 跟我都堅信我倆不想離婚。我倆深愛對方亦忠於對方。離婚與我們的宗教信仰背道而馳。我倆跟教區牧師討論過有關問題，他也同意我們的見解，要去結束一段我倆雙方都不願結束的婚姻，這只屬虛偽的行為，於教會眼中亦可能無效。」

政府方面的回應是假如 Christopher 在 60 歲便獲發退休金，相對於其他異性夫婦，這將會構成「優惠待遇」。

上訴庭的三位法官暫時未有作出判決，即是他們會詳細考慮有關案件，並於不久將來公佈他們的決定。然而，即使他們判令 Christopher 的索償敗訴，他必定會上訴至歐洲法院，那裏人權問題大多獲得優先考慮，他最終亦會獲勝。這是一宗異乎尋常的訴訟。

（原文寫於 2010 年 3 月）

5. 波蘭斯基奇案

這是個令人感到非常意外的法律問題。著名且富有的電影導演波蘭斯基（Roman Polanski），這名被美國通緝的罪犯已於瑞士獲釋，而限制其人身自由的措施亦一概撤銷。案件牽涉一宗發生於 30 年前、波蘭斯基亦已作出招認的嚴重罪行。於 2009 年 9 月，正當考慮美國提出的引渡要求時，瑞士的司法部門開始把他軟禁在其寓所之內。就如許多法律界的行業一樣，聞得這位干犯了涉及未成年女童此等嚴重罪案並已作招認的罪犯竟能逃過法網，我最初亦感驚訝不已。

波蘭斯基一案的情節看來簡單直接。30 年前，他承認跟一名 13 歲的女童發生性行為這項極為可恥的罪行。然而他卻在判刑前的一刻逃離美國的司法管轄區域，一去不返。在他缺席的情況下，美國要求國際刑警發出國際拘捕令。

但怎會有任何人同情波蘭斯基？他是一名自己供認侵犯兒童的罪犯！而他著名電影製作人的身份，很可能加重了案件的嚴重性，理由是那位被侵犯的女童，正是獲得他的邀約前來拍照。她渴望成為有名的女演員。明顯地，波蘭斯基嚴重的違反了專業誠信。指控更包括這名女孩曾受香檳及軟性毒品的引誘。最重要的是，波蘭斯基確曾承認他所干犯的罪行，隨後逃到海外，故此避過了法庭的判刑。

數十年來，波蘭斯基一直在歐洲過着奢華的生活，他的電

影更獲得無數的獎項。看見這樣的情況，也許大多數人均會得出結論，認定富貴的名人跟默默無聞的窮人所面對的是兩套不同的法律。這亦是我當初的反應，但事實也許並非如此。

當我更仔細的看過有關案件之後，發現不少美國律師皆相信，若認定波蘭斯基是個罪犯，倒不如說他是一名受害人。他們聲稱當日控辯雙方及原審法官於一次法官內庭的會面中達成了辯訴交易（plea bargain）的協議，同意若波蘭斯基認罪便可換來大幅減刑。就在這內庭會議與原定出庭判刑之日的期間，波蘭斯基獲悉法官改變初衷，將會判處更為嚴厲的刑罰。他感到被出賣亦因此出走歐洲。

事實上，辯訴交易於美國是一個非常普遍的現象，它的應用更進化成一項極為重要的法律技巧。雖然在香港亦不罕見，但辯訴交易一般而言未能予人多大好感。有關程序屬於控辯雙方進行交易的公然制度，比方是：「假若承認甲控罪，乙控罪便可獲撤銷」。

於波蘭斯基一案中，雖然他本人堅稱那女孩當時同意進行性交，但辯護律師卻為他接納了認罪的答辯。當然，法律上一名未成年的人士，的確不能同意發生性行為。

波蘭斯基確實是洪福齊天。無疑是基於案件已被耽擱上 30 年，美國的有關部門已無法提供瑞士要求的全數文件。假若當時法官確曾單方面破壞辯訴交易的協議而構成不當行為，美國當局顯然亦無法給予瑞士司法部門滿意的解釋。

　　故此波蘭斯基先生如今的處境非常尷尬，身在瑞士的他雖然是個不受約束的自由人，但他卻仍是一名被美國通緝的罪犯。不禁自問，假如只是窮光蛋一名，他的命運會否一樣？依然是那個老問題——貧富之間，是否存在着兩套不同的法律？

（原文寫於 2010 年 8 月）

6. 昂山素姬之兩難困局

她曾被禁足於寓所多年。她的支持者曾因害怕被拘捕而不敢直呼其名——昂山素姬。故此，他們只好稱呼她為「The Lady（這女士）」。經過斷斷續續長達15年的軟禁她最終獲釋。緬甸選擇了一套新的政治體制，並非完全民主，但也包含了當中許多特質。昂山素姬成為了國家的政治領袖，她的名聲早已衝出緬甸蜚聲國際，並於1991年獲頒諾貝爾和平獎。

可惜道本無情，昂山素姬近日應意識到她的善意及能力終究也有極限。事件緣於緬甸西北部若開邦穆斯林與佛教徒之間的衝突。緬甸的佛教對信奉伊斯蘭教的羅興亞族並無好感，拒絕給予他們公民身份並指稱該族人是從孟加拉非法進入境內。根據孟加拉方面的報道，早前若有50萬名羅興亞人從緬甸逃亡至孟加拉。可憐的昂山素姬正處於兩難局面，國內數以百萬計的佛教徒支持者要求她對穆斯林採取強硬態度；而歐美諸國則要求她立即停止他們所謂的「種族清洗」。若昂山素姬順從西方國家的意願，她於緬甸國內的支持度便將告崩潰。她現正是進退維谷。

數年前筆者曾於若開邦進行過一趟冒險之旅，並於這偏遠落後的邊境地區內遇上過不少穆斯林村民。親眼目睹穆斯林與佛教徒之間的分歧並不止於宗教。他們的生活方式也截然不同——組成緬甸人口的多個不同種族（最少8個）之間也出現

同樣問題。於 50 萬羅興亞人從緬甸逃亡至孟加拉前，若開邦的穆斯林人口估計約為 120 萬，然而跟全數 5,200 萬、當中佛教徒佔 85% 的緬甸人口相比，也只屬極少數。事實上，緬甸是一個由英國人於 19 世紀建立的國家，英國人稱其為緬甸聯邦——因為它是由多個細小王國組合而成。儘管當地的佛教徒國民已相當抗拒，英國當年仍鼓勵羅興亞人於若開邦定居。英國同樣鼓勵印度人於緬甸定居。畢竟，於英國人而言，當時的「大印度」包括了巴基斯坦、孟加拉及緬甸。

猶如穆斯林於最多其他國家（甚至歐美國家）所遇到的情況一般，穆斯林也未能融入緬甸社區，並繼續以跟國內其他人口截然不同的方式生活。假若閣下到英國的布拉德福德（Bradford）參觀亦會見到同樣景況，絕大多數的穆斯林人口完全無法跟英國社區融合。

筆者於阿拉干（Arakan，若開邦原名）所到之處景色壯麗，上百年的舊寺院充滿着印度教及佛教色彩。也許是虔誠的佛教緬甸國民未能接受羅興亞人的生活模式，這亦不令人感到驚訝。即使他們之中許多已於當地居住多年，但也從未嘗試融入緬甸人的生活方式，特別是穆斯林轉投其他宗教乃伊斯蘭教的一大禁忌。毫無疑問，有關問題極難解決，尤其軍方為着國家統一，也不敢向穆斯林小眾輕舉妄動。

西方國家抨擊昂山素姬大抵不難理解，但筆者同時亦相當同情她現時所面對的窘境。需要極大的勇氣才可使人從緬

甸出走至孟加拉，這個全球最為貧窮的國家之一，於聯合國
「人類發展指數」中排名低至第 139 位。唯一的解決方法是
讓羅興亞人融入緬甸社區，但看來卻絕非易事。昂山素姬的
確是進退兩難。

（原文寫於 2017 年 10 月）

7. 赦免

有關教宗管家的戲劇性聆訊，近日於羅馬宣告落幕。一個管家，在任何家庭皆佔着重要地位。然而在這百物騰貴的世界裏，現只有大富之家才有能力負擔這樣的角色。而且，一名管家跟其僱主之間的關係非比尋常，他會知悉僱主大多數（若非全數）最不為人知的秘密。

故此，教宗的管家被裁定竊取機密文件罪成，即被視為嚴重違反誠信的情況，這點絕對可以理解。縱使法庭判處的 18 個月刑期看來並無過重，但一眾法律專家均預期這名不忠的管家將很快便得到教宗的特赦。奇怪地，這類型的司法特赦於許多國家突然變得相當流行——比方埃及，新總統上台後便旋即決定赦免數以千計曾參與「阿拉伯之春」暴動的人士。

突然發現，世界上幾乎所有國家均曾運用過有關的特赦權力。即使是尊崇法治、把司法獨立視作神聖不可侵犯的英國，身為國家元首的女皇亦享有赦免的特權。

至於美國，這個人權的最終捍衛者，其總統的赦免權力更是幾乎全無限制。眾所周知的有 1974 年福特總統赦免了前總統尼克遜於「水門事件」中所扮演的角色；總統老布殊則特赦了 75 名牽涉所謂「伊朗門事件」的人士。當然，臭名昭著的例子還包括克林頓總統於其卸任前的最後一天，一口氣特赦了 140 多名經已定罪的犯人。如此看來，美國總統為着不同的政治理

由，總會毫不猶豫的行使有關權力。

　　亞洲方面，凡被裁定誹謗泰國皇室成員罪成的人，幾乎必會獲得泰皇賜予的特赦。較早前，即使是緬甸總統，亦赦免了數以百計的政治犯。許多佛教國家，均喜歡以運用特赦權力，作為展現慈愛的行政手段。

　　至於香港的情況又如何？我們在這特赦排名中佔着怎樣的位置？閣下可曾聽聞行政長官頒授特赦？行政長官，就如往日英國殖民統治時期的港督（英國國家元首的代表），可以行使有關的權力。《基本法》第 48 條第 12 款，賦予我們的行政長官「赦免或減輕刑事罪犯的刑罰」的職權。儘管擁有如此權力，我卻從未聽聞行政長官曾作出特赦。即使一般人皆知道他會把死刑減輕至有固定期限的監禁。

　　問題是，我們的幾任行政長官，為何皆已習慣性的避免使用他們的特赦權力？可知特赦確實有別於《罪犯自身條例》之下的「失效」判決。因為曾被定罪的人，其刑事紀錄不會真的隨着年月流逝而清除，所謂的失效判決仍是被紀錄在案。

　　必定有無數才華洋溢的年輕人，由於許多年前曾經觸犯過輕微罪行，因而被加拿大或澳洲等國家拒絕發出簽證或移民申請。在維基百科有這樣的例子：一位人士約 18 年前曾干犯一宗刑事毀壞案件，雖只被判處一筆小額罰款，但卻因而無法移居加國。

　　偶爾會聽到某些團體的怨言，認為需要特赦因 1967 年香港

暴動期間引發的各項罪行而被定罪的市民。但同時我亦希望，
行政長官應該考慮赦免一些值得給予機會的被定罪人士，好讓
他們開展新生。當然，這些寬容之舉必須以公眾利益作為依歸。
任何人道社會亦應從懲罰與寬恕之間取得平衡。

（原文寫於 2017 年 10 月）

8. 榴槤之味

若閣下如筆者般熱愛榴槤，必會為以下這則新聞感到震驚：一些科學家已研究出如何去除榴槤令人難以忘懷的味道。沒錯，新加坡的研究人員已成功發現導致這種水果發出令人或愛或恨氣味的基因。

作進一步談論前，必得承認榴槤於筆者心中的地位絕非等閒。發臭的果肉美味得非筆墨所能形容。筆者自年青時於馬來西亞的日子，成長期間總有榴槤作伴。正是這種水果能令親人及朋友聚首一堂大啖榴槤盛宴。閣下只要嚐過第一口果王的滋味，從此便欲罷不能。若有一種水果能使人成癮，非此莫屬。嗅覺與味覺的結合，形成了一番讓人刻骨銘心的滋味。

並非只有筆者一人把榴槤稱作萬果之王，甚至維基百科也承認這最常見於東南亞地區的水果，不管產自何地也被譽為果王。除了其味道及所發出的氣味以外，榴槤尚有其他獨特之處。它是一種奇怪的植物，美麗的黃花於傍晚綻放，再透過蝙蝠在夜間把花粉傳播開去。也是基於這個原因，孩提時常被告誡切莫於榴槤樹下走動，免被掉下來的果實尖刺擊中頭部。筆者曾聽聞不少有關無辜途人遭成熟且重實的榴槤從樹上掉下來砸死的悲慘故事。

馬來西亞人聲稱該國西部出產的榴槤品質最佳，但筆者也曾遇過較欣賞印尼品種的榴槤愛好者。榴槤於這些國家的叢林

裏生長了已有約 6,500 萬年之久，故此「榴槤（durian）」原為馬來語實在不足為奇。跟其他許多水果的情況一樣，最高品質的榴槤總被運到新加坡，當地的榴槤愛好者相對上較為富裕，能夠為更優質的產品付出更高昂的價錢。港人只好無奈接受品質遜色得多的泰國榴槤，氣味清淡令人失望。

榴槤不單難於種植且收割時驚險萬分，同時亦有着不少效益。除了蘊含大量主要的維生素外，更被廣泛認為極具壯陽功效。故此喜歡穿着紗籠的馬拉男士之間有句流行語：「當榴槤掉下時，紗籠便會升起」！

新加坡科學家有關榴槤 DNA 的發現同時亦引發爭議，理由是榴槤被發現擁有 46,000 個基因——比人類的 23,000 個還要多。從中衍生出來的笑話包括榴槤比人類更為先進及榴槤也許比特朗普更具智慧。然而，也有食家為科學家可能創造出沒有香氣甚至口味較清淡的榴槤而憂慮。這於真正的榴槤愛好者而言實在是場災難，就如一名狂迷在推文中所言：「若無香氣或味道，還算甚麼榴槤？呸！」另一方面，也有可能把榴槤的香氣或味道轉移至其他水果，正如另一人發推文指出：「我希望有人能創製出具榴槤香味的牛油果。榴槤迷自會明白我心中所想。」順帶一提，「牛油果」（avocado）這名稱是從古墨西哥語「睪丸」中得來。

未接受過東南亞文化洗禮的歐洲人對榴槤非常無禮，他們把其香氣描述為「洋蔥加上臭襪」，也有形容作「公廁的氣味」

（也因此新加坡的地鐵、酒店房間及機艙行李一律嚴禁榴槤）。歐洲人當然也不明白榴槤屬「燥熱」之物，需要進食「果后」山竹作化解。

（原文寫於 2017 年 12 月）

9. 哈瓦那假期

　　假若有讀者打算到一處無線上網服務差勁、眼底盡是古董汽車及未經修繕的歷史建築、時間彷彿停住了腳步的地方度假，古巴是一個理想的選擇。由於遭美國制裁而被現代世界所孤立（美國國民踏足古巴竟屬刑事罪行，直到最近才有限度解禁），曾投向前蘇聯陣營的政府先後由菲德爾及勞爾‧卡斯特羅兄弟掌權。古巴令筆者聯想到一塊本人經常放於口袋中的琥珀，只要近距離細心觀察，便會發現一隻保存完好的昆蟲。跟這可憐昆蟲不同之處，是古巴仍活力充沛。音樂及歌聲總不遠離——水準也相當不俗（聽眾可隨緣樂助）。加勒比海節奏瀰漫於熱帶空氣之中。哈瓦那（Havana，另譯夏灣那）的街頭熱烈跳動着。

　　美國人曾一度把古巴視作殖民地。位於哈瓦那宏偉的國會大廈（El Capitolio）是由一所紐約建築公司於 1929 年所興建，跟美國首都華盛頓的正品可謂不遑多讓（古巴人否認此乃美式建築，寧願稱之為源於高古希臘文明）。共產革命以前，美國人於古巴擁有大量土地，後來皆被收歸國有。無怪乎美國人感到氣憤難平。前總統奧巴馬於 2014 年造訪哈瓦那後放寬制裁，但特朗普上台後便再次令美國旅客難以踏足古巴。美國的損失則造就了加拿大。加拿大人把古巴據為己有，而由中國到古巴的旅程更經常取道多倫多。

　　從國會大廈步行 5 分鐘便到達哈瓦那唐人街的巨型混凝土牌坊。佔地相當大，筆者曾預期會碰到大量華人並嗅到中菜烹調的香氣。然而可惜的是整個古巴只剩下數百名華人，而雲集中菜食肆的街道也只比小巷稍見規模。儘管已破落不堪，經深入挖掘後仍可發現一些有趣事物：一間中式廟宇、一所孔教學院、一名中醫及一所為退伍華人而設的安老院舍。曾跟數名操流利粵語的院友攀談，他們都是於 50 年代為了逃避中國的共產主義而出走當地。其中一位相信已年過八旬的老者臉上帶着苦笑地跟筆者說，他從沒想過當年因逃避共產主義而離開出生地，為的卻只是要在另一共產根據地離世。但他仍為安老院的免費住宿及頂級醫療服務而感到非常滿足。其後得悉自 1850 年起，數以十萬計的廣東及客家華工以八年合約的形式到古巴興建鐵路，或跟黑奴一同於甘蔗田工作。當中幾近全數為男性華工，他們經常會為女黑奴贖身並娶作妻子。根據 2008 年進行的人口普查，當地有 114,240 名「中古」混血人士，但純種華人卻非常罕見，大抵絕大多數華人也已移居北美地區。

　　此外，哈瓦那更有一座紀念碑，表彰 2,000 名參與為古巴脫離西班牙獨立的「十年戰爭（1868-1878）」革命的華人。頌揚這些為古巴犧牲的華人，碑文刻上：「沒有一個古巴華人是逃兵，沒有一個古巴華人是叛徒」。直到 1959 年共產主義的來臨，眼見商業被國家接管，當地華人紛紛跳上船隻逃到佛羅里

達州，古巴的損失也造就了美國，當年華人首創的中式古巴類美國菜譜從始於美國東南地區發揚光大。

（原文寫於 2018 年 1 月）

10. 大律師公會政治化

著名專欄作者盧綱（Alex Lo）近日斷言，大律師公會實際上是一個政黨。他聲稱：「也許不應再把公會只視為大律師的專業團體，實際上已是一個政黨。」他的見解源於早前一小撮大律師成功接管公會執委會，一個代表着全港 1,400 多名執業大律師的組織。

筆者非常了解有關論據的威力。從公眾角度看來，是不少法律精英自願跟一小撮同屬泛民陣營的大律師拉上關係。當然，政治見解、政治抱負跟純法律議題之間經常難以劃清界線。總會有把政治掩飾成法律議題的危機，令公會將難以甚至無法堅守不參與政治（apolitical）的應有原則。牛津詞典把 apolitical 解作「不關心或不涉及政治」，然而公會執委會被一個有着強大政治聯繫的派系所操控，這理念看來絕不可能。

筆者加入香港大律師行列已有 40 載，當時為 1987 年。於此 40 年間，公會於保障會員及法治的工作絕對值得表揚。但時代正在改變。環境不斷在轉，政治問題正是新的「金杯毒酒」。於往昔殖民年代，公會的工作較為輕易，理由是當年尚未有政黨的出現，而公會亦可就法律議題發表意見，以表明獨立於政府的地位。事實上，馬來西亞、新加坡、印度以至香港的殖民政府也頗鼓勵當地大律師公會提出異議，因為這是宣揚政府胸襟最安全及最便利的方法。於殖民時期，大律師公會經常扮演

政府政策法律上的反對派。

現今世界已是截然不同。電台電視、報刊雜誌及社交媒體到處充斥着政治。不管有多崇高，公會決不可跟任何政治理念有着聯繫。必須要的是尊重整個政治光譜。這趟大律師公會執委選舉分隔着雙方的一大議題竟牽涉政治，確是個可悲的諷刺。為保持公會的健康及良好狀態，必須燒灼這道政治傷口。我們也得治理會員之間日益擴闊的分歧。

多年來，大律師專業成功培育出許多政治人才，他們透過立法會（或立法局）內的出色表現服務社會，為了政治爭議於私人及家庭生活上作出了極大犧牲。我們需要這類人才為香港的政治意識繼續貢獻。成熟的政治活動於立法會內當然大受歡迎，但在公會內卻萬萬不行。畢竟有意從政的人士應具勇氣加入政黨——市場上有不少政黨可供選擇！

盧綱更作出了一個大膽的預言，在新任主席領導之下，於國旗法及為《基本法》第 23 條制訂國安法這些具爭議性的政治問題上，大律師公會的立場「將會跟泛民陣營的幾乎沒有區別，只是爭論時會用上較深奧複雜的法律術語」。時間將證明一切，但只怕他不幸言中。

（原文寫於 2018 年 2 月）

11. 活到 120 歲

早前因急事到了深圳一趟，意外地碰上了一位大抵相當著名的傳統中醫師。其父親、祖父、太祖以至大量先祖皆曾行醫並研習太極，當中更包括乾隆皇的御醫。海量的醫學知識世代相傳，他聲稱已累積了博大精深的醫術。他遞過來一些藥丸，告知筆者可停止服用一切藥物（不論中藥或西藥）、維他命及筆者已服食數十年之久的營養補充劑，只需要他的藥丹便已足夠。「是以甚麼製成？」「這個不能告訴你，是秘密」他答道。大多數日子裏，每當看到這些藥丸，便不禁懷疑未有服用到底是怎樣的損失，尤其筆者獲其告知將可活到 120 歲。這的確令人心動。於此刻而言，活到 120 歲看來頗為吸引，但天曉得當筆者到了 100 歲時會否抱着同樣心態。到了今天該瓶藥丹仍未開封，也許日後將大派用場。畢竟，除了未有列出成份以外，藥瓶也沒有標示有效日期。

這個有關 120 歲的話題於另一場合再度出現。美國的著名醫學院數目眾多，其中一所的數名醫生以科學分析，精確計算出人類的最長壽命將會是 120 歲（誤差範圍正負 3 年）。筆者閱讀這篇報道前數天，坊間正熱烈談論着香港（以至全中國）的人口老化問題。正當男士可活到八十多歲，女士則更多數年，而年輕一代生育率偏低，維持政府正常運作的納稅人數目已出現短缺。若長者可再多活 30 年將會是何等景況？極端老化將可

令全球破產。

中西醫學也相繼把生命極限提升至 120 歲，但他們卻未有解釋長壽之道。毫無疑問，隨着醫學不斷進步，許多疾病將要絕跡，將來的年輕人也將會比現時的更健康。但筆者日常服用的維他命又如何？是在浪費時間及金錢嗎？加州大學的 Dr. Claudia Kawas 指出，非常長壽的人皆有輕微超重、每天喝兩杯咖啡、到戶外走動、限陌生人聊天及每日享用兩杯葡萄酒。她甚至能夠計算出不同活動可減低早逝風險的百分比：每天喝兩杯葡萄酒可減低 18%；每天喝兩杯咖啡可減低 10%；每天花兩小時於任何嗜好可減低 21%。有趣的是，這位醫生雖說動腦筋可有助長壽，但不一定是智力遊戲，簡單的跟別人交談經已足夠。至於體重方面，她發現輕微超重的長者心臟病發或中風後存活過來的機會較高。酒精卻是另一回事，當為得悉酒精可延長預期壽命而感欣慰的同時，筆者也頗欣賞一位友人的生活態度，他曾說：喝酒令他慢慢步向死亡，但他一點也不着急。

與此同時，該瓶中藥已於層架上被塵封。詢問不同友人有關這靈丹妙藥的意見，各人也會發表各自對健康的信念。筆者認識某人熱愛高速單車，另一人則喜歡遛狗散步，其他的或會游泳。一位友人相信她的強健體魄全賴每天進食兩個蘋果並奉行 3-2-1 飲食，即豐富早餐、適度午餐及輕量晚餐。如一古老英諺所云：「一日一蘋果，醫生遠離我」。

（原文寫於 2018 年 3 月）

12. 賞櫻漫談

　　日本——跟許多其他位於北半球的地方——剛度過了一個燦爛的櫻花季節。曾多次到不同的地方賞櫻，今年筆者選擇了日本遙遠北部的北海道，當地遲來的春天是賞櫻的最佳時機。只要氣候適宜，櫻花樹可於許多不同國家茁壯成長——歐洲、印度北部、中國、韓國及北美地區——然而卻只有日本人方堪稱展示櫻花的大師。事實上，他們已把櫻花從一般的綻放昇華至藝術的境界，這不難理解，畢竟「山櫻花」本來就是日本當地的原有品種。日本人於櫻花樹下野餐已有上千年的歷史。

　　櫻花樹也是日本展示其軟實力的最成功輸出品。華盛頓每年的「國家櫻花節」皆可吸引大量旅客前赴此美國首府。跟日本的情況相若，華盛頓的酒店住滿了賞櫻人士。這項為期四個週末、吸引到 2,000,000 名訪客的活動，紀念着於 1912 年由東京市長贈予華盛頓特區的 3,000 棵櫻花樹。

　　於 1920 至 1930 年代，日本向多個歐洲及美國城市送贈類似禮品。其中以神戶及橫濱為溫哥華送上的禮物最為豐厚，令溫哥華成為了觀賞櫻花的勝地。而櫻花樹看來也愛上了溫哥華的天氣，生長得比任何其他地方的更加茂盛。日本政府於 1958 年捐贈更多的櫻花樹到溫哥華，作為「兩國友誼的恆久紀念」。一項於 1990 進行的統計發現，市內近半數的公有樹木為櫻花樹，約有 100,000 棵。每年春天皆有大量櫻花可供觀賞。

儘管櫻花之美稍縱即逝，一般也不足一個月，但櫻花樹仍可快速傳播至任何氣候合適的國家。移居海外的日本人總會帶着櫻花樹幼苗以解思鄉之情，而櫻花跟菊花一樣同屬日本國花。至於中國，最佳的賞櫻勝地分別是遼寧省的旅順口區、湖北省的武漢市及重慶市的南岸區。

有一點必得注意，由於賞櫻的流行程度大增，不單日本人會安排於櫻花盛放之時享受年假，不少港人亦爭相效法，筆者也遇到不少來自歐洲的旅客，他們赴日只為着一個原因——櫻花。閣下必須及早安排酒店住宿，甚至出發前一年預訂更為穩妥。

筆者今年選擇了一個新的賞櫻地點，北海道西南部的函館市。也許當地更為人所熟識的是其星型堡壘——五稜郭。此外，函館市也因為一名美國人於 1854 年來到當地而聞名。美國海軍將領馬修·培里（Mathew Perry），讓日本人折服於其蒸汽鐵甲軍艦之下，從而決定結束長達 250 年的鎖國政策並投進工業化的懷抱。當然，使當時美國律師大為懊惱的是日本人拒絕簽署那份強制他們開放國家接受西方社會影響的條約。培里的雕像仍屹立於函館市內，紀念着這個日本、以至全球所經歷的轉折點。天曉得若沒有當年的培里，日本如今也許仍鎖國、落後，而他們的櫻花也未能傳遍各大洲。

（原文寫於 2018 年 5 月）

13. 變天時刻

當天的情景還歷歷在目。那是 1957 年 8 月的最後一天，也是充滿希望的一天，馬來西亞於當日脫離英國殖民統治宣告獨立（即馬來語的 merdeka）。三個不同種族——印度人、馬拉人及華人，均樂觀地迎接光輝的未來。可惜，事情的發展卻不如華人所願。我們遭受歧視，被視作次等公民，部份人更於種族暴亂中喪生。數以十萬計的華人，當中許多也接受過高等教育，選擇帶着家當離開出生地。許多人如筆者般揀選了香港作為新的居所。也許是香港當年仍屬英國殖民地的關係，政府對待來自馬來亞這前殖民地的華裔移民也相當寬容。筆者是一名生於馬來亞的英國公民，如今卻選擇了於另一英國殖民地開展個人事業，然而這裏畢竟以華人佔絕大多數。

世上無人不知，近年貪污瀆職事件嚴重損害了馬來西亞的經濟及聲譽。國家長期深陷政府高層以權謀私的泥沼當中，國民也得無奈接受。也是基於這個原因，近日 92 歲的馬哈蒂爾當選國家第七任總理，來自星馬兩地的海外華人無不額首稱慶。我們這些已移居海外的人不禁會問，馬來西亞可會面臨徹底的轉變——貪污不再、不論種族人人機會均等、所有人皆受到法治的保障……，還有許多許多……。

值得一提的是李光耀當年亦相信華人於馬來西亞將不會得到公平待遇，致使他於 1965 年宣告新加坡脫離馬來西亞成為獨

立國家。李光耀準確的預見得到,國內佔大多數人口的民族——馬拉人,將會以歧視不公的手段治國,凡事以馬拉人為先。相信他同時也預見到馬來西亞政治想必也抵擋不了貪污的誘惑。問題是如今推翻了納吉布,馬哈蒂爾當選是否象徵着馬來西亞政治上的一個轉折點?若是如此,這確實是馬國的重要時刻。

選舉後的即時現象看來相當正面。馬哈蒂爾挑選了一名華人當上新任財政部長,是 44 年來首度有華人出掌如此高位。前銀行家林冠英,面對傳媒時圓滑地淡化其華裔血統:「我不是華人,我是馬來西亞人」,但他私下定必對此重要職務充滿期待。不禁疑惑,何時方會聽到有馬拉部長向外宣稱:「我不是馬拉人,我是馬來西亞人」?可會有這一天?馬哈蒂爾同時也委任了另一位華人(扎根香港的億萬富豪及大馬首富)——94 歲的郭鶴年,作為經濟顧問。目前,馬來西亞的近 700 萬名華人,跟他們的印度裔國民,皆期望真正的改革即將來臨。筆者居於新山市(Johor Bahru)的胞妹重提一則馬哈蒂爾女兒、一位受敬重的新聞從業員瑪麗娜(Marina)於 Facebook 的舊貼文,內容寫道她期望所有馬來西亞人,不論種族,均會自稱為「pendatang」,即馬來語中的「外國人」,她暗示實際上馬拉人亦屬外國人,因為他們也是來自印尼。如今,馬來西亞的前途正付託於一位 92 歲醫生的肩膀之上,儘管經歷過兩次心臟繞道手術,健康情況仍然極佳,活力充沛,其思維跟辯才同樣敏銳。

(原文寫於 2018 年 5 月)

14. 外國記者會的興衰存亡

它是香港歷史最悠久及最受人愛戴的會所之一，每位的士司機也稱其為「FCC」。1943 年於重慶創立的「外國記者會」（Foreign Correspondents Club）為求生存，直至 1949 年落戶香港前曾多次搬家。它的命途多舛而財政狀況也相當險峻。筆者於 70 年代首次踏進其門檻時經已再度遷址，那時候位處香港會背後的 Sutherland House。除了員工一律是中國人外（但當年總經理一職總是由「鬼佬」出任，此話題容後再談），筆者屬少數的華人面孔。還記得會所能否存活過來曾經成為了吧台的熱門話題。租金高昂、租約期滿，另覓處所看來更是癡人説夢。此時一名跟時任港督麥理浩私交甚篤的著名記者想出了一個絕妙點子。她正是霍林沃思（Clare Hollingworth）。相信是於二人把酒言歡期間，她向麥理浩提出可否為外國記者會尋找永久會址，這將是會所及香港的雙贏局面。麥理浩打趣答道：「也許，若我們為會所覓得安身之處，記者將不再批評我們。」此回應成為了一時佳話。一鎚定音，外國記者會自此遷移到現時的雪廠街會址。霍林沃思於 2017 以 105 歲高齡辭世前，仍活躍於這個她所熱愛及被她拯救過來的會所。

外國記者會是其中一個最值得加入的會所。位處核心地段、收費合理、員工友善，還有美味馳名的星州炒米及海南雞飯，更少不了傳統英式早餐。還可有甚麼不滿？會所經營有道，業

績斐然。而外國記者會縱使名謂如斯，外籍會員人數已不及華人，記者更必屬小眾。會所甚至可自給自足，每年向政府奉上約 700 萬元租金，近日更另花 700 萬元為建築物進行改善工程。數十年來一直由同一名總經理出色管理。鄭則江（Gilbert）早在 70 年代已於 Sutherland House 的會所酒吧中工作。「鬼佬」總經理永不長留，直至某人聰明的建議擢升華人員工。他們選擇了 Gilbert，會所一直也非常感激他所作出的貢獻。Gilbert 早已萌生退休念頭，但一眾會員總不能接受——直到現在。他要離開我們了，祝願他一切安好。

另一方面，外國記者會的管理團隊，的確由外國記者組成，也正是這管理團隊邀請了香港民族黨非常年青的陳浩天到會所活動中發言，因而激起了軒然大波。這名曾經消失得無影無蹤的年青政治激進分子，突然成為了關注的焦點。可以肯定，為鼓吹香港獨立這荒謬主意的人士提供平台，外國記者會的委員會已超越了非常危險的底線。即使老愛興風作浪的前港督彭定康，也不贊成有關獨立的演說。外國記者會以問題在於言論自由作為其抗辯理據，然而這種自由於每個國家也有限度。非常質疑於舊殖民地年代，可有港督能夠容忍此等政黨或此等演說。殖民年代以嚴苛馳名的「公安」條例定必派上用場。英國外交部恐怕香港這類行為將會破壞與中國之間的關係。

惟願外國記者會不致於最終無家可歸，別要白費霍林沃思的一番心血。

（原文寫於 2018 年 8 月）

15. 飲酒有益

　　閣下是否如筆者般，偶爾會擔憂多喝一杯將影響健康？相信每個人也會為喝酒感到疑慮，尤其是生活於這個非常關注健康的年代。甚至酒瓶上的標籤也會寫上切莫過量的警告字句。故此，當聞得牛津大學著名教授指出酒乃人類生存及成功的基本要素時，確實感到相當驚訝。他提出酒精類飲品能促進友誼、緩解精神緊張及消除社交焦慮——甚至人類喜歡喝酒也是基於這些原因。換言之，人類喝酒的理由值得稱許，而酒精也對我們滿有益處。它能夠拉近人與人之間的距離，彼此互相信任，或如 2,000 年前古羅馬人所言："in vito veritas"——"in wine, truth"（酒後吐真言）。考古學家發現中國人於 8,000 年前已有喝酒，明顯地未有對他們造成任何傷害。「茅台」大抵是人類發明的最強烈酒精飲料，然而中國人口已達 13 億。8,000 年前已有農民純為發酵及釀酒而種植大麥和小麥。

　　筆者數年前曾飼養了一頭名為「Hector」的愛犬，被我們暱稱作「Hector the Protector」的牠也喜歡喝酒。並非甚麼烈酒，只是啤酒或淡淡的「氈湯力」（gin and tonic）。數分鐘後牠會變得非常高興活潑，笑得合不攏嘴，極渴望得到輕撫及跟人類交流——隨後便會呼呼大睡多個小時。筆者不相信這些飲品會對牠造成任何傷害，牠亦顯然相當享受那種糊裏糊塗的感覺。

數年後才驚悉一些如大象及黑猩猩等野生動物喜歡進食腐爛了的水果，皆因發酵後會產生小量酒精。牠們愛上了那種反應，會不斷進食直到失去平衡及摔倒於地上。

不期然聯想到多年來一些偶爾會碰上的人，他們喜歡每天佔據着吧台的同一位置，暢飲着各自的心頭好。於他們而言，一杯葡萄酒或威士忌猶如為他們帶來歡樂的好友，也能觸發更精彩的對話及更風趣的笑話。有趣的是，英國一項研究追蹤了9,000名公務員過去40年來的飲酒習慣，發現只喝微量或完全不喝酒精飲料的人，於晚年患上認知障礙症的風險較高——更是高出50%。然而，飲酒過量的人患病的機會同樣較其他人高。看來適量喝酒方可達至長遠功效。

這令 Grace Jones 的個案更加耐人尋味。112 歲的 Grace 是英國最年長的女士，其視力、聽力及食慾仍處於良好狀態。每晚就寢前也會喝上一杯她最愛的威士忌。當被問到有關健康及長壽的秘訣時，她答道：「威士忌！」雖然，筆者估計她的基因必定扮演着重要角色。另一位 113 歲仍然健壯的長者指出，是每天一杯雪莉酒及美食讓她一直活下去。更令人難忘的是法國女士 Jeanne Calment 活到 122 歲的精彩個案，聲稱她的生存之道在於巧克力、橄欖油、香煙及廉價紅酒。其友人笑稱紅酒的益處抵銷了香煙的禍害。依筆者看來，要晚年過得健康愉快，必須培養有節制的飲酒習慣。不可太少，也不能太多。正如希臘哲學家阿里士多德 2,400 年前的金玉良言——"moderation in all things"（凡事適可而止）。最後不得不提，Grace Jones 是到了 50 歲之齡才開始享用威士忌，在此以前她滴酒不沾。

（原文寫於 2018 年 10 月）

16. 夢遊到 2047 年

　　每年均會舉行儀式宣告新的司法年度開啟。這個莊嚴的典禮承襲自殖民年代並由已故前首席按察司羅弼時於 1980 年重新引入。典禮給予首席法官向整個香港社會發言的機會。多年來（包括今年），首席法官歡迎有識之士具建設性的批評之餘，也一直譴責對實情所知不多的人就司法機關的決定說三道四。

　　也許他亦未有注意到，在他發表有關言論後不久，他的一位舊同袍將要推出一本對各級法院進行猛烈抨擊的著作。烈顯倫法官（Mr. Justice Henry Litton）——一位最受人敬重及學識淵博的律師，於法律及司法機構的工作皆取得輝煌成就，如今仍是一位思考非常敏銳的八旬老者。他曾擔任終審法院常任及非常任法官長達 17 年之久，明顯地他是一名對司法機關非常熟識的觀察者。他的批評理應值得特別的關注及最大的尊重。

　　來自司法智慧的手筆，一如預期，其著作 *Is the Hong Kong Judiciary Sleepwalking to 2047?*（《香港司法機關是否將夢遊至 2047 年？》）實屬言簡意賅的典範。7 章 240 頁的內容是對現今司法機關的當頭棒喝。著作必定讓許多人大為震驚。由裁判法院到終審法院，烈顯倫大肆抨擊司法機關內各個分支。他認為司法獨立的最大威脅來自司法機關本身。他闡明真正司法獨立所需的三大標準。首先是一個精簡及堅定的司法機關；其次是由精通普通法常規及價值的法官負責執行；第三，絕不容許拖延。根據其

嚴格標準，香港司法機關於以上三方面皆未達標。

由於在一國兩制的框架之下，香港司法機關具有執行本身制度的能力，故此烈顯倫不大憂慮內地方面逐漸干擾司法機關。他實際上是指出只要香港司法機關採用正確的普通法模式並能夠分辨出何謂本土及非本土問題，香港將可於一國兩制的原則之下繼續享有司法獨立。根據普通法，只有本土事項才應交由法庭約束及判決。

他以 2014 年國務院所發出的一份文件為例，內容是北京把法官職務歸納作「治港者」。當時於香港曾引起一輪騷動，法律界別的反應尤甚。然而，根據烈顯倫所言，若以正確的方式解讀，有關描述並非不恰當。他指出：「這不是正要提醒一眾法官，他們是香港政府基本結構內的一部份，於履行職責時應把焦點放在困擾社會的議題，而非沉醉於律師提出的深奧法律觀點嗎？」換言之，法庭聯同政府另外兩個分支合力「治理」法律，而於此情況下法官實屬「治港者」。

由於篇幅所限，筆者未能引述更多他有關司法覆核的濫用、人權法及歐洲法律對我們普通法制度的惡意侵犯及司法機關文化須進行徹底改革等評論。

當然，並非每個人皆會同意烈顯倫各項坦率的批評，尤其是他有關律師所扮演角色的評論。不管閣下有何見解，此著作無疑應得到廣泛注目。

（原文寫於 2019 年 1 月）

17. 在博茨瓦納上一課

於 2018 年的最後一天，筆者正飛往一處與別不同且充滿異國風情的度假勝地。在非洲中部遼闊的野生動物天堂展開一次動物觀賞之旅。啟程前往博茨瓦納（Botswana），一個被納米比亞、安哥拉、津巴布韋包圍着的平坦內陸國家。於許多非洲國家也能看到動物，但博茨瓦納卻有着不一樣的名聲。她是反對偷獵動物運動的先驅，也是非洲首個保護國內動物的國家。近日，這國以取締膠袋進一步加強對環境的保護。那個於香港只值幾角錢的超市膠袋（任何動物進食後可引致死亡），在博茨瓦納閣下便要花上 500 美元。

旅程中所乘搭的飛機體積一架比一架小。從南非約翰內斯堡出發，一架小型飛機把我們帶到博茨瓦納的小鎮馬翁（Maun），地方雖小，但卻容納了 300 架私人飛機。聽聞旺季時候更是繁忙，一名航空交通管制員嘗試在沒有雷達的協助下處理一片過度擠擁的天空而導致神經衰弱。乘搭六座位螺旋槳飛機是唯一從馬翁前往鷹島（Eagle Island）貝爾蒙德（Belmond）度假酒店的方法。這片偏遠且隱秘之地擁有屬於自己並被不同顏色大小野生動物所包圍的機場跑道。「入夜後，閣下必須尋求職員陪同方可進出酒店，因為大象、花豹、河馬及獅子皆可能於晚間路過」，負責接待的經理不忘警告，「有一頭河馬晚上喜歡到九號別墅外的草坪上睡覺」。筆者直到後來才得悉河

馬乃非洲的第二號人類殺手——僅次於蚊子。河馬的巨型犬齒每年殺害多於 300 人，而蚊子行兇數字則若 50 萬之多。一群河馬就在小屋泳池旁邊的河流生活。至於蚊子，幸虧筆者完全未有遇上。

　　每天在壯麗的天空之下，以無數的野生動物作伴於戶外用餐，跟香港生活方式的差異可以想像。晚上獅子咆哮，鬣狗發出咯咯笑聲，青蛙則以沙啞的叫聲相和。除了較容易預期的物種如大象、斑馬、長頸鹿及猴子外，我們有幸還見到非洲野狗（瀕危物種）及花豹（一般難被發現的獨行獵人）。最初未知將有着何等體會，但首數天後最令筆者印象深刻的是自然界的自然平衡。每隻動物皆發揮各自的功用以維持生態平衡。甚至每個物種的數量也是由大自然操控（人類殘殺個別物種屬唯一例外）。

　　這趟動物觀賞之旅教曉筆者應多加關注自然生態系統的平衡以及我們人類於維持平衡上的責任。畢竟，人類跟所有生物同屬自然界的一部份，無法取得平衡將造成失調及混亂。於很久以前，所有生物皆以不同方式互相依賴而生存——包括人類。

（原文寫於 2019 年 1 月）

18. 香港應該歡迎引渡

關於一名港人涉及其女友於台灣離奇死亡的指控，促使香港政府考慮引渡該疑犯到台北接受審訊。事件的發展惹起各方興趣，引申出一個更廣泛的議題——台灣、香港、澳門及中國內地這些各自擁有不同司法體系的地方之間的引渡協議。

依筆者看來相當令人驚訝，這些關於引渡逃犯的議題竟多年來從未解決，委實耽擱過久。簡而言之，引渡是一種法律手段，把嫌疑人從一個司法管轄區移送至該嫌疑人涉嫌於當地干犯法律的另一個司法管轄區接受審訊。如香港及澳門同一國家內的不同地區需進行引渡實在非常罕見，問題是這兩個中國的主權部份各自承襲了殖民時代的司法制度。於刑事事項中，香港跟約 20 個國家簽訂了引渡及另一類型（提供行政協助）的協議，全因得到北京中央政府的支持及允許而成事。未經中央政府的同意，香港不可採取單方面行動或簽訂引渡協議。

由於該宗台灣案件，引渡政策飽受抨擊。然而根據筆者的個人經驗（筆者曾於美國、加拿大及菲律賓等地參與引渡案件），若非提出爭議，引渡程序本可簡單直接。受爭議的引渡程序則可變得複雜、繁瑣及拖延，西方一些引渡案件可糾纏多年，消耗巨額訟費。曾潛逃至加拿大的中國商人賴昌星，聲名狼藉的他為引渡決定爭議了近 12 年。英國男子 Philip Harkins 於美國佛羅里達州被控謀殺，其引渡爭議更長達 14 年。二人最

終均告敗訴，分別被移送至中國（2011 年）及佛羅里達州（2017年）面對審訊。

引渡的法律程序包含了多項保障措施，難以想像其遭濫用的可能。假設菲律賓希望從香港引渡某人到當地，必須先向行政長官提出有關要求，再由一名裁判官發出拘捕令，被告於任何階段均會得到廣泛的法律程序及保障的幫助，包括上訴至不同級別法院的權利。來自菲律賓的證據必須交予香港法院作考慮之用，並有多項審核確保案件公正處理。規管有程序的法例載於 https://www.elegislation. gov.hk/hk/cap503。

最明顯的保障是引渡程序通常只適用於一些最嚴重的罪行，如謀殺、種族滅絕、強姦及個別嚴重商業罪案。此外，假如香港認為該宗發生於其他司法管轄區的案件具政治性質，或是基於宗教、種族或政見等理由，絕對有權拒絕移交其公民。若根據香港法律，該犯人已被判無罪或獲得特赦，香港也可拒絕引渡有關逃犯。

事實上，所有引渡及相互法律協助協議皆設有法律保障，旨在確保於海外司法管轄區及香港法律之下，公義也得以彰顯。香港主權回歸中國 20 多年後仍未有特定法律規管引渡程序，看來相當荒謬。尤其牽涉到香港、澳門及大陸之間的關係。改善有關荒謬情況實在刻不容緩，引渡法將可帶來現時所欠缺的全面法律保障。

（原文寫於 2019 年 2 月）

19. 民主中的偽善

一條於欽定本《聖經》中具 400 年歷史的著名問題:「花豹能夠改變其身上的斑點嗎?」如今已變成一句非常流行的英文習語,用來描寫一些本性難移的人——例如不相信到處拈花惹草的人可戒除陋習,猶如花豹不能改變其身上的斑點。

當閱得彭定康早前對英國脫歐的強烈譴責之時,那些斑點便開始於筆者的腦海中浮現。記憶力強的讀者定必記得這位非常平易近人的香港末代港督、透過引進民主制度把香港政治化的人。他以宗教狂熱分子般的熱情及決心來推銷民主制度的優勢。儘管英國外交部、新加坡的李光耀甚至滙豐大班齊聲警告由於中國決不容許,民主制度於香港並不可行,但他卻充耳不聞。無論如何,彭定康絕不動搖,這位可跑到街市跟市民混在一起,向他們承諾建造一個民主樂園的政客,明顯地陶醉於掌聲之中。

撤出香港以後,彭定康(如今已晉升為巴恩斯彭定康勳爵,Lord Patten of Barnes)到了歐洲生活,大多日子都在他心愛的法國度過。作為一位優秀的餐後演説家,他喜歡打趣的説,住所附近的法國農民把他視作越南的最後一位法國總督。對歐盟優點的堅定信念轉而成為他反覆提及的課題,更曾出任歐盟政府於布魯塞爾總部的一名專員。現已完全退休的他把注意力轉移到英國即將脫離歐盟的問題上。他認為脫歐對英國將會是一

場災難,並正竭盡所能阻止其發生。他嚴厲斥責首相文翠珊,指稱她固執的同時亦懇請她避免即將於 3 月 29 日晚上 11 時進行的脫歐行動。

這把筆者帶回花豹斑點的課題上。於此情況下,彭定康這位熱血的民主鬥士看來真的能夠改變其身上的斑點,教人嘖嘖稱奇。他出任港督時曾擊節讚賞的民主制度,如今看來也必須得到他的批准。他認為英國人民於脫歐公投中所作的民主決定應被推遲或重新考慮,完全推翻最是理想。不禁疑惑,若香港在他帶領之下走上民主之路,及後市民投票支持某些他並不贊同的方案時,那將會是何等景況?毫無疑問,港人很快便會如現時的英國人一般,對他們的政客不再存有幻想。

歐洲所面對的不快現實是,也許將有歐洲其他國家複製英國脫歐所造成的政治損害。失業問題、非法移民及對政客的失望,令整片大陸瀰漫着負面情緒。歐元區也許正處於災難性衰退的邊緣,西班牙工業生產突然下跌 7%,意大利下降 6%,德國下降 4%。歐洲人從痛苦中意識到,歐盟並未有為他們帶來一眾政客所承諾的永久繁榮及更和諧關係。歐元貨幣及單一市場均告失敗。自 1999 年歐元面世以來,意大利經濟增長只有微不足道的 7%,希臘增長了 1%,而整個歐元區則增長了 26%——相對於美國的 42% 及英國的 44%,而中國更成為了舉世嫉妒的國家。也許英國脫歐也為全世界揭露了所有民主制度中的固有偽善。

(原文寫於 2019 年 3 月)

20. 邁向大灣區黃金時代

終於，經過了多年迷茫的日子，香港邁向燦爛未來的路徑看來得以敲定。無須再為將來擔憂。困擾香港多年的後殖民疑團終告一段落。毫無疑問，近日得到北京國務院認許的「大灣區」經濟發展規劃，標誌着香港另一個黃金年代。香港的金融、商業及法律等過人之處，將會成為此迄今全球最大型製造及科技中心的關鍵元素。

這故事始於 40 年前，1989 年鄧小平南下巡視廣東並在深圳展開了大型經濟實驗。隨後中國於 2001 年加入世界貿易組織，廣東因而融入全球生產業體系。背後得到香港精明投資者及專家的支持，廣東得以成為「世界工廠」。

如今將開拓新的境界——粵港澳大灣區。一些重要數據相當驚人。高達 7,000 萬的總人口令東京首都圈約 4,400 萬及紐約都會區的 2,000 萬相形見絀。三藩市灣區更只有 800 萬。目前紐約（16,600 億美元）及東京（17,750 億美元）的經濟狀況跟大灣區的 15,130 億美元已是相當接近，然而大灣區的額外人力資本將必轉化成大幅增加的人均財富，而香港將從這剛起步的經濟發展中獲取厚利——從西面的江門到東面的惠州，還有北面的肇慶。

部份民主陣營中抱懷疑態度的人不斷對大灣區計劃冷嘲熱諷，此等表現不單令人遺憾，甚至使人蒙羞。曾聽聞有民主派

人士指稱大灣區是蓄意破壞神聖「一國兩制」及削弱我們珍貴法治和公民自由的巧妙詭計。當然，這些擔憂全屬一派胡言，必須及早澄清。

事實上，香港獨有的才能及法律制度不單未會受到威脅，在大灣區更有光輝的前景。於發展新法規監管區內商業訴訟以至保障知識產權方面，香港將要扮演一個非常重要的角色。筆者未敢聲稱已閱畢北京國務院的規劃綱要全文，但所見部份已清楚顯示香港將負起塑造大灣區未來的重任。這是保障香港將來繁榮穩定的天賜良機。

至於那些懷疑論者，筆者較喜歡稱呼他們作「小港人」，只想沿用西式民主方法為香港築起圍牆。他們應該放眼作為一個經濟區主要角色的前景，這是一個規模跟澳洲或韓國相同的經濟區——快將可媲美德國的經濟體系。一個許多港人皆忽略的重點是，北京政府把大灣區視作一項改革的實驗。這議題引起了筆者有關專業上的興趣。法律方面，大灣區規劃談及香港法律業界的開放措施，並提到容許跨境執業的「一試三證」的可能性，資格及標準的相互認可機制。

可把大灣區想像為一張三腳椅子。其一是廣東的製造業；其二是深圳於科技領域的創新專長；最後當然是香港在財經及專業服務上的卓越表現。要這張椅子直立不倒，三條椅腳缺一不可。香港的將來因此得到保障。

（原文寫於 2019 年 3 月）

21. 修改引渡條例之過慮

上星期天，筆者一如既往到中環享用點心午膳，餐後孫兒一如既往嚷着要購買新的足球貼紙，進一步加強他的龐大收藏。這些於全球發售的足球卡片極受男孩歡迎，定必賺得盆滿缽滿。

當我們從太古廣場橫過金鐘道前往海富中心 7-11 小店期間，看見人群聚集於行人天橋之上對着灣仔方向議論紛紛。離遠看見有警務人員護送着一群搖旗吶喊的抗議人士。下方金鐘道前往灣仔的交通陷入癱瘓，往中環的行車線則見不到任何車輛。心中不禁想到，又來了，示威的季節又來了。每逢週末混亂的交通情況將再堵塞街道，警隊將再大舉出動控制人群。

最初筆者估計這趟示威所針對的是瘋狂樓價或香港每況愈下的生活水平。畢竟，只消跑到灣仔、銅鑼灣街頭，或乘搭港鐵到尖沙咀，必定領會到日常生活質素驟降至何等地步。近日聽聞有不少能幹的香港青年，由於未能負擔像樣的生活而選擇到如曼谷等海外地區經營網上業務。

令筆者感到驚訝的是這群示威人士並非在控訴樓價，而是那有關引渡法律的改革草案令他們跑到街上。如往常般，主辦單位聲稱的參與人遠比警方的計算為高，這趟是 12,000 人跟 5,000 人之別，但筆者相信警方的數字應該較為準確，如此說來，800 萬人口中的 5,000 人，實在意義不大。緊記示威活動的主辦單位總是傾向誇大事實，亦不情願承認低出席率。

　　至於示威人士對引渡安排修訂草案的憂慮，以及有關內地司法制度的關注，筆者堅信他們無須過慮。而聲稱內地機關可能為政治理由而向個別人士捏造指控，也不過是本土派及激進民主派的恐嚇手段。香港的自由未有受到威脅。

　　別忘記香港已跟約 20 個國家簽訂引渡協議，當中每個協議皆建基於獨立的雙邊協議。國際法中並無任何規例訂明此等雙邊協議永不可作出改動，而香港也永遠享有判定每宗引渡案件的性質及範圍的最終權力。怎樣的罪行適合移送疑犯，怎樣的情況及處於怎樣的環境適合進行引渡，這些皆屬香港方面可全權決定的問題。

　　所有跟其他國家簽訂的引渡協議本來便附有大量法律及司法保障。我們的法庭以至行政長官必須為每一個引渡要求作出考慮，於現行制度下許多罪行，尤其屬政治性質的疑犯，皆不可進行引渡。假如相信疑犯將不會接受到合乎國際認可標準的公平及公開審訊，制度中亦無條文阻止法院及行政長官拒絕引渡疑犯到內地的要求。建議修訂的法律細節無庸贅敍，若示威人士可為改善現時草案提出實質建議，總比只顧抹黑內地司法制度來得更具建設性。此外，大灣區內三個不同的司法管轄區之間若無引渡協議，將會是異常荒謬。

（原文寫於 2019 年 4 月）

22. 河內三天之旅

曼谷總是暑氣熏蒸，而且空氣污染令人更是難受。短短三天的日本假期似乎也過於倉卒。那麼鄰近的河內又如何？相對於忙亂的胡志明市，這城市更具文化氣息，而當地人也以好客著稱。更聽聞為了金正恩跟特朗普總統早前舉行的峰會，河內市中心特意粉飾一番，栽種了更多鮮花，道路更為整潔。但天氣的情況又如何？蘋果手機內的一個程式保證天空萬里無雲，另一競爭天氣程式也預測陽光普照。決定成行，並交由美國運通代為安排河內三天之旅。

國泰的胞弟港龍航空快速、順暢及安全地把筆者送抵當地，然而無可否認，該航空公司的膳食與清潔度仍然為人詬病。筆者曾聽聞座位及地毯只會每年進行兩次全面深層清潔，真的嗎？從觀察所得確實如此。另一份報告更指出，機艙內最多細菌污染的並非洗手間而是乘客面前的那些小桌板，原因極其恐怖——它們永不會被清洗！

河內最著名的酒店必定是「大都會」（Metropole），復修自年代久遠的法國殖民時期遺址，如今無可避免地成為了索菲特（Sofitel）酒店集團旗下一員——説是「無可避免」，因為索菲特來自法國，大抵證明了法國人依舊沉醉於他們失落王國的美夢之中，而英國人迷戀香港的文華東方也是同一道理。故此於酒店內聽到大量法語實在不足為奇——毫無疑問，旅客們

抱着緬懷的態度觀賞，由 1887 年直到 1954 年狼狽撤離，法國短暫佔據中南半島 67 年的歲月痕跡。大都會極具標誌性，酒店服務更是完全無瑕，實在是不二之選。另一提示是加入他們的 Sofitel Legend Club，可於七樓會所酒廊享用免費飲品，以及除了於酒店特定的兩家餐廳享用早餐以外，提供了第三個選擇。

河內大都會酒店的規模已擴充一倍，隨着越南經濟復甦蓬勃發展——越南經濟如中國般同樣由共產主義政府所創建。總統特朗普與金正恩選擇於河內會面實在相當諷刺，理由是越南無意中成為了特朗普向中國進口貨品發動關稅戰的一大受惠國。機敏的商人，當中以港人為主，一直忙於把他們的工廠從中國遷移到越南。在這三天河內之旅中，遇到的美國遊客比來自任何其他國家的也要多，但筆者未有感到意外。儘管兩國經歷了長達 19 年的殘酷戰爭，最終美國人於 1975 年跟 1954 年的法國人一樣戰敗撤離，然而兩國人民如今卻喜歡上對方。

河內舊區跟大都會酒店只屬咫尺之遙，藝術博物館、市內頂級餐廳所在之地（除了酒店內同樣出色的餐廳）。一程短途的士便可到達最熱門景點——具千年歷史的河內文廟（Confucian Temple of Literature）。置身於擁有百年歷史的歌劇院內（明顯抄襲巴黎原建築），值得花數小時觀賞今年名為「AO」的節目。演出由現代舞蹈、雜技及鄉村生活文化糅合而成——類似越南版本的「太陽劇團」（Cirque du Soliel），甚至青出於藍。

至於天氣方面，整個旅程總是烏雲密佈，清涼有雨且太陽從未現身。如互聯網內許多資訊般，看來天氣程式也在發佈「假新聞」。

（原文寫於 2019 年 4 月）

23. 普通法的去或留

有關要為癱瘓香港中環 79 天而負責的發起人，他們的聆訊惹來眾多的批評，而筆者對其中一個法律方面的議題最是費解。該評論是針對律政司認為適合以普通法起訴各名被告。

先停下來仔細考量，隨後讀者大抵會同意此等批評背後實在相當虛偽。於「一國兩制」原則之下，我們的憲法正是《基本法》——當中第 8 條的內容為何？該條文訂明：「香港原有的法律，即普通法……，予以保留」。

當然，我們承襲了英國的法律制度，我們不少人士，尤其泛民主派，當年曾竭力爭取並奮勇堅持不可於九七年後廢除普通法。這是確保兩地不同司法制度的其中一大驗證。

然而，英國普通法跟中國司法制度實在風馬牛不相及，縱使如此，北京仍同意把英式普通法納入香港的《基本法》之內。因此，自 1997 年後普通法仍每天在各級法院被廣泛應用。來自其他普通法司法管轄區的優秀法官更會到我們的終審法院審理案件。把普通法納入九七後司法制度，已被普遍奉為香港司法制度的象徵。

回到「佔中」發起人的聆訊。他們全被裁定不同的普通法罪行罪名成立——「串謀」此法定罪行屬唯一例外。主要的批評是針對運用「公眾妨擾」這普通法罪行及「煽惑他人」干犯這些罪行。

只消查閱新或舊的法律課本，便會立即發現公眾妨擾已是一項年代久遠的罪行。公眾妨擾罪的涵蓋範圍大得驚人，由觸犯不道德罪行到於街頭演奏樂器也可構成公眾妨擾。

另一批評大抵是認為不應採用普通法起訴該案中的被告。筆者不禁反問——有何不可？難道只要牽涉公民抗命，即使觸犯法律也不應受到法律制裁？畢竟，源於 11 世紀英國的普通法，被稱為「普通法」是由於它在所有英皇法院被普通採用。

有趣的是，我們的前行政長官也是為着另一項普通法罪行——「公職人員行為失當」而被判罪成及處以監禁。此項罪行最少可追溯至 17 世紀，但於香港直到 2002 年前卻從未聽聞，當年終審法院在一個意義重大的裁決中確認這項普通法罪行於我們的司法制度確實存在。而此項罪行如今已經常被採用，未曾遇到政客公開抨擊。

普通法制度的一大優點是其靈活性及隨着環境轉變而調節的能力——可能構成普通法罪行的種類決不可一成不變。也別忘記是我們堅持要這套法律長存於我們的《基本法》中。

（原文寫於 2019 年 4 月）

24. 日本的改朝換代

　　筆者跟全球數以百萬計的觀眾一同懷着困惑與欽佩之情觀看日皇明仁的退位儀式。日本人也是首次透過電視見證着這個典型的低調及簡單儀式。象徵天皇權力的「三神器」——一柄寶劍、一塊寶石及一面鏡子，隆重地引領明仁進場。超然神聖的「三神器」長期存放於盒子之內，沒有人可觀看它們的真貌，甚至天皇本人亦不例外——令筆者懷疑這三件寶物可能並不存在。

　　於 1945 年，當時只有 12 歲的明仁，聽到其父親日皇裕仁宣告日本於第二次世界大戰中投降。於日本而言這實在是奇恥大辱，但儘管如此，日本人成功重建國家經濟，保留皇室傳統，維護了他們的尊嚴。

　　明仁最令人欽佩之處，在於能夠深切意識到必須從其父親所發動的可怕戰爭中修正過來。他目睹父親所受的屈辱、權力的罷免及從神祇淪為凡人的經過。

　　為了讓年輕的明仁太子具充足的準備履行未來的任務，他接受了現代化的教育，並由來自美國費城的貴格會（Quaker）教徒伊麗莎伯·維寧（Elizabeth Vining）出任私人教師。除英語外，她還教授了一些歷任天皇未曾學習過的科目，為他日後於全球各地扮演日本超級大使作好準備。

　　明仁所面對的使命大多數人也無力承受，但於 1953 年，

也即是日本卑屈投降的僅僅 7 年之後，年輕的明仁太子展開了為期 10 個月的外訪之旅，重建了日本跟 13 個歐洲國家及英美兩地的外交關係——成功達成使命。

日皇明仁在位期間，平和的景氣以至自然或人為的災難皆令人難以忘懷。2011 年的東北地震及海嘯造成 16,000 多人喪生，而 1989 年的東京股災規模之巨，直到 30 年後的今天，日經平均指數依然停留於 1989 年高峰時期的約一半水平。於過去的 30 年間，日本經濟裹足不前的同時，中國以及全球大多數地區皆已轉型。

日本的國運也許亦將改變。每年到日本旅遊的 4,000 萬名訪客（由 2010 年的 500 萬上升至 4,000 萬）可以作證，她仍是一個極具吸引力的國度——非常整潔、守時、安全、健康、高效、守法、美麗……，還有美食。日本人口正以每年幾近 100 萬的速度急速下降，但這足智多謀的國家正嘗試利用機械人來紓緩勞工短缺的壓力。令人驚訝的是日本人口從 1890 年的 4,400 萬增長至 2000 年的 1.28 億，但到了 2100 年將減少到 8,500 萬。日本人寧取機械人也不要嬰兒。

自 1964 年後，奧運會將於明年重返東京，當年的盛事預告了日本快要成為經濟強國。在剛接任的 59 歲、相對較為年輕並於牛津大學接受教育的日皇德仁帶領之下，若這適應能力最強的國家經濟上得以反彈，實在不足為奇。

（原文寫於 2019 年 5 月）

25. 亞洲的君主制度

我們來到 21 世紀的今天，舊式君主制仍屬重大新聞。日皇及泰皇的加冕儀式吸引到大量來自不同年齡階層的祝福。不期然讓筆者想到全球各地政客，包括我們那位動輒得咎的行政長官，定必對此等愛戴嘖嘖稱羨。

分別於東京及曼谷舉行的加冕儀式有着天壤之別。兩者均是莊嚴肅穆，但日本皇室版本貫徹着該國典型簡單低調之風，沒有金雕玉砌的裝飾或冠冕。除了不停的彎身鞠躬，儀式中鮮有發言。當丈夫宣佈繼位之後，曾於哈佛接受教育的皇后便被引領進場。在東京舉行的整個儀式過程樸實謙恭，而泰皇拉瑪十世於曼谷進行的加冕典禮則盡顯鋪張、華麗且金碧輝煌。

泰皇登基是一場充滿着宗教禮儀及場面的佛教盛事，例如泰皇塗抹從全國各地收集得來的聖水。由於再無別人比他擁有更崇高的地位，泰皇必須親自把皇冠戴在頭上。這令筆者聯想到當年法國皇帝拿破崙也曾為着同樣理由親自加冕。數千年前如凱撒大帝（Julius Caesar）等古羅馬君主也會為自己加冕——直到公元 800 年由於查理曼大帝（Emperor Charlemagne）皈依基督教的緣故，遂邀請教宗利奧三世（Pope Leo III）代勞。

於亞洲其他地區，君主制度已屬瀕危物種。令印度總理英迪拉‧甘地（Indira Gandhi）聲名狼藉的是她廢除了數以百計皇室成員的優惠與權力，以及於 1947 年，由於憂慮中國在領土

上的野心，精心策劃了位處戰略要塞的喜馬拉雅山小國——錫金王國卻嘉皇朝（Chogyal Kingdom）的崩潰。於被印度所吞併前，筆者曾獲邀到位於錫金首府甘托克（Gangtok）的皇宮作客，見證該國的最後一次加冕儀式。

當英國人於 19 世紀侵佔緬甸時，該國的君主制度也落得類似下場，國皇錫袍（King Thibaw Min）被流放至印度，終其餘年。一本於 2012 年面世的佳作正是以此悲慘故事為題——*The King in Exile: The Fall of the Royal Family of Burma*。

較接近香港的柬埔寨，君主制仍然存在，前芭蕾舞者西哈莫尼於 2004 年從其流亡北京多年、中國的忠誠密友父親西哈努克（Sihanouk）裏接過大寶。另一以其鍍金皇宮及浴室而聞名的君主是汶萊蘇丹（Sultan of Brunei），據聞是全球其中一位最富有的人，受到來自尼泊爾的「喏喀」僱傭兵所保護。在馬來西亞，君主制以有別於尋常的形式保存下來，屬於世上古老的選舉君主制。九名馬拉蘇丹每隔五年推選其中一人出任國皇。這個奇特的折衷方案源於 1957 該國獨立之時，當年九名蘇丹無法決定誰可擔任國家元首。

君主制曾於亞洲地區發展迅猛，從阿富汗到越南，當然還有中國。奉行此制度的國家數目雖已減少，但得以保存的仍廣受愛戴。或許，廣受愛戴正是這些君主制度得以保存下來的原因。至於不得民心的，如 2008 年貪污腐敗的尼泊爾君主，已紛紛被推翻。喜馬拉雅山脈曾經是許多如木斯塘（Mustang）等彈

丸王國的所在地，如今碩果僅存的只有不丹。筆者於 2015 年認識了正流亡加德滿都的木斯塘末代皇帝。未有見到任何有關泰國方面的民意調查，然而日本近日一項調查顯示，新任天皇的受歡迎程度高達 80%，比首相安倍晉三高出一倍之多。君主制自有其優勢。

（原文寫於 2019 年 5 月）

乘小型飛機到木斯塘國（Mustang Kingdom）

木斯塘的雪峰高海拔 8,167 米

向木斯塘國君致送禮品

26. 長期鬥爭

涉及中國的爭議不停於新聞報道中出現。反對《逃犯條例》修訂建議的死硬派以瘋狂古怪的手段令立法會的運作再次陷於癱瘓。也許反對派亦應該考慮到近年已有許多國家跟中國簽訂引渡協議，當中包括了一些如號稱人權堡壘的法國等民主法治國家。當然，法國視為安全穩妥的協議，是否同樣適用於香港？我們的民主派人士忽略了中國的司法體制已大為改善。同時也忽略了一個令人難堪的事實，我們的執法人員指出香港已淪為逃犯的避難所。香港理應享有更佳的名聲。未有跟內地簽訂引渡協議的背景可追溯至一個截然不同的年代，當時的英國殖民宗主仍要處理大量難民的問題。那些黑暗日子經已過去，而且一去不返。然而，筆者懷疑那些反對引渡的示威人士將永不改變他們的立場，因為這是一股由民主派人士背後策劃的黑暗政治勢力。

另一場有關中國的不幸紛爭正在美國醞釀。記憶所及，反華情緒於美國蔓延還屬首次，主要是基於總統特朗普於 Twitter 毫無保留的評論、向中國貨品加徵關稅及對電訊公司「華為」的抹黑運動。結果令不僅政客，甚至許多美國商人如今也相信中國對美國霸權所構成的威脅日益嚴重。所謂的貿易戰實際上只是美國向中國發動全面性挑戰中的一小部份。正如前摩根士丹利亞洲主席史蒂芬・羅奇（Stephen Roach）近日警告：「事

實上有充份的理由相信，這個缺乏安全感的美國——受到其咎由自取的宏觀經濟失衡並憂心於退出全球領導地位的後果——已接受了對中國的錯誤論述。」

目前金融市場仍相當樂觀，認為總統特朗普跟習近平主席這兩名競爭對手將會達成協議並結束貿易戰。也許如市場所願，但這股席捲全美的反華情緒大抵也揮之不去。美國對中國崛起成為全球經濟及軍事強國感到不是味兒的同時，這兩個超級大國也會不斷互相估量。雙方將需要花上數十年的時間來解決彼此間的分歧及全球利益的分配。

此外，老是反覆無常的總統特朗普每當大放厥詞之時便會感到格外興奮。民意調查顯示，當年支持他登上總統大寶的選民依然忠誠如昔。部份原因是美國的經濟正繼續以驚人的速度增長。與此同時，對手民主黨卻由於傾向社會主義而自毀長城。抨擊中國的言論在國內農村地區及舊工業城市大受歡迎，特朗普亦因此樂於以強硬姿態應對中國。 他當然也樂不可支，在其爭取連任的 2020 年總統大選中看來已穩操勝券。

結局將會如何？貿易戰會否失控並導致軍事衝突？筆者深信機會不大。美國能否成功遏制中國崛起？基於一個非常重要的原因而絕不可能。假以時日，除了人口比美國為多以外，中國人均收入也將顯著較高。故此預期未來數十年的敵對及互相猜疑，將會是一條顛簸不平的路。

（原文寫於 2019 年 5 月）

27. 天搖地動藝術市場

付出天價 450,312,500 美元（港幣 35 億元）購入油畫《救世主》（Salvator Mundi）的買家，所得到的已超越了他或她所預期。該畫作以文藝復興大師達文西（Leonardo da Vinci）真蹟的名義出售。當今存世的達文西畫作不足 20 幅，並全數被博物館所收藏，《救世主》注定是舉世矚目，而 4.5 億美元的價錢更輕易成為拍賣史上最昂貴的畫作，大幅超越由畢加索作品以 1.79 億美元所保持的舊紀錄。無論如何，想必是揮金如土的《救世主》匿名買家，也許正為英法專家質疑該畫作真偽而感到掃興不已。作為阿布扎比新羅浮宮博物館核心展品的揭幕儀式也已被無限期押後。

今年稍後時間，巴黎羅浮宮將齊集大部份達文西的存世作品。然而，要把《救世主》跟達文西最著名作品《蒙羅麗莎》一併展出這構思，對挑剔的法國藝術館長而言實在是強人所難。一眾專家猶如骨鯁在喉，當中包括專門研究達文西作品的牛津大學沃弗森學院（Wolfson College）的 Matthew Landrus，他們批評《救世主》並非出自達文西手筆，而且曾被過度修復，更可能是其天才畫室助手盧伊尼（Bernardino Luini）的作品。法國專家要求把《救世主》從即將舉行的達文西展覽中剔除。油畫主人（身份依然未明）定必非常惱火，懷疑他會否要求佳士得（Christie's）退還該 4.5 億美元。這幅曾經享負盛名的作品或

會落得聲名狼藉。

與此同時，藝術市場依然動盪，富貴收藏家把他們的注意力及財力轉移至次級藝術家。莫奈（Claude Monet）所繪畫的《睡蓮》以 4,000 萬英鎊的預計成交價於倫敦拍賣，但最終卻無人叫價競投。儘管拍賣行隨後把乏人問津的情況歸咎於作品上未有莫奈簽署，筆者仍然相當同情那位明顯尷尬非常的拍賣官。

藝術品市場當然也受潮流所支配。藝術家莫名其妙的在時尚洪流中起伏。以圓頂禮帽及煙斗作主題而聞名的比利時超現實主義畫家馬格利特（Rene Magritte）近年大受追捧便是一例。馬格利特是個相當平凡的人，過着一般平靜的生活，甚少離開其平常無奇的住所。不少作品皆以其廚房及客廳的枯燥環境為主題。也許正因為他作品平淡乏味，較易為人所接受。缺乏深遠意境可能也是備受收藏家青睞的原因。來自印尼、中國，當然還有日本的亞洲富豪為了馬格利特的作品付出愈來愈高的價錢。一幅於 70 年代以港幣 15 萬出售的畫作，如今市值 2,000 萬港元。去年 11 月，一名買家以破紀錄的 2,680 萬美元（2.1 億港元）購入一幅馬格利特作品，震驚整個藝術界。而其「圓頂禮帽」系列的作品 *Le Lieu Commun* 也以相近的 1,840 萬英鎊（1.9 億港元）成交。

筆者認為，遇上畫家並直接購入他們的作品更是令人興奮。世界各地不少藝術學校每年皆會為學生的作品舉行展覽。閣下永不知道可會發掘了一顆怎樣的明日之星。例如倫敦皇

家藝術學院（Royal College of Art）的一名 25 歲畢業生 Jade Fadojutimi，其抽象滴畫（drip paintings）的銷售速度與她的繪畫速度已是不相伯仲，而每幅售價仍低於 25 萬港元。

（原文寫於 2019 年 5 月）

畫家曾梵志先生

藝術賞鑒

攝於大律師事務所

28. 特赦布萊克

康拉德·布萊克（Conard Black），這名加拿大商人兼成功作家曾掌管西方世界第三大報業集團——分別在加拿大、美國、英國及澳洲擁有多於 400 份報章。到 2007 年他突然交着惡運，於美國被控以詐騙罪。一直堅稱無辜並在上訴聆訊中獲得勝訴，但於 2010 年他再面對詐騙重罪及妨礙司法公正的新指控，最終被判到佛羅里達州的一所監獄服刑 42 個月及罰款 125,000 美元。於 2018 年他撰寫了一本名叫 *Donald J. Trump: A President Like No Other*（《唐納德·特朗普：一位與別不同的總統》）的作品，內容對特朗普作大力吹捧。數個月後的 2019 年 5 月 15 日，特朗普全面特赦布萊克，並稱他受到無端的指控及不公平的裁決。

記憶力強的讀者也許仍會記得，數年前筆者曾於專欄中評論布萊克首度出獄後不久推出的巧妙作品 *A Matter of Principle*（《原則問題》）。內容大肆抨擊美國的刑事司法制度，尤其是當中對特赦證人及認罪協商的依賴。布萊克認為美國的制度使真相變得模糊不清及令願意指證同案共犯的被告可獲大幅度減刑。諷刺的是，特赦布萊克的總統本人，也曾於五名跟他關係密切的人士（最著名的莫過如其律師科恩 Michael Cohen）遭受調查期間，抨擊司法體制利用認罪協商。

猶如命裏安排，特朗普登上大寶並獲賦予權力特赦這位他多年來欣賞的人。隨着總統大筆一揮，布萊克的定罪烙印至少

於法律上一掃而空。為了制衡刑事司法制度，美國憲法訂明總統的特赦權力，而特朗普也樂此不疲，頒下的特赦令比大部份前總統為多。甚至有傳言指出，若他本人被控以刑事罪行也同樣會為自己簽發特赦令，縱使當中的合法性仍有待商榷。

同樣有趣的是布萊克於 90 年代，當未有人想到特朗普真的會成為總統候選人之時，已注意到他是一位具潛質的領導者。布萊克 15 年前已高度讚揚特朗普，並預言出類拔萃的他將要出任總統一職。布萊克於《一位與別不同的總統》裏指出：

> 為人民發聲，他已是一位非常成功的人士……，美國正要扭轉弱勢，從懶惰、精英主義衰落及對海外敵人採取姑息態度等習慣中調整過來……，他的成就相當顯赫。作為回報，當特朗普致電布萊克告知其有關簽發總統特赦令的決定時，不忘稱讚布萊克是一位「為商業、政治及歷史觀念均作出偉大貢獻的人」。

不管是否這位 72 歲的總統感激那名 74 歲前囚犯的支持，反之亦然，當然留待讀者自行判斷。然而當中一事看來卻無庸置疑。在美國，若有一名位高權重的友人，刑事紀錄便可一筆勾銷。

不禁想到假若中國國家主席於類似情況下特赦中國版本的布萊克，香港社會將有怎樣的反應。必定導引民怨沸騰，猛烈抨擊法治被威脅及對司法機關的信心遭動搖。在美國，布萊克的特赦卻未有招來此等批評。

（原文寫於 2019 年 5 月）

29. 借來的時間

　　沒有引渡不單屬畸形現象，更是我們法律制度中歷任政府一直忽視的不公平畸形現象。今天以前仍未有政府嘗試引入相關制度，令於內地犯下嚴重刑事罪行的港人可被引渡越境面對審訊。情況於中國擁有完整主權的澳門同樣適用，而北京在台灣的主權也幾近為全球所認同——除了少數主要為島國的細小國家。我們香港實在生活於借來的時間，倒數時鐘正朝着 2047 年不停滴答作響，屆時「一國兩制」幾乎必定變為「一國一制」。香港沒有理由要為未來繁榮而擔憂，北京總會促進我們的經濟利益。大灣區的鴻圖大計對香港未來實屬天賜良機。在這個可能是世界歷史上最龐大及最富庶的大都裏，香港作為其中的金融中心。攀上山頂俯瞰象徵着香港未來的黃金全景——隨之細想當相信某人已干犯嚴重刑事罪行，卻無法把之從同一國家的某個地區引渡至另一地區，會是何等荒謬。

　　眾所周知，為補救此不平情況的修例建議遇到了激烈甚至暴力的反對。上星期天的遊行示威吸引到大量出於善意的示威人士，即使發起組織必然誇大參與人數也可以理解。然而不管實際人數為何，我們亦能從中領會到港人享有以文明及和平方式進行示威的權利。筆者曾跟許多不同人士談論過有關修例建議，除了理解到修訂中法律細節的律師外，大多數非法律專業人士皆曾提出同一疑問：「我可會被肆意拘捕並帶到內地面對

審訊，或由於對北京政府説三道四而被引渡至內地？」共通點是恐懼——恐怕新的引渡條例遭受濫用。但筆者的回應是此等恐懼源於對法律制度運作，尤其是對香港司法制度如何處理引渡申請缺乏認識所致。引渡屬法律問題而非政治問題，並由以獨立公正馳名、甚至有海外傑出法官坐鎮最高級別上訴法院的法庭完全依據香港法律處理。伸張公義必須經過深思熟慮，故此司法程序一般皆緩慢冗長，有經濟困難的人士亦總會得到法律援助。甚至經歷過所有法庭聆訊及上訴程序最終獲得法院批准，當中的引渡申請也要得到行政長官同意。而從法律上及政治上而言，行政長官也不可能引渡任何法院經已拒絕有關申請的人士。

引渡屬法律問題，讚揚我們的司法獨立同時卻強烈反對修例建議，多少也帶點虛偽。至於內地的法律制度，也許是不同於香港所行使的普通法，但它也如包括香港在內的所有法律制度般，盡快糾正制度中瑕疵。中國及其法治引領全球四分之一人口經歷了 70 年非凡的改革，70 年顯著的和平昌盛。英國交還香港已有 22 年，可悲的是對中國的誤解及猜疑仍然存在。英國及其處事方式支配着香港的過去，但未來卻將由中國主宰。難道我們必須多等 28 年，待《基本法》期限屆滿方可消除此畸形現象？明顯地，行政長官不可改變策略，不可容許反北京勢力妖魔化她的建議。

於 1959 年，來自河南的著名小説家、*A Many Splendored*

Thing 作者韓素音於美國《生活雜誌》（*Life*）發表了一篇題為〈Hong Kong's Ten-Year Miracle〉（香港的十年奇蹟）的文章，她把香港描述為經歷着大英帝國衰落年代的城市：

> 擠於強敵狗咬狗骨之爭鬥中，只有寸土之香港竟能與之共存，原因令人困惑費解，但香港成功了，就在借來的時間、借來的地方。

韓素音撰文 60 年後的今天，香港也許已不是一片借來的地方，但非常肯定仍活於借來的時間——直到 2047 年。

（原文寫於 2019 年 6 月）

30. One week on

經歷了那關鍵的週末已有一個星期，也該是時候判斷其中所發生的事件。最令筆者印象深刻的，是展示團結的規模實屬香港史上前所未見，不管是 1997 年前或之後。大規模示威意味着他們對政府處理引渡議題的手法是由衷的感到不滿。筆者當天身處太古廣場，目睹人潮如一場緩慢海嘯般從灣仔湧到中環。不單是人數令人難忘，也許更矚目的一張張年青的面孔，當中大多數更是我們社會內的年青知識分子。這片青少年的人海裏，同時亦散佈着一些企業家、商人、律師及銀行家等成熟的面孔——事實上是來自社會各個階層，富豪、名人及具號召力的人物，代表着香港的未來。

此外還有那些觀看示威者路過的人臉上的表情。每一個人，當然也包括筆者，無不對遊行人士為他們的理想作奉獻而表示欽佩。旁觀時不期然想到，行政長官是怎樣能夠激起社會內如此廣泛的民憤？答案或許能從參與遊行的不同界別作分析而得到。於過去數十年間曾在內地進行商務的商人，毫無疑問也即是幾乎所有商人，據聞他們恐怕由於一些跟國內營商夥伴的舊糾紛而被誣陷及遭受引渡。其他的則憂慮多年來漠視法規、設置「陰陽賬」、甚至賄賂貪官的行為會被翻舊賬。因此商界要求修改及再次保證，也因此政府聽從他們的關注，設定刑期不少於七年的罪行方符合引渡要求。

　　至於為數不少的律師，我們皆清楚知道他們譴責引渡條例修訂草案的原因。他們只是不信任內地的法律及司法制度。他們也不相信於內地能夠獲得公平審訊。若非有一套完全得到他們認可的制度來取代現行模式，他們永不會感到滿意。

　　許多學生的野心比律師的還要大得多。他們不單懷疑內地的法律制度，甚至希望香港能夠永久跟內地劃清界線。他們的目標是要香港永遠享有本身政治、社會及法律特性。

　　週日遊行後的一天，倫敦報章《每日電訊報》引述了瑞士銀行瑞信的消息報道，一名曾於內地政治「曝光」的香港巨富把一億美元轉移至新加坡，恐怕修訂條例一旦獲得通過，他的財產（也許是以不正當手段所得的）將被沒收。同一篇報道聲稱香港最少有 850 位富豪的財富不少於一億美元。引渡草案如今已被束諸高閣，那些香港億萬富豪想必鬆一口氣。情況同樣適用於許多洗黑錢集團、騙徒及各式各樣逃避法網的潛在逃犯。上週日港人展現出非凡的團結，帶領遊行的人士當中不少也會為許多社會不公義現象發聲，為保障無辜者免於遭受不公平待遇的同時，也讓真正的罪犯逍遙法外，這豈不是個可悲的諷刺？如幽默歌劇 *The Mikado* 中的君主所言：「我真的為你們感到非常難過，但這是一個不公平的世界。」

（原文寫於 2019 年 6 月）

31. 法治的懸山崖邊緣

毫無疑問，社會內絕大多數市民皆給予我們警隊毫無保留的支持。過去數週，若非得到盡忠職守的警隊奮力執勤及徹底奉獻來維持治安，香港大抵已陷於混亂及無政府狀態。別要忘記一旦無政府狀態此等不幸事故降臨香江的後果。這些令人憂慮的情況《基本法》早已清楚闡明，若香港陷入混亂，其自治權便會告終。原文出自《基本法》第 18 條，內容明確指出假如香港發生「政府不能控制的危及國家統一或安全的動亂」，人大常委會便可宣佈進入緊急狀態，中央人民政府可發佈命令將「有關全國性法律」於香港實施。香港的動亂給予內地於香港執行內地法律的權力——當然一國兩制原則也將被廢除。

立法會內的騷亂為香港福祉帶來極大傷害尚有另一原因。沉默的大多數定必被黑衣示威者所造成的破壞嚇得目瞪口呆。社交媒體應用程式組成了這個冷酷無情且一意孤行的派系，把香港帶到法治與動亂之間的懸崖邊緣。搗亂立法會乃無政府主義者的行為，並非求變的遊行示威人士可接受的行為。

部份政客及接受過良好教育的人士甚至厚顏無恥的提出，警方讓示威者進入立法會內是要設局令他們失掉民心。個人認為純屬一派胡言。逾 3 萬名警務人員保衛近 800 萬港人的表現非常優秀，得到絕大多數市民的信任及讚賞。過去偶爾有警察偏離了預期中的高標準，一律皆會展開調查，也因此於 2009 年

設立了「獨立監察警方處理投訴委員會（監警會）」。任何關於警務人員行為的投訴均由警隊內的「投訴警察課」進行調查，調查結果於法律上有責任向由 30 名委員組成的監警會彙報。獲委任的人士分別來自社會不同界別，當中包括律師、醫生及商人等，充份利用委員「多方面的專業知識」。監警會對投訴警察課發揮制衡作用，具廣泛權力為任何投訴作更深入調查。監警會可以抱持不同觀點，無須贊同投訴警察課的調查結果。

除了投訴警察課及監警會以外，行政長官享有最終權力。部份人士對現行安排中投訴警察課及監警會的雙重角色抱有懷疑，認為有關安排軟弱無能、欠缺效率且束手縛腳，耗費長久時間才作出決定。然而，其優點是嘗試於公眾對警隊的信心及維持治安工作之間取得平衡。

於此艱險時刻，當警隊遭受惡意侮辱，社會對警務人員的明確支持比任何時候更為重要。由於部份示威人士顯然蔑視警方，社會各界更不應為示威者及一些政客的要求作出妥協。否則將要賠上警隊的聲譽，更會進一步削弱他們的尊嚴及士氣。

（原文寫於 2019 年 7 月）

32. 太方便危害健康

「這是一個極適合生活的地方，因為一切也非常方便」，相信以上正是不少港人的心聲。而事實上，香港的確極其方便——遠勝於筆者曾居住過的倫敦及東京等其他國際大城市。只消數分鐘的腳程，筆者便可從事務所去品嘗任何喜愛的美食；購買任何物品；乘搭極優秀的公眾交通工具；向頂級醫學專家求診；甚至享受中式按摩推拿。回家也只是數分鐘的車程，乘坐巴士需時則較長一點。來往機場的交通堪稱冠絕全球，穿梭列車可直達中環心臟地帶。有別於世界上其他地方的人士，香港人沉迷於各種方便。理想的居所是港鐵車站上蓋的多層大廈單位，而理想的工作地點則是位於另一港鐵車站之上，雨天上班亦沒有弄濕的風險。每當在倫敦遇上港人，總聽到他們抱怨該城市諸多不便，以及他們如何懷念過往極端方便的生活。

然而於方便這課題上，香港有了新的競爭對手——流動電話。這小玩意必定是人類史上最能夠提高生活便利程度的發明。無須離開舒適的座椅，筆者也能查閱所有人類知識；跟身處地球任何角落的人士交談（相信即使身處太空亦指日可待）；繳付賬單；預訂機票、食肆座位及酒店房間；觀看電影；處理大量法律文件工作……，實在有無限可能。難怪流動電話已成為了我們無處不在的摯友。無法想像沒有了它們的生活——將會是何等的不便。

問題是：流動電話有益於健康嗎？它們帶來的方便會否危害我們的頭腦及身體？愈來愈多的證據顯示，流動電話正傷害着兒童的精神健康，只得 1 歲的也不例外。父母發現嬰孩會被流動電話的活動影像攝住心神，即時停止哭叫。年輕人互相模仿彼此不良行為的情況日益嚴重，於過去數年間，英國 4 至 24 歲人士的精神問題上升了六倍。因此皇家精神科學院促使英國政府引進新法，令網上科技公司須負上法定責任，保障兒童免受精神傷害。新的醫療指引建議所有兒童睡覺前停止使用網上科技不少於 1 小時，進食時也應遠離這等科技。

對於我們成年人，方便文化更可能致命。坐着緊盯細小屏幕等同吸煙。每天坐着多於 6 小時，危害程度相等於抽 20 根香煙。醫生指出我們應避免方便的選擇並採用不便的方法。我們應自行煮食；步行而不乘搭交通工具；使用自動電梯時仍拾級而上；站着工作；避免所謂「第二屏效應」（邊看電視邊使用流動電話）；永不訂購外賣速遞食品；每星期進食不少於 25 類植物；工作地點盡可能遠離居所；跟真人會面而非屏幕上的臉孔，並且嘗試令我們的生活較為不便。選擇不便的生活方式很可能令人變得更健康及更長壽。

香港人一直抱持凡事以方便為佳的信念來籌劃他們的城市及生活，如今聞得方便的生活方式實乃錯誤選擇想必驚訝不已。他們心中定會疑惑，若財富未能帶來更大的方便，那還有甚麼意義？也許港鐵應關掉他們的自動電梯，超級市場應被禁售已

煮熟食品，並認真鼓勵所有市民每星期一次或多次從維多利亞公園遊行至立法會。健康也可造成如此不便。

（原文寫於 2019 年 7 月）

33. 研訊能修補社會撕裂

暴徒於過去數星期內的行為，令我們繼續給予警隊毫無保留的支持更形重要。諷刺的是，不管是暴力還是和平的示威者——甚至是從未上街參與遊行的人士，於他們芸芸訴求當中，竟包括應為近日的事件進行正式研訊。其中更建議調查委員會應調查警方及示威人士雙方的行為，當然還有大肆破壞立法會的事件。

明顯地，任何客觀的旁觀者也不難推定每趟遊行集會皆由示威人士發起，而當中頗具規模的少數頑固分子選擇無視法律，入侵立法會大樓並進行刑事毀壞。當然，於較近期的沙田及上水事件當中，部份示威者的行為也相當殘暴。除此以外，進行正式研訊的訴求還擴闊至審視警方的行為，從而查明警察有否干犯任何失當行為。依筆者看來，部份人士認為此等研訊具治療作用並有助修補社會撕裂，未免是過於樂觀。不妨仔細分析研訊可能出現的情況。

首個關鍵問題在於有關研訊的職權範圍。應否徵詢警方及示威者的意見？泛民主派不滿最終方案那又如何？若未能就職權範圍達成協議，研訊便注定失敗。若然示威人士拒絕接受研訊的的職權範圍，整個安排也只會徒勞無功。

假設於職權範圍方面達成共識，便須委任一名現任或退休法官，並賦予其極大的權力，包括強制證人出席作供。毫無疑

問，所有相關文件、電郵、錄音、照片……，也即是任何形式的記錄將被要求呈交作調查之用。委員會不久便會發現本身正橫越一片政治地雷區。代表示威人士的律師（陣容想必相當龐大）及任何要求糾正警方的公眾人士，自然期望傳召警務處處長及全數於事件中須為所作決定而負責的高級人員。這些人員必會被要求提供機密的便箋及指令，用以證明行動的合理性。假若主持研訊的法官認為部份文件因過於敏感而必須保密，不難想像示威領袖及其追隨者的反應。不單未能治癒社會創傷，研訊更可能令傷患惡化，加劇社會撕裂。

還有許多其他原因令主持有關研訊變成一份使人為難的差事。那位法官會否真的容許大量示威者（假定為 100 人）出席作供，試圖為他們的犯罪行為辯護？如何防止研訊淪為示威人士宣洩對社會及政治不滿的喧鬧之地？除了以上種種，研訊的最大危機是可輕易打擊警隊士氣。警察所處理的是一項艱鉅工作，面對極大壓力，他們需要社會可給予的一切支持。香港此刻最不需要的正是一個調查委員會，最終只會讓警隊洩氣，並為示威人士提供一個更大的平台來重申他們的訴求。現時已有完全足夠的機制有效處理任何聲稱警察的失當行為。在此重要議題上，我們更應為陷於困境的行政長官予以明確支持，好讓她保持冷靜，拒絕進行研訊的要求。

（原文寫於 2019 年 7 月）

34. 政壇新面孔

　　林鄭月娥並非唯一民望盡失的女性領袖（期望只屬暫時現象）。相比於她所面對的香港反對聲音，前英國首相文翠珊陷入了更嚴峻的困局。部份原因是文夫人治理的地方雖小，但畢竟是整個國家；而林太管治的地區縱使非常重要，但也只是一個大國中的一個地區。筆者為兩位女士皆寄予同情。二人同樣是勤奮、得體及正直的領袖。這位前英國首相需要執行一項她從未贊同的工作——使英國脫離歐盟。她嘗試履行任務但卻以失敗告終，如今更被媒體稱為英國史上最不濟的首相。她的請辭已醞釀了一段長時間，但卻有如以燒灼方式治理傷口般無可避免。

　　新任英國首相是聰明絕頂、披着一頭矚目金髮的鮑里斯·約翰遜（Boris Johnson）。猶如脫歐議題令英國社會甚至家庭分裂成兩大派系，約翰遜同樣是個引發分歧的人物。他深受52%支持脫歐的英國選民所愛戴，同時又被那48%投票「留歐」的英國人所痛斥。如美國的特朗普一般，約翰遜象徵着一種新的政治家風格——緊貼民意並能準確掌握普羅大眾的情緒。儘管約翰遜跟特朗普相處融洽，二人之間最大的差異在於兩個腦袋有着天壤之別。以等級1至10作為基礎，特朗普駕馭英語的能力只屬令人尷尬的1級，然而約翰遜則高達驚人的10級。

　　預料約翰遜將會如特朗普顛覆美國政壇般，重整英國

乃至歐洲的政治局面。打從於英國最著名的伊頓公學（Eton College）求學之時，約翰遜已向友人聲稱他朝將成為英國首相。到了在牛津大學貝利奧爾學院（Balliol College）就讀期間，他被形容為具備「與生俱來的優勢」，也即是不費吹灰亦可於朋輩間脫穎而出這種羨煞旁人的能力。當約翰遜最終未能以一級成績畢業時，友人認為他只因「太聰穎」而未盡全力。他能夠流暢地以拉丁及希臘語交談、閱讀及寫作。他心目中的兩位英雄分別是 2,500 年前希臘戰時領袖伯里克利（Pericles）及二戰時期的領袖邱吉爾，二人皆是受人敬重的政治家。

投身政壇以前，單憑鮑里斯一名已於新聞業界聲名大噪，更是唯一把歐盟化作有趣課題的新聞工作者。有指他當年總是不依時交稿，但作品卻往往完美得無可挑剔。他曾於一個晚上以單手於手提電腦撰稿，另一隻手則同時跟一名小孩嬉戲，這種能力確實遠超常人。

假若沒有他的支持，英國經公投脫離歐盟大抵不能成事。亦因如此，支持「留歐」的選民對約翰遜恨之入骨。著名作家黑斯廷斯（Max Hastings）曾承諾，若約翰遜出任首相一職，他將把自己流放到阿根廷生活。被暱稱作「Bojo」的他遭受批評者的諷刺及痛恨。情況跟前美國總統朗奴・列根（Ronald Reagon）及前英國首相戴卓爾夫人（Margaret Thatcher）類似，於二人上任初期，前者受人譏諷，後者遭人竊笑——但後來兩人皆成為了他們國內極為成功的領導人物。據說當閣下首次遇

上約翰遜時必會發現他的一切缺點——不修邊幅的外表、奇怪的襪子、欠梳理的頭髮、笨拙的舉止、對細節的急躁及對尷尬問題的無視——但往後的日子卻可用來欣賞他的長處。

　　正如我們的行政長官，儘管不同領袖或許懷着全世界最大的善意，但也可瞬間失掉民心。常言道：一星期於政治而言也許已是一段很長時間。

（原文寫於 2019 年 7 月）

35. 關於抗議的反思

有關示威活動的故事不斷發展，沒有人能夠預測於本文刊登之時可能已發生了一些令人料想不到的情況。始於兩個月前的和平示威已不再和平，如今已演變成盲目的暴力行為。最初的遊行既溫和並帶着善意，但示威的**數目及激烈程度**已幻化成一種惡性腫瘤，足以損害香港賴以繁榮安定的重要基石——法治。

幾近每天皆有示威人士跑到街上，示威活動已從港島蔓延至人口更為稠密的九龍及新界地區。當中以沙田及曾經相當寧靜的元朗村落所受到的影響尤其嚴重。然而，褻瀆港島西區中聯辦門外的國徽，大抵是這幫流氓所犯下最嚴重的象徵性破壞行為。這個由共產政府創作的國徽，標誌着現代中國人民的國家主權。褻瀆行為觸動了北京格外敏感的神經。毫無疑問，那些直接或間接地作出此等極端破壞的人，若被指認及繩之以法，必須付上沉重代價。但除了中聯辦被盲目破壞及立法會被肆意衝擊外，無辜市民及警務人員也遭受襲擊。

一些評論員把當前亂局形容為一場「黑衣派」跟「白衣派」之間的戰爭——孰善孰惡則視乎個人立場。當然，任何理智的人定必同意，不管穿上甚麼顏色的上衣，此等暴力行為皆不能接受。筆者同時也為兩項事態發展徹底困惑不解。首先是那些襲擊示威者的人士被標籤為三合會成員，其次是警方由於涉嫌

未有保護暴力示威人士而遭受嚴厲批評。我們彷彿生活於一面鏡子裏的世界，影像完全顛倒。

至於「三合會」這名稱，筆者認為當中的含義已有很大轉變。當中華民國成立之時，孫中山本人正是一個民族主義三合會的成員。國共內戰期間，黑社會曾投向最終敗走的國民黨，也因此把基地遷移到香港。更丟臉的是，二戰期間三合會再次支持落敗一方，這趟是日本。隨着 1997 年即將降臨，他們再次換馬，跟中國政府發展關係。鄧小平當年還發表了稱讚香港黑社會的名句：「黑社會不都是黑，好人也不少。」時至今天，黑社會跟數百年前以道教傳統進行入會儀式的原來版本相比有着天壤之別。

在法律層面，身為三合會社團成員，或行內簡稱的「MOTS（member of triad society）」，早已被英國人列作刑事罪行，如今亦然，但案件數量已大不如前。現時經常以串謀干犯刑事行為這項不同的罪行作為檢控基礎。諷刺的是，示威人士跟三合會成員事實上皆可能被控以相同控罪——與他人串謀干犯刑事行為。

更諷刺的是警隊所面對的荒誕處境。他們作為除暴安良的堅定尖兵，竟被指責未有防止黑衣人免於受到白衣人襲擊，確實讓人驚訝不已。依筆者看來，這些如三合會般串謀濫用暴力的黑衣人，期望能夠魚與熊掌兩者兼得。

（原文寫於 2019 年 8 月）

36. 時代轉捩點

自 1997 年英國撤離以後，香港享受了五年的平靜生活。直到 2003 年卻出現了根本性的轉變，也可視作時代的轉捩點。示威的權力當年被證實為至關重要，甚至能夠迫使政府改變政策。儘管當年的保安局局長葉劉淑儀立場堅定頑強，公眾的激烈反對令按《基本法》第 23 條要求而立法變成了不可能的任務。香港前所未見的大型示威活動把第 23 條的立法工作跟時任行政長官董建華同時帶上絕路。示威人士的大規模遊行促使政府放棄原有計劃，未有履行《基本法》訂明的憲制責任。

時光荏苒，到了 2014 年，「佔中」示威行動變得更具組織。社交媒體成為了散佈訊息及籌備示威活動的平台。當時警方容許示威人士佔領中環，佔地之廣及歷時之久更是超乎想像。商業損失數以十億元計，社會更是受盡折磨。民眾的不滿造成了九龍區的騷亂。於這趟事件中，示威人士的訴求當中未有一項得以實現，也許卻構成了社會內弱勢社群之間隱藏的不滿壓力。

歲月如梭，來到五年後的 2019，我們看到示威人士利用新的社交媒體平台，精密程度大為提升——而他們的訴求也比以往更為極端、更為廣泛。從對於建議修定引渡法例的不滿發展成大量訴求，但值得注意的是 2003 及 2019 年的示威活動皆源於一項計劃中的立法工作，最終卻演變成要求行政長官請辭。而兩者之間的一大分別在於今年的示威活動屬於具組織的暴力

行為，示威人士亦是蓄意破壞法紀。他們相信示威人數可作為後盾，能夠衝擊警方並以法律以外的方式肆意妄為。面對此等漠視法紀的行為，政府示人以弱決非良策。為一項訴求讓步定必會惹來大量新的訴求。

年輕人（及那些支持他們的政客）終究是香港的未來，期望他們能把精力集中於一些遠比引渡條例更能滯礙他們前景的議題。無法負擔的樓價、不人道的生活環境、社會不公、收入落後於通脹、教育及醫療服務供應不足——這些皆是年青人理應認真思考的議題。跟內地的中央政府對抗只會令問題惡化。筆者衷心認為我們的年輕人正在進行一場錯誤的戰爭，一場無法勝出的戰爭，一場只會損害香港經濟及社會並於未來數年難以復元的戰爭。臨崖勒馬為時未晚。只有以和平方式進行的示威活動方能奏效，中國的龐大人口當中絕大多數皆懼怕暴力與動亂，這個不難理解。於過去的世紀中，他們經歷了太多的社會混亂及動盪。也因此香港的暴力示威者將永遠得不到內地人民的同情，而假若中央政府最終需要行使武力恢復香港秩序，也必會獲得廣泛支持。示威人士亦應謹記，於一定程度上，香港現時跟九七年前皆屬半自主的前哨基地。當年是殖民地，如今是特別行政區。英國人絕不會容許他們的殖民地之上出現社會動亂，若主權尚未歸還，相信他們定必會大力鎮壓香港的暴力及騷亂活動。

（原文寫於 2019 年 8 月）

37. 訴求和解決方案

不久以前，大抵不多於兩個或三個月前，示威活動相當和平，同時也只圍繞着一個訴求——撤回引渡草案。隨着示威活動的數目不斷增加，暴力示威者的人數亦相應增加。對政府的不滿持續升溫，導致行政長官最終在沒多少選擇的情況下屈服於公眾壓力，以可理解的不情願態度宣佈，條例草案經已擱置，或她所選用的字眼——「壽終正寢」。

「死亡」跟「撤回」於法律及程序細節上也許存在一些分別，但於現實世界中，兩者之間實際上並無任何不同之處。一份已「死亡」的草案便如已過世的人般返魂乏術。它無法重生。當然，假若閣下是一名虔誠基督徒並相信奇蹟存在則另當別論，如篤信耶穌基督確曾施行神蹟讓離世四天的拉撒路（Lazarus）死而復生。但於任何非基督徒而言，這不過是用來吸引信徒的虛構童話故事。現實上，一份已死亡的草案只等同於——已被斬首、失去生命、失效及遭埋葬。故此，為何示威人士及他們的支持者仍堅持必須撤回草案，必須用上「撤回」這字眼？筆者敢說唯一目的只為羞辱行政長官，甚至北京政府。

他們的第二個訴求是進行獨立調查，依筆者看來已得到過多的錯誤支持。較早前已於本欄中談及，在這警隊必須獲得我們明確支持的時刻進行研訊當中的隱患。此外，有關研訊也不大可能只局限於警方的行為。由於雙方均指責對方惡意使用暴

力，示威人士的行為也須被調查。法定研訊所需的職權範圍，複雜程度令人難以想像。再者，只需要一個還是更多的獨立研訊？無論如何，任何研訊決不會於明年以前進行。

至於有關林鄭月娥請辭的訴求，在這社會治安遭受衝擊的關鍵時刻，她的離任只會令情況惡化，為社會動盪火上加油。要求立即釋放被捕人士，表現出示威者徹底漠視法治，對此基本法律概念也不過是空口說白話。暴力升級與附加訴求發展出危險的聯繫——普選、廢除功能界別及其他政制改革。

於政府所面對的芸芸窘境之中，包括示威人士之間並無領導人物。歡迎來到社交媒體的新世界，大量志同道合的用家集體策劃領導工作。沒有可供談判的對象，政府大可自行構思不同改革來削弱示威人士的士氣。逐漸意識到只有大刀闊斧的改革方可重建社會和諧。社會不公、無法負擔的樓價、過高的租金、缺乏機會、教育成本——需要解決的問題也許不少，但癥結卻只在於樓價。香港的物業市場猶如惡性腫瘤般不斷蠶食社會的命脈。其所到之處無一倖免——薪金、租金及機會。它迫使生活環境擠擁不堪，令香港成為全球最不公平的社會之一。它更造成寡頭壟斷的市場情況，反競爭行為一直滯礙香港的經濟。政府應該把握現有機會迎來重大改革，好讓我們他朝回首今天，2019 年的不法行為至少也帶來了一些美好結果。

（原文寫於 2019 年 8 月）

38. 示威權利

美國最為神聖的法律文件，必定是於 1787 年 9 月 17 日簽署的書面憲法。當中包含了權利、責任與義務，把這個截至目前仍是全球最強大國家的人民，結合成神聖的聯盟。但美國憲法於 230 年前正式生效之時，並未有為和平示威的權利制定任何條文。直到四年後的 1791 年，「第一修正案」方加入「權利法案」，當中包括了「和平集會」的權利。

至於香港，《基本法》第 27 條訂明「香港居民享有⋯⋯遊行、示威的自由⋯⋯」。此外，香港也如大多數西方國家般，一些適用的國際公約及協定亦賦予我們這項自由。然而，受到廣泛認同的國際法中基本一環，是這種權利以至許多其他人權均受制於「公共秩序」此概念（法文的「ordre public」）。意思是指為着「公共秩序」的緣故，如示威等權利可能遭受限制甚至剝奪。在任何民主社會中，由於需要平衡不同階層的不同利益，不少權利也非完全絕對。事實上憑直覺也能判斷，此等權利必定受到公眾安全、防止騷亂及罪行、保障其他人士的權利及自由所限制。而有關酷刑及奴隸制度的權利則屬絕對人權的例子。

這些正是筆者近日最關心的課題。示威人士竟認為由於享有示威的權利，他們便可肆意延續下去，確實荒謬！即使假設所有示威活動均以和平方式進行（事實當然並非如此），永無止

境的和平示威於邏輯及法律上亦不合理。

先停下來細想，和平示威人士認為直到一項或多項訴求得到滿足前，他們於道德及法理上皆有權繼續進行示威。依此邏輯延伸，示威者將有權封鎖機場、阻止其他市民行使合法權利使用海底隧道、打擊民生及損害經濟結構。最終會摧毀香港，而我們皆清楚知道——這全拜永無休止的和平示威所賜！示威者實際上是認為他們和平示威的自由至關重要，即使大多數港人並不認同他們的手段，也得臣服於他們的腳下。以示威權力之名勒索整個社會，難以想像可會有比此更糟的情況。無疑這是一種非常自私的行為，也是對人權的極端濫用。當然，類似的濫用情況可出現於任何社會，也因此地方及國際法律皆容許當公共秩序受到威脅時，部份人權可遭限制。對於任何抱公正態度觀察局勢的市民而言，過去數月所發生的事件清楚顯示，在一國兩制的原則下，我們總有一天需要修改、限制、甚至暫停示威的權利——儘管是以和平方式進行的示威活動，方能符合社會的整體利益。

以常理及法治作基礎的情況下，跟示威者抱持不同意見的市民，他們的權利也應該得到尊重及保障。

（原文寫於 2019 年 8 月）

39. 亂局之中

隨着示威人士把他們衝突的翅膀越張越廣，於香港四處蔓延，在我們這些無辜的旁聽者當中，大多只有茫然恐懼，鮮有欽佩讚賞之情。各人心中疑惑，接下來將要發生何事。

香港每個重要地區皆陷入衝突，每個市民也受到持續騷亂所影響。今天示威人士衝擊身處牛頭角的警察，明天同一批示威者則衝擊於北角反對示威活動的示威人士。局面日益混亂。

從近日事件可得出兩個重要觀察結果，兩者對香港於一國兩制之下的前路及繼續作為世界城市與金融中心也至關重要。

其一，是我們的警務人員仍然是社會和平秩序的唯一守護者。他們是防止法律及秩序徹底癱瘓的衛兵。縱使近月來被指稱表現上有不足之處，但這亦絕非仔細檢查及分析他們行為的時候。相反，我們這刻必須給予他們明確支持，原因再簡單不過，若非如此只會造成更大傷害。不以為然者可於《基本法》第 18 條找到答案。假若警隊失去公眾支持，士氣低落至再無力為社會打擊暴力行為，香港將會陷入動亂。第 18 條清楚訂明，若香港內發生特區政府「不能控制」的「動亂」，全國人大常委會可宣佈進入緊急狀態，「全國性（也即是內地）」法律便可於香港實施。一國兩制停止多久將聽從北京發落。《緊急情況規例條例》屬本地政府特權，而是否需要援引第 18 條則由北京決定。

　　可悲的諷刺是示威人士可能將要摧毀他們一直堅持着的理想。其中的教訓當然是別要傷害保衛着你的人。

　　另一觀察結果是不少示威人士看來皆抱着不切實際的理想主義，相信為了更民主的香港作持續鬥爭，長遠而言只會令我們的社會進步。

　　可惜，種種跡象所顯示的卻剛好相反。過去約三個月來的經濟數據預示了慘淡的未來。經濟遭遇災難性的收縮，數以千計的行業受到嚴重打擊。每個人總曾聽到有親友或其他認識的人於經濟上受到影響。小商戶、的士司機及剛創業的年青企業家等數之不算，全皆受到傷害。不難想像，個人或公司被強制破產及清盤的情況將於未來日子顯著增加。對經濟所造成的破壞至今仍未可估量，但更重要及更可怕的，是北京對我們未來經濟將要採取的態度。其中一個可能發生的情況是北京不但不會容忍、滿足示威者的訴求或作出妥協，更會貶低香港作為金融中心的重要地位。事實上，香港與深圳之間早已出現了此消彼長之勢。

　　持續的示威活動只會嚇怕大型投資機構，而明智的投資者皆會選擇遠離香港。相對於如司法獨立等問題，投資者更愛平靜、穩定及利潤。示威人士也許是出於善意，但也須明白他們實際上正冒着摧毀香港及一國一制較預期提前 29 年來臨的風險。

（原文寫於 2019 年 9 月）

40. 晴天終會重臨

　　上週日，筆者有機會到了幾個遭受示威人士玷污及刑事毀壞的位置觀看。數個位於九龍區的地方看來恍如戰後遺址。九龍區內最為重要的街道——彌敦道，這條一直被視為該半島之上的頂級購物大道，如今卻是污穢骯髒得令人沮喪。縱火過後的痕跡仍清晰可見，兩旁的小街也未可倖免，大量商店重門深鎖，店東們害怕的當然是難以預期的暴徒衝擊。類似情況於九龍區內許多其他地方皆可見到。

　　港島這邊的故事亦同樣悽慘。交通服務受到嚴重影響，數以十萬計奉公守法市民的生活遭受極大滋擾。盲目的示威人士肆意破壞中環金融區及許多其他地方的財產，他們原來的動機也許曾一度博得同情，但如今亦已蕩然無存。蓄意損毀如港鐵售票機等財物，根本沒有任何合乎道義的理由。當干犯毀壞，財物是否屬政府所有並無關係。

　　依筆者看來，故意破壞建築物、路標及街道全屬不成熟及未經思考的幼稚行為。我們的青年人，尤其學生們，不該是生活環境的熱心守護者嗎？為何他們，至少是相當數量的青年人，看來卻要一心摧毀這個我們必須生活於其中的環境？這只顯示出高漲的情緒及群眾心理能夠促成有違邏輯的行為。

　　更令人憂慮的是立法會內泛民議員，竟未有譴責他們支持者的違法及騷亂行為。別要忘記所有法律必須得到立法會的承

認。立法機關及當中的成員背負着維護法治的必要責任。

除了上述議題，眾人心目中也有着另一最重大疑問——示威活動將會如何及於何時告終？在不損害警隊及政府尊嚴的情況下，如何才能滿足示威人士？於情緒如此高漲之際，解決方法實在難以預料，但這卻是個必須面對及處理的棘手問題。難以想像示威人士所有訴求皆能實現。先別談其他原因，訴求的數量本來已是太多。於 2014 年，示威人士只提出一個要求，最終更未有達成。如今最少已有五大訴求，令解決方法更為複雜。

另一疑慮在於北京當局的態度。即使已設下三大底線，也總不能夠過份強調解決問題的關鍵握於北京手中。一般相信只要未有越過那些有關國家尊嚴及主權的底線，北京將容許示威活動繼續直到自行失敗告終。從沒有永遠燃燒的火燄。如今我們的行政長官林鄭月娥已應允一項訴求，然而與此同時，示威人士何時方會回復理智，停止傷害香港的政治及經濟？暴風雨可能持續，但總不會永無止境。晴朗的日子最終必會重臨。

（原文寫於 2019 年 9 月）

41. 金錢與傳聞

　　猶如越搔越難受的惱人癢處，一個使人不安的問題日漸令奉公守法的港人感到煩躁。是哪些組織或個人為示威者繼續進行騷亂及踐踏我們的街道與公眾建築而提供所需物資？已再毫無疑問，絕大多數人相信那些破壞行為已遠遠超越可接受的限度。社會內循規蹈矩的人對生活持續遭受衝擊已感到困乏和厭倦。平靜的生活已受到實際上、情感上及經濟上的破壞。

　　核心的罪魁禍首看來極具組織，行動方式恍如武裝游擊戰士。透過 Facebook、Whatsapp 及 Telegram 等社交平台散佈虛假及具煽動性的資訊，便可動員及組織大批青年人。同樣的平台訂明了服飾、地點、目標、手號，甚至破壞財物時所需的武器。結識朋友、加固友誼及反中情緒惡化，街頭之上正在發展出一套全新的文化。筆者甚至聽聞有本來互不相識的示威人士墮進愛河。最專業示威者所佩戴的裝備數量如今已跟警隊的不遑多讓。頭盔、防毒面罩、手套、生理鹽水，甚至汽油彈及金屬棒……，當然還有無所不在的雨傘……，以上種種看來皆無限供應。香港的零售商戶也許以緊握商機而馳名，但防毒面罩竟突然如此輕易得到，不禁令筆者感到懷疑。

　　多個世紀以來，心理學家也有為群眾及專家們所稱的「群體認同」（group identity）進行研究。當一群體產生了共同敵意，例如針對警方，群眾的行為便會變得具傳染性。研究法國大革

命的法國歷史學家依波利特‧泰納（Hippolyte Taine）稱此為「暴民的譫妄症」（Delirium of the mob），而示威人士的群體認同必定是不少香港青年人的力量泉源。

回到那個棘手的未解之謎。到底是誰在策劃示威活動？大概當中必定牽涉金錢，大量的金錢。購買那些物資裝備總須付款。背後必定有一個精密的網絡，購入並分發可隱藏身份的服飾及可作破壞之用的武器。是否真的有人為示威者提供財政支援？許多香港市民相信確有其事，但若真的存在，他們也絕不敢公開那些邪惡的慷慨行為。

在此躁動不安之際，總有許多關於「外部」干預的言論。毫無疑問，部份外國政府、政黨及個人也對示威人士予以精神上的支持，但至今仍然無法證實有外部勢力提供實質金錢援助。

然而，筆者近日卻聞得一則相當令人震驚的消息，竟有少數本地富豪正為示威人士提供經濟支援。消息的來源可信但也只屬傳聞。唯願這只是另一則不實資料，或特朗普口中的「虛假新聞」。

示威人士於美國領事館門外揮舞星條旗的畫面同樣令人不安，他們乞求華盛頓方面干涉香港情況，也即是中國的內部事務。他們要求美國通過《香港人權與民主法案》，這建議中的法例是要針對聲稱打壓我們基本自由的香港及內地官員，訂立懲罰性措施。當然，美國將自行出任唯一的法官、陪審團及執行人。更令人擔憂的是於某些情況下香港可能將失去與美國之

間的非常有利經濟地位，從而影響於世貿組織內的特殊身份。
若此災難降臨，香港將失去於中國的獨特金融地位，加快變成
國內一個普通城市。如此下去，也許示威人士將會爭取到跟他
們預期剛好相反的結果。

（原文寫於 2019 年 9 月）

42. 兩宗不公正的謀殺案

如今政府已「撤回（關鍵字眼）」不受歡迎的引渡條例草案，相信暴力及和平的示威者也可同意，專欄於數週前所提出的觀點已因事態發展而不合時宜。

10年前，上海警方於2009年12月14日發現了一具華裔年輕女子的屍體。她只有20歲，如數以千計少女般被華麗奪目的上海大都會高級生活所吸引。無法找到其他合適的工作，她選擇了出賣肉體維生。她的名字譯音為陳佩芸。不幸地，她被誘騙至34歲韓裔男子譯音金京燁的一所度假屋，這名可憐的年輕女子據稱被殘暴虐殺。

原本只是上海2009年226宗謀殺案裏的其中之一，陳佩芸被殺案也許未會引起注意，然而她的案件卻成為了數千里以外新西蘭上訴法院一個重要裁決中的主題。縱使十載光陰經已過去，這宗涉及要求把一名新西蘭公民引渡到中國大陸的持久案件至今仍未閉幕。

先從案件的簡單背景說起。雖然這名謀殺案逃犯生於韓國，他跟家人已移居新西蘭並成為了永久居民。死者陳佩芸的屍體被發現的兩年後，北京中央政府正式要求引渡金京燁至上海受審。當時中國有關部門已搜集到充份的法醫及環境證據顯示該韓國人與謀殺案件有關。於任何情況之下，這是一宗對逝者家人及案中疑犯而言是讓公義得以彰顯的簡單案件。案件並不牽

涉政治，也不見得中方背後另有所圖。當然除了死者家屬渴望女兒沉冤得雪，這絕對可以理解。

　　遠方的新西蘭於 1999 年通過了一項引渡法例，容許司法部長依據個別情況把罪犯引渡至其他國家。金京燁就新西蘭司法部長的決定提出爭議，經過兩次司法覆核敗訴後，他最終於本年 6 月成功於新西蘭上訴法院獲判得直。由未能獲得公平審訊到中國可能執行死刑，在此實在無法解釋各項複雜細節，但讀者可於網上細閱判決全文（2019 NZCA 209）。簡而言之，結果是新西蘭上訴法院實際上拒絕引渡金京燁，至少目前如此。經歷了中國及新西蘭兩地長達八年的法律程序，這謀殺案疑犯最終被困新西蘭。

　　離我們較近還有另一名 20 歲的女子，案件同樣令人震驚。這趟的受害人為潘曉穎，她懷着身孕的屍體被藏於行李箱內，並棄置在台北市的一個捷運站外。由於台灣與中國其他地區之間並不存在引渡程序，其據報已招認犯案的香港男友將不會被移送至台灣。各種罪犯，即使是謀殺犯，於澳門、香港、台灣及內地之間均不能合法引渡。可悲的結局是兩宗案件中的思疑殘暴兇手可能將逃過法網。也許當中唯一的分別是金姓韓國人經歷了漫長的司法程序，最後才由當地上訴法院拒絕有關安排。另一方面，香港的法院卻未被賦予此等司法權力。無疑，從這兩宗案件中也可吸取教訓。兩名殺人犯仍逍遙法外，兩個飽受喪親之痛的受害人家庭得不到應得的安慰。

（原文寫於 2019 年 9 月）

43. 外國勢力

我們正目擊着一個不尋常的現象。一些聲稱熱愛香港的港人，正穿梭全球（明顯地把溫室氣體排放置之不顧）請求甚至乞求外國人干預我們的內部事務。部份人士的機票、住宿費用及其他開支也許是來自捐款——其中許多很可能有着外國聯繫的捐款。目的當然是要迫使及游說部份西方政府對未有採納西方民主模式的香港政府施以懲罰。

支持他們的，他們是希望的天使；反對他們的，他們是滅亡的倡導者。這些激進的民主派人士跑到歐洲及北美，到處燃起激情並懇求協助。於華盛頓，這些香港示威行動的海外使者幾近成功游說美國國會通過「香港人權及民主法案」。假若成事，即使身在香港也定必感受到北京熾熱的怒火。

中央政府怒不可遏，實在也不難理解。中國每趟跟國際社會交往也不斷重複堅持，一道重於一切的底線絕對不可越過——中國的領土完整及主權。那些請求外國介入香港內部事務的肆意荒誕行徑經已突破了這道底線，最終他們必須付出沉重代價。

這令筆者回想到已離世的引渡條例草案，甚至更具爭議性但仍未壽終正寢（至今為止）的《基本法》第 23 條。

極多示威人士要求全面落實《基本法》——或至少是他們所喜歡的如普選等部份《基本法》。然而他們對履行《基本法》第 23 條的譴責也同樣強烈。故此這刻我們也應細看第 23 條的

部份內容。條文規定於沒有任何法律上的限制條件之下，香港「應自行立法禁止任何叛國⋯⋯，禁止外國的政治性組織或團體在香港特別行政區進行政治活動⋯⋯」。

考慮到引渡條例草案所造成的破壞力，現時或於短期內把第 23 條激活過來，是明顯地不可行及不切實際。然而於事實上，亦總不可把第 23 條永遠置諸高閣。有別於引渡條例草案，第 23 條屬不容修改的憲制責任。若第 23 條今天經已生效，未知能否阻嚇那些遠赴海外為我們本身事務引入外國干預的港人？但願如此，畢竟如香港人權及民主法案等問題，可能對香港經濟帶來大量無法承擔的後果。

於此分裂時刻，當政治把社會弄得支離破碎，要預測前景幾乎絕不可能。這已非首次於專欄中重溫小說家狄更斯（Charles Dickens）概述 1789 年法國大革命所留下的廢墟時的俊語：「這是最好的時代，也是最壞的時代；這是智慧的時代，也是愚蠢的時代；這是信仰的時期，也是懷疑的時期；這是光明的季節，也是黑暗的季節；這是希望之春，也是失望之冬⋯⋯」。猶如今天的香港，狄更斯眼中經歷革命洗禮的巴黎既繁榮也絕望，既痛苦也有着歡欣與期望。

（原文寫於 2019 年 9 月）

44. 七十年功績

中國及其共產黨將於 10 月 1 日為了一項重要的歷史事件進行慶祝活動，顯然這也是合適的時候好好細想他們所取得的成就。畢竟這天標誌着人民共和國成立 70 週年，不單只中國，對於全球未來而言也是一項重大事件。用上並強調「人民」二字，新中國終止了數千年大多屬專制暴虐的帝國統治。1949 年 10 月 1 日象徵着中國人民政權取代了專制君主統治及封建主義的關鍵時刻。

若論年齡，70 大抵是個相當成熟的數字，但憑此斷定中國的政府制度已臻完美，也未免過於天真。猶如世界上任何地方的政府制度，中國的制度總是處於進化過程中，尋找自家的一套完善版本。從未有國家曾達至理想中完美社會的目標，即使廣受吹捧的美國憲法也曾經歷多次修改。至於英國大力吹噓的「不成文憲法」，多年來一直被譽為最能適應的模式，也已被英國的脫歐決定嚴重打擊，該國近日看來經已失控。有言論指出曾被暱稱作「議會之母」的英國下議會，今天卻淪為國際笑柄。情況剛好相反，自 1949 年起，中國憲法證明了本身歷久不衰，原因再簡單不過，她提升生活水平幅度之巨委實曠古爍今。只不過 30 年間，便多於 8 億 5,000 萬中國人脫離赤貧。於 1981 年，世界銀行的研究指出中國的貧困人口佔全國 88%，到 2015 年比率已下降至 0.7%。壯觀、令人震驚、難以置信……，共和

國所取得的成就實非筆墨所能形容。

政府也把中國於世界舞台上變得舉足輕重。1949 年世界強國對中國不屑一顧，70 年後的今天卻受到全球關注。中國曾經是個嘗盡屈辱且備受壓抑的國家，然而如今的情況已是截然不同，地位顯要並富甲一方。

至於香港，則是一個異常成功、具全球重要性並由能幹勤奮市民組成的城市。筆者想起了數天前跟一位的士司機的對話（筆者確是聰明睿智的士司機們的虔誠信徒）。當我們二人皆同意香港為一片樂土後（除了瘋狂的樓價外），筆者請教了司機有關那些青年人選擇採用暴力此等駭人行為的根本原因，為何他們寧願以擲石縱火來爭取西式民主，卻不為貧窮、不公及難以負擔的樓價等正在摧毀香港的問題而抗爭？「那是由於他們未曾捱苦」，司機堅定的答道。而這卻又千真萬確，上世紀70 及 80 年代出生的港人一直衣食無憂。食物、工作、良好教育從不缺乏，數十年來他們就如乘着中國熱潮的衝浪者。

可惜的是示威人士，尤其暴力一眾，將不會參與共和國 70週年的生日派對，但大多數香港人仍會為於這和平世代藉着中國經濟蓬勃發展而受惠，心存感激。生日快樂！

（原文寫於 2019 年 9 月）

45. 財富與健康

筆者碰巧於慶祝共產黨戰勝國民黨 70 週年的前夕身處北京。以霧霾聞名的上空竟如瑞士或西藏般蔚藍，更令人驚訝的是平日擁擠不堪的交通今天卻如江河流水般暢順。故宮博物院附近一面精巧新穎的顯示屏公開了曾以響號聲破壞安寧的汽車編號。筆者相信這正是如何以最新科技為如香港等城市解決最古老及最擾人難題的優秀例證——司機響號只為宣洩不滿的情緒。被困於堵塞不動的環境中，駕駛者響號又有何用。只需一名始作俑者，隨即便會有數名加入，不久全數駕駛者便奮力發出足以危害聽覺的刺耳聲音。

至於北京，這首都的確以其最佳的表現示人。莊嚴而雅致，整潔且安靜，未嘗見過這城市如此優美。鄰近舊紫禁城（如今稱為故宮博物院），傍晚昏暗之際數以十萬計的霓虹燈絢麗奪目，大量市民於街頭漫步欣賞此壯觀場面。10 月 1 日國慶當天，到處充斥着自信及驕傲的感覺，短短數十年間中國取得多方面的成就，許多人的生活得到改善。市民細細品味着國家的富強，他們皆因中國的成功而受惠。

由於作為國家首都的關係，北京當然並非整國的樣板。她屬於特殊個案，中國過去 70 年來的改革成果於某些方面在其他地區更是斐然。猶記得於 70 年代曾到福建省廈門市附近探望親人，當年仍屬貧窮之地。如今此等地區生活水平提升的幅度比

經常吸引財富的北京還要大。

這趟北京之行也讓筆者意識到香港不公及貧富不均的情況遠比當地嚴重。可惜，對民主的迷戀及對舊日英國模式的癡纏，令不少港人看不見中國提供的種種機遇。與其視普選為萬靈仙丹，即使很可能徒勞無功仍不斷舊調重彈，香港人尤其我們的青年人倒不如把精力放在處理導致香港出現嚴重不公的問題。也許將來歷史對香港的評價，是 1997 年後錯過了自行改革的機會，並不智地選擇了依靠舊殖民地政策的光環，結果悔不當初。浪費於政治爭拗的歲月本可花在改革政府政策，確保每名市民皆可從經濟及社會的福祉中得益。

獲一位來自新加坡的友人告知，於其生活的地方，每名國民皆與社會的繁榮穩定休戚相關。新加坡的中央公積金，其教育、醫療及房屋政策建立了一個顧及所有國民利益的社會及經濟制度。新加坡確有普選，然而沒多少新加坡人相信國家的成功乃普選所賜。真正讓新加坡能於短短數十年間成就傳奇的原因，是良好的管治及一個具遠見的政府。為何香港不能以新加坡作為榜樣，着手處理社會的不平等問題，而是繼續內訌分裂？

（原文寫於 2019 年 10 月）

46. 基本法與殖民主義

好消息是禁蒙面法令示威的氣球洩了氣。示威行動明顯地失去了部份動力，而心智正常的港人終可期望將能夠再次在街上和平及安全的走動，香港的動盪生活也接近尾聲。然而壞消息是頑固的示威人士仍以頭盔及面罩隱藏身份，且看來比以往更樂於採取非法手段。

以於那五項訴求，筆者非常質疑於政治上政府能否就其餘四項作出退讓或屈服。首項訴求——放棄引渡條例草案，經已得逞。即使假設另外四項訴求得到政府實踐，明顯的，一旦嘗過如鮮血滋味般的甜頭，示威行動將會轉換方式並增加額外訴求。

眾所周知，只要身體於海中出現傷口，遠處的鯊群也將嗅到鮮血的味道並匆匆趕到，待該身體變得虛弱時大快朵頤。狼吞虎嚥之際狂躁的鯊群更會互相攻擊。因此於香港現時的躁動局面中，不難想像出現了餘下四項訴求將同樣得到接納的困惑，一種可能導致更邪惡暴力的困惑。

可惜，城市內不少地區現已猶如嚴重車禍中的受害者——癱瘓並遍體鱗傷。只消跑到灣仔或旺角的街頭，便能了解到公共及私人財物所遭受的肆意塗鴉及刑事毀壞，明白到我們陷於怎樣程度的惡意破壞及流氓行為。這個信心滿滿的城市曾自許為「亞洲國際都會」，但經歷了五個月的蹂躪後，這名稱已淪

為過時的口號。

　　回想到我們社會內令人難堪的嚴重不公情況，筆者深信這正是近日事件的根本原因。而社會不公的根源又是甚麼？令人驚訝的事實為部份不公問題全賴把舊日殖民地政策帶到香港特別行政區的《基本法》所保留。正是《基本法》延續了讓富者愈富、容許寡頭壟斷及令政府屈服於地價的政策。

　　當然，《基本法》的制定是出於最大的善意，堅持着「一國兩制」，於中國主權之下保留了 1997 年前的生活方式。為了維持繁榮穩定，《基本法》設法保存大多數往日英國殖民地政策實在可以理解，但這樣一來卻鞏固了一些也許已不合時宜及理應進行改革的處事模式。猶記得即使於 1997 年前，已有愈來愈多的聲音要求殖民地政府擴闊稅基並減少對高地價的依賴。

　　同時《基本法》第 40 及第 122 條實際上確定了有關新界的殖民地土地政策。由英國人詮釋的原居民「合法傳統權益」得以保存，並受到《基本法》的保護。第 6 條明確規定了「私有財產」須依法保護。同樣地，地產富豪的私有財產權則受到第 120 條的捍衛。我們奉行英式普通法的司法機關將無可避免地執行此等由《基本法》保存下來的清晰原則。

　　也許最為諷刺的是，若期望處理根深柢固的樓價問題，我們或許需要修改《基本法》。未知暴力示威人士可有準備為着此等改革而抗爭？

（原文寫於 2019 年 10 月）

47. 示威者的審判

由 6 月 3 日騷動爆發直到筆者行文之際，已有接近 2,500 名男女遭受拘捕。當中主要屬青年人。據警方透露，絕大多數被捕人士仍未面對審訊。

大量潛在罪犯無可避免會為司法體系帶來沉重負擔。額外的被告人將堵塞司法系統，尤其當中許多人士為了吸引更加多傳媒報道而選擇否認控罪。

筆者為未來所憂慮的主要並非裁判法院及區域法院未能秉行公義——或彰顯公義於人前。不管裁定被告罪名成立或不成立，裁判官及區域法院法官皆須依法頒佈裁決理由，合理的理由。此等理由必須經得起上訴級別法院的審查，直到終審法院。然而，裁判官的判刑上限為三年監禁，而區域法院法官的判刑則不可多於七年。

暴徒及暴力示威者所干犯的嚴重罪行當然應在高等法院審理，但高等法院的刑事審訊必須於陪審團席上進行。刑事檢控專員於大多數案件皆可決定進行審訊的法院級別，但當遇上如企圖謀殺等非別嚴重案件，此決定權便告喪失。高等法院可判處的最高刑罰為終身監禁。

統計資料顯示近年高等法院刑事審訊的定罪率頗高，約80%，意味着陪審團較傾向裁定被告罪名成立。但陪審團不能接受關於政治信念的審查，在此情緒敏感時刻，也許將更難挑

選政治中立的陪審團。

香港的陪審團制度承襲自英國的普通法，而《基本法》第 86 條明確保留了被告於高等法院接受陪審團審判的權利。

甚少曾受英國統治的司法管轄區保留着陪審團制度。馬來西亞、緬甸、印度及斯里蘭卡皆已廢除有關制度。備受景仰的劍橋畢業律師、已故前新加坡總理李光耀，於 1969 年即該島國獨立後不久便廢除了陪審團制度。李先生本身是一名優秀的大律師，曾成功為不少被告辯護，當中包括那些被控謀殺的被告。他於其回憶錄中解釋了為何毫不猶豫的廢除陪審團制度。一宗為四名被控謀殺的穆斯林信徒成功抗辯的審訊中，李光耀承認他「致力於陪審團的弱點——他們的偏見、他們的歧視……」。他認為陪審團制度是「一個愚蠢、完全不適的制度，與亞洲文化的差異太大」，「我對一個容許七名陪審團的迷信、無知、偏見及歧視來裁定罪成與否的制度沒有信心」。

有趣的是，另一位著名的英國刑事御用大律師、已故的 Louis Blom-Cooper 也曾主張淡化接受陪審團審判的權利，尤其是複雜的商業案件。於其 2018 年的著作 *Unreasoned Verdict: The Jury's Out*，他引用了北愛爾蘭就牽涉恐怖主義的案件成功廢除了陪審團制度，理由是尋找未有受到宗教派別影響的公正陪審員明顯相當困難。

重點是陪審團無須及不能被強制給予裁決理由。這方面能

否繼續有利於陪審團制度，尤其涉及香港暴力示威人士的案件，仍須拭目以待。情況猶陪審團仍未得出裁決。

（原文寫於 2019 年 10 月）

48. 行動最實際

部份社會賢達仍然主張成立委員會深入調查聲稱一些警員犯下的暴虐行為。其他人士甚至建議除了警隊的表現以外，也要為示威者的肆意流氓行為進行調查。更有另一些關心社會的市民，要求探究造成這場足以摧毀香港的騷動的根本原因。看來如今正是思考此等建議優劣利弊的適當時機。

警隊方面，尤其一眾前線警員，正承擔着史無前例的沉重壓力，這實在是明顯不過。警務處處長也許聲稱麾下同僚力足勝任面前的艱巨任務，但人盡皆知，實情是警隊經已超出負荷。自1967年暴動以還，香港向來是一片由奉公守法市民組成的頂級和諧樂土。儘管意識到社會的問題加劇，始終無人能預料會爆發如近日那般無法無天的騷亂。聽聞不少警員由於針對他們的敵意及暴虐行為所造成的精神創傷，嚴重至可能需要接受輔導。

至於聲稱警員使用不必要武力的指控，也許確曾出現情緒過於激烈的個別情況，這絕對不難理解。但毫無疑問，我們也得承認總體而言絕大多數警員對面持械暴徒襲擊時仍表現得相當克制。筆者曾見識過發生於其他國家的騷亂，也可向痛斥我們警隊的人士保證，法國防暴警察（共和國保安隊，法文簡稱為 CRS）使用的手段遠比於香港所見到的粗暴得多。CRS 隊員為追捕暴徒誓不罷休，也絕不寬容。即使英國警隊於必要時也會向暴徒施以非常強硬的手段。於 1984 年至 1985 年的煤礦工

人大罷工期間（多於 11,000 人被捕而當中 8,392 人被控以刑事罪行），警員甚至騎着馬匹衝進人群，並揮舞長棍抽打暴徒。這種手段實在相當危險，可輕易導致嚴重傷害或死亡。當有類似香港形式的暴亂於美國爆發，有關部門總會匆匆召來配備步槍及刺刀的國民警衛隊。

不可忘記我們警隊存在之目的是要保護整個社會、執行法律並確保我們能夠繼續平靜地生活，無須畏懼。若失去了他們的保護，香港將轉眼變得不宜居住。故此唯一合理的處理方式並非強調部份警員的涉嫌不當行為，我們更應為整個警隊予以毫無保留的支持。在此香港歷史中的關鍵時刻成立委員會對警方進行調查，將會是個徹底錯誤的決定。

至於有關為何少數示威人士採取此等暴力的調查，這念頭也應從速打消。他們的行為已表明一切，動機也昭然若揭。他們憎恨大陸、她的政府、她的公司，更荒謬是還有她的國民。他們利用引渡條例草案來宣洩怒火。與其委任獨立中肯的退休法官來確認香港的政治及社會問題與不公情況，引進改善政策更是簡單快捷。每個人皆明白社會不安的原因——難以負擔的樓價、不均等現象、缺乏機會。香港需要的是解決辦法而非調查。調查須耗費大量光陰方會得出結論，而香港卻急需解決方法。為調查設下期限只會削弱它的功能及獨立性。香港的情況實在刻不容緩。我們須立即採取行動，而非事後的調查工作。

（原文寫於 2019 年 11 月）

49. 禁塑時刻

於閣下的廚房內（若在香港這瘋狂樓價的情況下仍能負擔此空間），或許備有一台用以碾磨的機器。這類型的家電能夠把食物磨成粉末。現在從閣下的錢包內揀選一張最不常用的塑料卡片（也許是從未使用過的食肆優惠卡）並把它磨成粉末，再混入清水將之吞服。歡迎來到塑膠食物的世界。信不信由你，每名生活於富裕城市（相信經歷了多月示威活動的香港仍可包括在內）的成年人，平均每星期攝取相當於一張信用卡大小的「微塑膠」。這是一個駭人的觀念。

問題源於我們所使用的塑膠大多並不穩定。薄塑膠樽能釋出塑料進入水中。以塑膠包裝的食物，尤其是載於膠袋內加熱的食品，也會浸出塑料。若加熱的時間夠長，食物上的微波爐膠膜會徹底消失，或更準確而言，全皆溶化於食物之內。家母生前一直堅信，玻璃水瓶更為安全。

以大熊貓作標誌的世界自然基金會（英文簡稱為 WWF）指出，每個人平均每年在不知情的情況下飲用、吞下、咀嚼、進食 100,000 件小於 1 毫米的塑膠微粒。把那 100,000 件除以 52，便等如每星期一張信用卡份量的塑膠。最令人憂慮的是研究發現我們所攝取的 100,000 件微塑膠當中， 90% 是如水般吞下，藏於食物或其他飲料的只佔 10%。

一名有關這項研究的教授提出警告，切莫飲用以膠樽盛

載的水。他指出自來水安全得多（經過濾後格外安全）。其次是永不使用塑膠餐具甚至塑膠筷子進食熱燙食物。塑膠遇熱會變軟。此外，也須提防如咖啡杯膠蓋等附有塑料的容器。至於食物方面，應避免進食所謂「食底泥動物」或蛤蚌、蠔、青口及比目魚等生活於泥沼及佈滿塑膠廢料的河底或海底的生物。

得悉這些有關塑膠醜惡事實後，筆者加倍注意香港超級市場內過度使用塑膠的情況。芝士被兩層甚至三層的塑膠獨立包裝；所有飲品容器皆以塑膠製成；全數新鮮食物均以塑膠包裝。即使筆者至愛的蘋果，也被每六個放進膠盒之內。街頭上每名示威人士也備有最少一瓶塑料樽裝水，辦公室內的大型塑膠蒸餾水樽幾乎已成定律。人們嫌棄源自大廈天台被暴曬的混凝土水箱的自來水，寧願於家中也飲用樽裝水。美國賓夕法尼亞州州立大學為來自不同國家的 259 款塑膠樽裝水進行研究，發現當中 93% 含有微塑膠。

好消息是至今仍未有證據顯示我們所攝取的塑膠可構成任何傷害。大部份均可通過我們的消化系統，尤其是一些體積較大的膠塊。假若吞下塑料筷子末端的斷截部份，幾可肯定它必會完全通過閣下的腸道，不會造成傷害。然而細小的塑膠微粒並未有被排出。它們積聚於人體之內，迄今仍無人得知將可會發現它們實乃禍患之源——損害免疫系統、導致性功能障礙、癌症、畸形嬰兒、血栓形成？也許香港應勇敢的全面禁止塑膠

水樽。單一行動便可阻止 90% 的微塑膠進入我們體內。為人類的一小步，也是為我們未來健康的一大步。

（原文寫於 2019 年 11 月）

50. 兩種制度在崩潰

目睹一些本來相當穩定及可靠、只會為支持者帶來歡欣與昌盛的事物崩潰甚至被徹底摧毀,從來都不會是一件賞心樂事。

然而恐怕近日把香港弄得四分五裂的可怕事件也許將加快「一國兩制」的終結。閣下的年曆也應調整一下,因為如今 2047 年可能較預期中提前降臨。

嚴峻的景況令筆者聯想到所謂的「末日時鐘(Domesday Clock)」,它是 1947 年於廣島及長崎被兩枚原子彈摧毀後,由科學創造出來的假想計時器。時間與午夜零時之間的距離標示着全球跟因核戰而全面滅絕有多接近。於 1947 年,當時距離子夜尚餘 7 分鐘。到了今天,距離世界末日只有 2 分鐘。

當然香港這彈丸之地所面對的困境,絕不可跟人類可能滅亡這議題相提並論。但這一點卻也值得關注──香港的時鐘在滴答作響,決不可讓分針進一步移近子夜,應盡一切可能維持一國兩制。

除了持續不斷的騷亂及暴力以外,不少頭腦正常的港人,即使抱持不同的政治理念,也為兩名高等法院法官就所謂禁蒙面法合法性而作出的裁決感到相當困擾。困擾源於有關裁決再一次揭露了我們英式普通法(common law)制度跟北京以法例為本的司法體制兩者之間固有的極大差異。筆者閱讀過兩位法官一共 106 頁的判辭,當中內容從澳洲及加拿大等普通法國家

甚至歐洲人權法庭得到啟發，所援引的還包括約一百年前香港殖民地年代法官的判辭，其中的法律細節定必讓並非從事法律專業的人困惑不解。

清晰易懂的是來自北京那些毫不含糊的譴責。極具影響力的全國人大常委會法制工作委員（法工委）認為有關禁蒙面法不符合《基本法》規定的裁決違憲及有違香港憲法。憑邏輯可得出的結論是，高等法院的裁決將再一次受制於人大常委會的解釋，一切只屬時間方面的問題。這將會是 1997 年後的第六度釋法。

民主派及國內律師的不同反應，當中顯著的分歧源於他們的不同法律背景。北京律師接受大陸法（civil law）的訓練，於此制度下判例只從屬於法律，跟我們以舊判例作依歸的普通法截然不同。

若嘗試向北京的法律學生解釋，於香港我們仍受着 17 世紀的英國古老判例的影響及指引，他們定必認為閣下來自另一星球。

這天壤之別卻又主宰着一國兩制這概念的將來。假若兩個法律制度繼續以他們不同的法律角度來解釋《基本法》，由於人大常委會佔盡優勢的關係，香港實在難望有多少勝算。故此如今真正的挑戰是由現時至 2047 年期間，如何融合兩種不同派系的解釋。這絕非怎樣新奇的想法，學術圈子一直為如何協調兩種制度而擔憂，可惜並未有任何政治誘因促使尋求解決方法。

毫無疑問於未來日子將出現更多類似的法律爭議，而這些爭議也必定對「兩制」原則有損無益。

（原文寫於 2019 年 11 月）

51. 遙看加泰羅尼亞獨立之爭

當香港的社會結構被政治分歧弄得支離破碎之際，於地球的另一端，歐盟其中一個最大成員國之內，正展開着一場更嚴重的政治危機。西班牙的最富裕地區及巴塞羅那的所在地——加泰羅尼亞正陷入騷亂，原因是當地大多數人口希望獨立，但卻被西班牙憲法所禁止。

然而，英國與歐洲的印刷及電視媒體一方面嚴厲譴責中國處理香港、新疆及西藏問題的手法，另一方面卻對加泰羅尼亞人的獨立訴求充耳不聞。西方媒體的虛偽令人驚嘆，但筆者認為這早已在意料之中，畢竟西方世界對中國各種事物皆充滿偏見。於西方的自由主義人士而言，中國是個可輕易備受抨擊的對象，但批評西班牙處理加泰羅尼亞的手法卻會造成非常尷尬的局面，可免則免。

兩個月前，西班牙最高法院以煽動叛亂罪判處九名加泰羅尼亞政客刑期不短的監禁——控罪指稱他們積極提倡及爭取加泰羅尼亞獨立。當中最短的刑期為九年，最長的則達13年之久。這樣一來，750萬人（佔西班牙人口16%）的獨立夢，便被此本屬尊崇人權至上的完全民主國度所打破。歐盟可有抗議？美國國會可有就西班牙法庭的裁決作出譴責？他們未有為西班牙中央政府的作為及其司法制度惡言半句。美國國會為通過容許因香港問題而制裁中國的法案而自吹自擂，但對西班牙拒絕加

泰羅尼亞的獨立訴求卻噤若寒蟬。

先了解一些背景。兩年前，一個加泰羅尼亞的政黨宣佈該地區單方面脫離西班牙獨立。隨後發生了分別支持及反對要求獨立的暴力示威。與香港近日的情況相若，西班牙的防暴警察以催淚彈、橡膠子彈及水炮，更經常以極殘暴手段作出回應。其他歐洲民主國家以至美國、加拿大及澳洲等均一聲不吭。

猶如中國的憲法訂明，國內包括香港的任何地區，皆屬中國「不可分割」的部份，西班牙憲法也毫不含糊的宣稱「西班牙國家的完整不容分解」。

有趣的是，加泰羅尼亞跟香港也有一些相類之處。其 750 萬人口跟香港相近；巴塞羅那跟香港同樣是個繁華的金融中心；巴塞羅那也如香港般吸引到大量旅客（至少直至近年）——每年接近一千萬人次。

加泰羅尼亞的獨立宣言明顯徹底動搖了整個西班牙，導致四年內已舉行了四次大選——最近一次選舉仍未有單一政黨奪得大多數議席，令該國無法組成穩定政府。

能否想像假若中國法庭判處一些香港分離主義政黨的領袖長期監禁，華盛頓、倫敦及西方世界的其他地方將會有怎樣的反應？西方媒體定必強烈譴責中國踐踏政治自由及違反人權，抨擊中國法庭及法官缺乏司法獨立，並警告香港將不再是金融中心或旅客天堂。西方的虛偽，尤其是美國的態度，的確能夠相當可恥且令人憎惡。

（原文寫於 2019 年 12 月）

52. 小心歷史的錯誤面

先是示威活動，接着是新冠病毒（Covid-19）。無疑，香港也應從悲觀沮喪中稍作歇息，來到了往美好一面展望的時候，迎接可能相當輝煌的未來——當中香港以本身財力蜚聲國際。

當我們研習歷史，宏觀全球會有怎樣的發現？我們見到不同國家甚至不同文明的興衰。我們見到許多年前中國的文明曾經主宰東方世界的秩序。隨後她經歷了一段艱難的時期，國力一落千丈。然而，如今中國正重拾當年卓越優勢，而這趟更是席捲全球。

筆者憂慮香港將被殘留的英國殖民遺風所羈絆。這將會是個極大的恥辱。我們尤其不應關注太多西方社會對中國所作出的失實見解。依筆者看來，西方世界（特別是美國人）近年不斷誤判中國的情況。

還記得於 80 年代，西方人預期中國只要變得富裕，便會欣然接受民主制度。故此美國曾傾盡全力讓中國富起來——她相信登上富裕中產階級的上海將馬上變得如紐約般，實在大謬不然。

其後西方專家更是一錯再錯。他們曾預測債務海嘯將導致中國經濟崩潰。相反，於 2008 年，金融危機於美國爆發，並非中國。當西方經濟仍未從 2008 年復元過來之際，中國經濟卻持續發展。於過去十年間，西方為着只錄得經濟些微增長而委靡

不振，中國經濟則增長了百分之百——規模翻了一倍之多。世界歷史上從未有任何經濟體系曾如中國般達到這樣的經濟成就。

可惜，部份西方國家近年流行指責、中傷及猜忌中國。更甚的是，特朗普的共和黨人與敵對的民主黨純然為了達到政治目的而鼓吹反中情緒。有朝一日西方必得接受中國正在改變世界。看不到有任何事物能夠阻擋這股歷史洪流。

這對於香港以至當中的民主派、示威者、法律制度及根深蒂固的殖民遺風具有怎樣的意義？其中，明顯的危機是香港被困於歷史中錯誤的一方。香港適應及接納國家的必要性逐漸變得無可抗拒。香港於 2047 年後仍可保留本身英國殖民遺風，這念頭必定只屬幻想——此舉只會令香港不進反退。

因此筆者相信香港若能竭力投入重新崛起的中國，前面將是一條豐盛的康莊大道。內地人民經歷了三十多年經濟按年增長 10% 的歲月，過去十載也高達 8%。故此他們對於需要快速適應及現代化事物已是習以為常。港人也應如此。

於未來數十年，必然見到由西方支配的國際體系逐漸解體，而中國處事方式的影響力卻日漸提升——甚至於司法制度亦然。過程無疑將偶爾遇上困難及起伏，甚至令人憂慮——但最終也是無可抗拒。香港必須當心提防，切莫陷於歷史中錯誤一方。

（原文寫於 2020 年 1 月）

53. 可悲的舊日滙豐銀行

時光荏苒，筆者撰寫每週專欄已不知有多少年（想必多於10年），部份題材總比其他的佔去更多空間。瘋狂的樓價、環境污染、法律議題以至香港近年的政治動盪，當然還有新型冠狀病毒——全皆讓手中的筆桿停不下來。

另一題材也經常出現筆下，幾近成為專欄的年度活動——滙豐銀行徐徐的、可悲的步向衰亡。由於穩固可靠及盈利豐厚曾一度被譽為「鐵飯碗」，但該銀行自1993年從香港遷冊倫敦便開始於世界各地過着漂泊生活。

故此當聞得該銀行熬過了多年流放生活後，最終也許回歸其原來所屬之地——從前的香港基地，筆者當然極感興趣。猶如迷途的信天翁多年來飛越世界各地，如今重拾應有的方向感。顯示銀行已從過往錯誤的決定中得到教訓，渴望回家。

它計劃撤出歐洲及美洲，重新聚焦香港及其餘亞洲地區。然而該銀行所面對的難題是英國殖民統治香港的年代經已終結，其與英國殖民政府友好結盟的黃金歲月也已成為歷史。於舊日的輝煌日子裏，滙豐彷彿就是香港的政府銀行，樂意執行港督的意願來換取可觀回報。

可惜的是當年為實踐放眼全球的野心而改名的「滙豐（HSBC）」，不應期望能於香港得到多少喘息機會。房價飆升，讓香港數十年來當上按揭貸款及地產發展的高利潤市場，但這

年代已告終結。即使習主席也認為香港的樓價過於高昂！

滙豐曾雄心壯志欲變身「環球銀行」，最終卻適得其反，實在是意想不到。曾經是許多亞洲地區內的銀行業巨人，如今除香港以外於各處也只是個小人物。

該銀行命運的新一章將會是何等景況？英國政府為了兩大理由必定竭力把滙豐的總部留在倫敦——該銀行擁有大量英國零售銀行業務，還有繳付的巨額稅金。一如既往，英國極需要這筆稅收。

把滙豐一分為二相信是一個合理的解決方法，英國的業務留在倫敦，其餘的另行遷冊返港。但此解決方法也許無何避免地令以香港作基地的一方最終被某內地國營銀行所吞併。這看來是該銀行的悲慘結局，但大抵也是其應得的報應。偉大的殖民地銀行，規模與影響力日漸萎縮，最後由香港的新主接管。筆者偶爾也會想到，同樣的命運正等候着國泰航空。渣打的情況卻未敢肯定，畢竟多年來新加坡政府皆為該另一殖民地銀行的最大股東。

然而，若滙豐再次更改名稱將會是個極佳的點子，簡單的稱作「香港銀行」，於中環設立總部，丟棄一切殖民地包袱。以現代化銀行的姿態開展新的一頁，董事局及管理層任人唯賢，相信會議桌旁將見到更多的香港面孔——有別於現時以英國白人面孔為主導的情況。事實上，縱使該銀行原名為香港上海滙豐銀行，卻從未有華人出任主席或行政總裁。原因為何？

（原文寫於 2020 年 3 月）

54. 與北京的更多爭拗

　　若要任何港人能夠毫不猶豫的作出一項預測，並肯定將被證實準確，必然是香港激進民主派政客與北京當局之間沒可能建立和諧關係。戰線經已展開，敵對雙方紛紛提出論據，彼此的猜忌已深得無法輕易化解。情況猶如水跟油永不可能相融。因此所有理智的港人心中也有着同樣的疑問：我們的未來將會如何？

　　細想最近有關中聯辦的喧鬧爭議。《基本法》第 22 條已解釋了不可有任何部門有權監督與中央政府有關的香港事務。該條文訂明中央政府所屬各部門不得干預香港事務，而各部門於香港設立的機構也須遵守香港的法律。

　　中聯辦的前身為創立於 1947 年的「新華通訊社（簡稱新華社）」，曾扮演中央政府於香港的主要代表機關多於 50 年。我們許多人皆記得「新華社」這名稱事實上只是一個「幌子」，用以掩飾其真正的能力與職權。當年人盡皆知新華社代表着中國的權益。它一直是個具有相當權力的機構，實際上支配着香港居民跟內地當局之間最基本的關係。還清楚記得新華社為筆者安排簽證進入內地的日子。

　　到了 2000 年，也即是主權回歸中國後只有三年，「新華通訊社」這名稱變得奇怪並改為「中聯辦」，一個可顧名思義的稱號。其工作是要於香港與北京之間建立聯繫，而要履行有關職責，無可選擇的必會影響到香港特區政府，同樣地香港也許

亦需要影響到北京。

也應細想北京早於 1978 年創立的「國務院港澳事務辦公室（簡稱港澳辦）」。如本地的中聯辦般，港澳辦於《基本法》頒佈前經已設立，但職責相近，就是要推動中央政府跟香港及澳門特區在政治、經濟及文化等領域的交流與合作。事實上，沒有對特區事務作絲毫干涉，根本無法達至如此值得讚揚的目標。

中聯辦是否受到第 22 條約束或約束至何等程度，要於法律細節上作糾纏爭辯實在並非難事。

大抵令大多數港人困擾的是有關中聯辦的爭議完全出於政治考慮，一切源於立法會內一個重要委員會選舉主席的僵局。泛民主派明目張膽的阻撓令主席職位自 2019 年 10 月開始一直懸空。

這是個相當異常及可恥的情況，過去七個月來委員會 15 次會議的議程中只有一個事項——委員會主席。任何人皆知道無法選出主席全因泛民主派的故意拖延。醜陋的固執令 14 項草案及 86 條附屬法例須暫時擱置。

泛民主派及他們的惡毒敵意變成了他們的最大敵人，惹來了中聯辦跟港澳辦公開及合理的抨擊。事實上中聯辦已是非常克制，筆者只為它未有於更早時候發聲而驚訝。他們具合理權力保障港人免受政治勒索及無止境的爭拗所害，若不加以抑制，將會導致政府癱瘓。只有笨蛋及失去理智的人方期待看到如此情況。

（原文寫於 2020 年 4 月）

55. 司法獨立

我們的司法獨立不受政府干預，一直被視為香港於《基本法》訂明的一國兩制之下得以成功的主要原因，並獲保證於2047年前維持不變。故此，任何對司法公義的實際、潛在甚至虛構威脅，難免會惹來高度關注並敲響警號。

早前為了一個前所未有的原因，那些警號響起來了。「路透社」聲稱三名「資深」法官告知該社記者，由於其獨立性受到威脅，司法機關「正在為生存而戰」。路透社當然是一家備受推崇的新聞通訊社，其總部設於倫敦。但問題是該三名法官選擇不透露姓名，這意味着報道內容的真偽無從稽考。不管是真是假，該報道已經如英國人所說的 "thrown the cat among the pigeons"（引起了軒然大波），也如中國人所說的「火上加油」。

這些匿名指控牽涉兩大問題。其一是北京中央政府將希望本地司法機關如何處置去年幾乎把香港經濟停頓下來的暴力示威人士。七個月來，和平守法市民的生活及生計飽受衝擊。暴徒的愚蠢行為迫使數以千計的無辜市民陷入破產困局。香港英勇的警隊受到最卑劣及可恥的侮辱，還要面對受傷甚至喪命的威脅。

其次是有關北京企圖干預及限制法官於處理憲制問題時作出較開明演繹的指控。但這些憂慮卻忽略了法律上的實際情況，憲法問題的最終上訴法庭是「全國人民代表大會常務委員會」，

《基本法》已經清楚訂明。1997 年前，香港的終極上訴法院為
「英國上議院的法律委員會」，其冗長的完整稱號是「女皇樞
密院司法委員會」。也即是說，不管是 1997 年回歸以前或之後，
香港的終極上訴法院皆在於國家主權。1997 年 7 月前為英國，
1997 年 6 月後換成中國。如此看來情況未有任何轉變。

至於近日有關司法獨立這令人不安的議題，已令不少人感
到心煩激動。當局外旁觀者見到有關法官的見解，必然會被本
身的觀念及政治傾向所影響而產生偏見。一位法官可有經過公
平及獨立的思考而作出某項裁定？一名旁觀者也許予以肯定，
另一位則不以為然。還記得 2000 年 12 月美國最高法院處理的
戈爾控訴布殊案，該案實際上決定了美國總統寶座誰屬。於支
持共和黨的法官投票支撐之下，共和黨候選人喬治・布殊以 5
對 4 票獲勝。獨立思考的法官根據了個人的政治聯繫投票！

更有趣及更重要的是如何甄選及委任法官。於美國最高法
院，法官必須公開接受盤問，問題大多也相當尖銳。他們的公
務及私生活被完全披露，還包括過往的性生活。英國的甄選制
度同樣非常公開。「透過公平及公開的角逐程序」而挑選出來
的公開委員會，主席一職由非法律專業人士擔任，以「任人唯
賢」及「需要多樣化」為原則來甄選法官。

相反，香港法官的甄選程序卻籠罩着保密及神秘的色彩。
負責有關職務的組織名為「司法人員推薦委員會」(Judicial
Officers Recommendation Commission, JORC)，設立於 1997 年，

九名成員來自司法機構、事務律師及大律師兩個法律專業團體。現任終審法院首席法官自動出任主席一職。可知 JORC 成員向公眾透露任何資訊皆屬刑事罪行，而「直接或間接」企圖影響 JORC 這罪行更為嚴重，可被判處兩年監禁。這一切保密措施真的需要嗎？明智嗎？

（原文寫於 2020 年 5 月）

56. 樞機主教無罪奇聞

有關宗教的性侵風波，尤其當牽涉的是羅馬天主教會，必會變成棘手難題。澳洲樞機主教喬治·佩爾（George Pell）的情況格外令教廷蒙羞，因為他是天主教會內的第三號人物，同時亦是梵蒂岡這彈丸小國的經濟秘書處主席。他所面對的刑事指控——性侵犯男童，令他所屬的宗教深感羞愧。

這位 77 歲樞機主教於澳洲司法體系中的經歷猶如過山車般起伏。陪審團於 2018 年年中的首次聆訊無法達成裁決。新的陪審團進行了第二次聆訊。他被裁定侵犯兩名男童的五項控罪罪名成立，被判處六年監禁。他提出上訴。上訴法院維持陪審團的裁決。他再次提出上訴，聆訊於澳洲最高級別法院進行。法官推翻了陪審團的裁決並宣佈他屬無罪。樞機主教當然是欣喜不已，但各地律師卻驚訝萬分。他們認為法官以此等方式推翻陪審團的裁決不單是前所未有，更會構成危險。

另一異常之處是兩次審訊皆屬秘密進行，有違一切認可的國際法律標準。澳洲司法部門為保密之舉辯護時解釋，目的是要保障被侵犯的受害人，並確保赫赫有名的被告人能獲得到公平審訊。

首次上訴聆訊於維多利亞州最高法院進行，大多數法官認為他們在陪審團的定罪裁決中「未有發現任何疑點」。唯一表達異議的法官並不同意，他認為這位樞機主教「極有可能」是無辜的。

當時已身陷囹圄的佩爾向澳洲最高級別法院提出終極上訴。本年4月，庭上七名法官頗出人意表地及一致地推翻了陪審團的裁決，並撤銷所有定罪。他們並不同意支持有關定罪的維多利亞州首席法官及其他法官，指出第二次審訊中的陪審團若能「合理地處理整體證據，理應對上訴人被裁定罪成的每一項罪行抱有懷疑」。陪審團的裁決被180度逆轉，徹底推倒。

那又如何？問題在於陪審團不須也不可解釋他們裁決的理由。但另一方面，許多人認為從人權角度而言，被裁定罪成的罪犯理應知悉被定罪的原因。澳洲高等法院的作為是去猜測陪審團為何未有就佩爾的罪行抱有懷疑。那些法官彷彿在說：「我們發現到合理疑點，故此你們陪審員也應該發現到合理疑點」。如此看來，那些澳洲法官破壞了陪審團制度的最基本原則。勢必惹起軒然大波。

秘密進行樞機主教的聆訊，這決定同樣令許多人感到不安。一位非常著名的英國人權大律師認為此等保密形式完全沒有需要。

不管我們的陪審團制度有何優勢，佩爾樞機確實是個幸運的人。試詢問任何一位律師，他／她必會告知閣下，要以陪審團理應就被告人的罪行發現「合理疑點」為在理據，去說服法官推翻陪審團的裁決，這幾乎是沒有可能。喬治‧佩爾的確是洪福齊天。

（原文寫於 2020 年 5 月）

57. 是時候建造房屋，而不是基礎設施

新型冠狀病毒肆虐全球，對不同政府及市民同樣造成嚴重的經濟傷害。每天也收到有關公司倒閉、工人失業及政府增加負債的消息。我們生活於香港也應額首稱慶。我們的商業及工作也許亦遭受沉重打擊，但病毒於本地的傳播已受到控制，最重要的是我們政府未有債台高築。恰恰相反，香港特區政府坐擁大量現金可供使用，更已明智的斥資 300 億元儲備來協助僱主及僱員。

以往遇到經濟不景氣，政府的反應總是千篇一律。興建更多的道路、橋樑、鐵路幹線，諸如此類。這猶如為病人處方抗生素般，基建支出已被證實可激活疲弱經濟。當衰退陰霾籠罩之際，新加坡同樣會把大量資金注入當地的地鐵系統。至於日本，則會花費數以萬億計的日圓來修築混凝土河堤及河床。

然而今天這趟衰退卻是截然不同。新型冠狀病毒緊隨着早前的示威活動，這雙重打擊造成了一場前所未見的衰退。2020年首季經濟嚴重萎縮了 8.9%，是自 1974 年有紀錄以來的最大跌幅。各項經濟活動已停止運作。航空旅遊以至旅客幾近徹底絕跡。

海洋公園及迪士尼樂園等旅遊景點經已荒廢，更瀕臨破產邊緣。遊客會否重來？情況並不樂觀，至少於未來數年並不樂觀。把數以十億計的公帑注入海洋公園銀行賬戶這無底深淵之

中，看來是個愚不可及主意。而迪士尼樂園則不曾成功，前景比過往更形暗淡。若可供港人選擇，他們想必寧願把迪士尼樂園（及海洋公園）重新發展成住宅項目。

看起來相當諷刺，但新型冠狀病毒最終可能促使政府認真處理香港缺乏得體及價格合理住屋的醜陋局面。

投資房屋發展能夠推動經濟，帶領香港走出新型冠狀病毒的困局，也可糾正許多社會弊病。此等政策亦能為林鄭月娥管治團隊帶來他們極其需要的民望。

除了海洋公園及迪士尼的 120 公頃土地外，還有多於 700 公頃的所謂「棕地」可供發展。數以千計老舊失修的住宅樓宇可作重建，也應該重建。每位新界市民，不管是本地還是外來居民以至政府方面，也意識到村屋市場千瘡百孔。該制度本來已是荒謬，更遭濫用。

政府現時有機會透過改革住宅物業市場、興建更多居所及創造小型新市鎮來促進新界經濟。香港並不缺乏解決房屋危機的土地，缺乏的只是善用現有資源的決心。

與此同時，如今看來也是政府處理僭建這尷尬議題的理想時機。幾乎每幢小型或老舊建築均被違例構築物弄至遍體鱗傷。買方或賣方對此皆漠不關心，理由是政府本來便沒有足夠措拖防止僭建發生。僭建只被視作難以改變的事實，只有當業主或住客是一名警務人員、高級公務員或特首候選人之時才會被大做文章。為何政府不能為此問題劃下一條界線，宣佈只要未有

抵觸衛生及安全規例，某特定日期前的違例構築物一律視為合法？在此之後新的規管制度便可施行。

（原文寫於 2020 年 6 月）

58. 現場表演的未來前景

近數星期事務所內來了一位從未料想得到的助手。除了協助筆者處理文件長期積壓這惱人問題，還能從他口中得知新型冠狀病毒如何令他的事業陷於困境。就稱呼他作「Cletus」罷。他從事娛樂事業中要求最高的一門──於劇院（或郵輪）內作現場演出的演員及舞者。

於過去兩年所參與的著名音樂劇 *The King and I* 把他帶到東京、蘇黎世、都柏林、倫敦及許多其他演出場地。表演相當成功，吸引到大量觀眾，盈利也非常可觀。隨後新型冠狀病毒爆發，劇院關門，未來八星期的工作化為烏有，於短時間內被安排返回香港老家。

Cletus 緊接其後的合約本該是有關 *Miss Saigon* 中的演出，原定於 7 月 13 日在奧地利首都維也納開演，為期一年。他正積極學習德語。他的難題，亦即是全球許多背景相近人士所遇到的難題，新型冠狀病毒也許將打垮整個現場演出行業，這已是眾所周知。若病毒纏繞不散，現場演出的劇院相信難以存活。同樣情況也出現於音樂會、現場體育項目及一切可想像得到的現場表演。

香港近年投放大量資源興建劇院及音樂廳，未知這些新設施能否於新型冠狀病毒的世界中支撐下去。畢竟專家認為新冠病毒猶如一般流感，無法徹底消滅，我們將要學習如何與之共

存。假若如此，娛樂行業也許將從現場演出轉移至不同的數碼形式。這將是個可悲的結果，意味着演員的演出機會及收入勢必大減。

香港的藝術工作者幾乎全屬自僱人士，大多未能享有政府支援，現時的環境相當困難。「藝術節」及「巴塞爾藝術展」（Art Basel）已成為了疫情中首批「受害者」，類似情況必定陸續有來。

韓國是在地球這端一個音樂、戲劇及藝術領域皆充滿朝氣的國度，無疑也因此竭力於新型冠狀病毒疫情中保衛國內的娛樂事業。*Dracula*、*Rebecca* 及 *The Phantom of the Opera*——不少於三齣音樂劇正在首爾的舞台之上為大量觀眾現場演出。音樂劇得以公演，有賴於國家安裝在國民手機內的「接觸史追蹤」程式。購買門票及觀看現場表演，觀眾必須以程式顯示其狀態為「綠色」（程式採用交通燈號的紅、黃、綠顯示系統），而劇院則必須深層清潔，員工必須佩戴個人防護裝備，所有演出者必須接受定期檢查。

英國音樂劇大師 Andrew Lloyd Webber 盛讚韓國，認為若要現場娛樂表演存活下來，所有國家也需要仿效。另一選擇則令人沮喪——一個沒有現場娛樂的世界，一切演出及音樂會等全皆遷移到互聯網上。Netflix 等大企業能夠從這類數碼網上世界中謀取厚利，數以百萬甚至十億計的觀眾能夠於網上欣賞到 *Miss Saigon* 等音樂劇的演出。

然而，演員、樂師以至幕後的一眾員工又如何賺取足夠維持生活的工資。無須再於兩年內每晚在觀眾面前作現場表演，演員日後也許只須演出一場，隨後無可奈何地看到他們的作品於全球廣播。

（原文寫於 2020 年 6 月）

59. 黃金時代在眼前

經過了23年的拖延，香港最終得到了自家的一套《國安法》。可惜，有關法律並非由香港本身的立法機關——立法會為履行《基本法》第23條的憲制責任而頒佈，實在是奇恥大辱。我們皆知道箇中原因，舊事重提已沒多少意義。由於立法會的愚頑固執，《國安法》需要從另一個同樣是合法的途徑問世。

一如所料，我們從那些不惜一切來反對新法的人士口中聽到不少無可避免的痛恨呼喊，但他們的支持度已大不如前，而他們的呼喊更日漸被香港理智及沉默的大多數所忽視。事實上，港人對多個月來的暴力及仇恨已感到極度煩躁、厭惡及疲累，經常更是怒火中燒。只是頑固的民主派人士拒絕接受這個現實。

理智的港人同時也清楚知道香港必須要有《國安法》，理由相當簡單，香港是中國主權下的一部份。若香港的《國安法》跟內地的《國安法》之間存在矛盾，這將會是非常荒謬——情況猶如香港沒有《國安法》般荒謬。恍如病毒，分裂、顛覆及恐怖主義等行為同樣能夠傳播開去。

如今由162名成員組成的全國人大常委會經已通過《港區國安法》，當中不少細節定必惹來異議。然而此等分歧也可以是良性的，這也是任何容許表達自由的社會所不可少的。

有關《國安法》訂明的最高刑罰將會是一個可能引起爭議的課題。於英國，自1998年的《犯罪與騷亂法》訂立至今，干

犯叛國罪的最高刑罰乃終身監禁。於美國，被裁定煽動叛亂罪成的重犯可被判處 20 年監禁。至於被加泰羅尼亞分離主義困擾着的西班牙，任何人被判叛亂罪成將面對 25 年監禁。

正如筆者早前提及，挑選法官審理國安案件將會是另一爭論議題。有評論認為由行政長官委任法官將被視削弱司法獨立及公正。然而，筆者未曾聽聞任何現任或退休法官因有欠獨立及公正而遭受指責。所有退休及現任法官，由裁判官至終審法院法官，皆由行政長官根據司法人員推薦委員會的建議而任命，這意味着任何受行政長官委任審理國安案件的法官，當初皆曾獲有關委員會所推薦。以上邏輯看來能讓維護國家安全委員會免受批評。

新《國安法》將會為香港帶來更穩定的局面，也能提升香港作為世界最大金融中心之一的良好表現。愈早把新法納入香港法典，對香港愈是有利。儘管反對新法的人士仍拼命批評，事實上香港作為金融中心的成就正在急速發展。首次公開招股的市場從未如此興旺，而據《金融時報》報道，中國正式超越英國成為全球第五大投資基金註冊地。現在已到了停止把香港視為英國或美國金融體制前哨基地的時候了，應該接受現實，香港現時及將來皆會是中國金融及投資管理市場這巨型相關機器內的主要組件——不久將來更會是一台全球最大型的機器。面前的將只會是黃金歲月。

（原文寫於 2020 年 7 月）

60. 留心 BNO

中國跟英國的關係多年來一直起伏不定。猶如兒童遊樂場內的蹺蹺板，雙方關係從高點到低點來回更替。友善與熱情偶爾須讓路予敵意及冷淡，尤其於兩國本身利益出現矛盾之時。

187 年前即 1842 年的 8 月，中英兩國簽訂之惡名昭彰的「南京條約」。全球最強大的帝國皇權迫令軟弱衰微的清廷君主接受了一項極為不平等的條約。結果導致香港遭受殖民統治，經歷了 155 年才復原過來。

然而，即使 1997 年回歸已過了 23 年，接連數屆英國政府卻皆抱着不同的政治目標，實在無法準確預測中英關係於未來日子將會如何發展。

於較近期的 2015 年，時任英國財相歐思邦（George Osborne）聲稱中英關係將踏進「黃金十年」。5 年過後，中國駐英大使批評英方「嚴重毒害」雙方關係，可見兩國再次勢成水火。

於這場中英角力當中，其中一項議題筆者尤感興趣。正是英國容許「英國國民（海外）護照」（簡稱 BNO）的持有人居留當地五年，並提供所謂「入籍途徑」。北京方面迅速回應，中國將不承認 BNO 的有效性也即是其合法性。基本上，中方的論點在於給予 BNO 持有人英國公民身份，將違反於 1984 年中英雙方簽署的「聯合聲明」。

給予 BNO 持有人英國公民身份會否違反 1984 年的協議？

BNO 的歷史及起源，來自《1981 年英國國籍法》，其中的細節相當繁瑣。但可以肯定的是根據 1984 年的協議，中英雙方同意香港的英國公民於 1997 年後將不會享有英國的居留權。中國只接受 BNO 護照為「旅遊證件」，而雙方也同意 BNO 護照將註明持有人享有香港的居留權。這是讓中國及英國皆滿意的折衷安排。

假設中國將改變其立場，不再承認 BNO 護照的合法性，會有怎樣的實際影響？可惜如今問題比答案還要多。據稱現時約有 35 萬名 BNO 持有人，另有 270 萬名合資格申請人士。

目前，進出香港皆能以身份證合法辦理出入境手續，但這情況可輕易改變。入境處大可更關注護照的狀況，畢竟於按照旅客名單辦理登機手續及進入禁區之時也須出示護照。簡單的方法是要求旅客就是否持有 BNO 而簽署聲明。

另一方面，英國聲稱 BNO 持有人將獲得「入籍途徑」，於筆者看來只是一個不會兌現的承諾。例如，該些人士於英國逗留的首五年間是否必須找到工作？申請人是否需要遵守英國新近引入的澳洲式移民「評分」制度？最重要的是，對可能有 300 萬名港人湧到當地，英國人將有何等反應？

常言道政治上一星期也很長，天曉得數年後英國的政局將會是怎樣的景況。由於過往的帝國輝煌歷史，移居英國一直是個容易惹起爭議的棘手議題。「入籍途徑」的細節尚未公佈，筆者懷疑內容將不如樂觀派所期望般慷慨寬厚。

（原文寫於 2020 年 8 月）

61. 香港的重要時刻

那是現代中國的關鍵時刻，當時是 1980 年，一片名為深圳，於火車站旁長草區內放牧水牛的平凡農地，着手轉型為一個經濟特區。這是鄧小平許多具預示性的概念中最為著稱的一個。他指出深圳將要成為於「中國特色社會主義」理念的領導之下，市場資本主義的測試平台。

鄧小平的遠見所帶來的成果豈止壯觀！不單是深圳，整個珠江三角洲也成為了經濟龍頭。深圳本身現已是個強勁的大都會，技術研究及生產的實力非凡，可跟美國的矽谷相媲美。取得了世界歷史上無可比擬的成就。當今天恒生指數仍徘徊在 2019 年初的水平之際，深圳的深證成份指數於同樣的 20 個月內已翻了一倍。

上週，也即是鄧小平作出建議的 40 年後，習近平主席以規劃大灣區下一階段的發展來表彰鄧小平及深圳的傑出成就。習主席演說的影響力力將如當年鄧小平的言論般巨大，但這趟遭受最大影響的看來是香港。香港的前途如今已掌握於深圳手裏，這是何等諷刺。可以肯定的是，香港必須從習主席的話語中領悟更多，原因再簡單不過，我們鍾愛的這片土地——香港，已來到決定性的時刻。

習主席未有言明但也昭然若揭的忠告是，假若香港無法維持穩定及未能尊重內地的價值觀，深圳將會蓋過並超越香港。

香港必須明白本身並非不可被取代。

主席也再次強調，中國將會履行於 2047 年前維持一國兩制的承諾，但當中隱含的條件是香港必須保持穩定。

正如筆者早前所言，香港於 1997 年後犯下的重大錯誤，是嘗試保留過去而放棄將來。承襲自英國殖民主義的許多西方理念，經常包含着跟中國傳統無法兼容的元素，民主制度正是最顯然例證。令人遺憾的是香港的改革步伐相當緩慢，也抗拒轉變。不願捨棄重大既得利益（大多是殖民遺物）的思想擴散至全港。

習主席要求港人欣然接受轉變，以至於深圳及廣東其他地區靜候着我們的黃金未來。香港的經濟，遭受了示威活動及新型冠狀病毒的雙重打擊，極之需要習主席提出的優待。越過邊境是片機會處處之地，那裏求才若渴而生活質素也可改善。那裏的居所面積較大，但價錢卻便宜得多。生活成本可能只及香港的一半，甚至更低。

從字裏行間體會習主席言外之意，脫離中國的香港將絕對沒有前途。融入內地不單是無可避免，相反更應樂不可言。

處於現有困境的香港，猶如從船隻墮海的人遇上救生圈。那救生圈正是深圳、珠海及她們的鄰近地區。

事實上，愈來愈多的港人正越過邊界，另有不少人士已於當地工作。現時最重要的是，香港應對其不可避免的未來充滿熱情，我們將要成為大灣區拼圖內的關鍵組成部份——標籤為「金融中心」的組成部份。其他替代方案實在無須考量。

（原文寫於 2020 年 10 月）

62. 香港的下一個大考驗

許多年來，西方有關中國的預言一次又一次的被證實為錯誤。華盛頓以至其他國家，多年前曾經高調預測，富起來的中國將欣然接受民主制度。他們認為鄧小平著名的中國經濟「開放」政策，將會是燃起民主之火的火花。世界貿易組織成員國的身份，意味着中國將要複製西方的模式。例子實在多不勝數。

事實上，所有智者、專家、學者、評論員、知識分子及各式各樣學富五車的人士皆相繼被證實錯判，且錯到極點。香港主權於1997年交還中國以前，部份人士指出任何干預香港政府、法治制度及金融秩序等的行為，將會釀成災難。西方國家與他們於本地的馬屁精聲稱，香港猶如一件無價的瓷製花瓶，必須存放於玻璃箱小心保護，只可遠觀而不可褻玩。一經干擾可造成重大損害，香港這花瓶便不再具任何價值。

眾所周知，此等預言不過是舊日殖民階層一廂情願的想法，事實卻讓他們顏面盡失。香港已作出了多方面的改變，部份人更認為改革不足或進度太慢，但這城市依然健在。

如今，一項對香港適應力的新考驗也許即將來臨。這涉及一個非常重大的問題。對社會經濟至關重要的金融制度，必須依靠西式法治來維持嗎？畢竟這是我們根深柢固的信念。假使香港修訂現行的法治制度，變成與內地的一套更為一致，那將會是何等境況？假若如此，香港的金融體系將如一些人預期般

崩潰，還是會運作如常？

　　這問題尤其重要，是由於只有三個環球金融中心，紐約、倫敦及香港。直到近日，這三大金融中心皆建基於大致相同的西方法治模式，經濟體系相若。然而約於去年左右，香港開始稍有偏離。一些人懷疑新加坡或東京將取代香港，但看來機會不大。中國經濟的引力相當巨大，實在無從躲避。

　　香港於 2019 年 11 月中來到了轉折點，當時人大常委指出只有他們有權決定香港法例是否符合《基本法》，香港法院不得過問。在此以前，香港法庭曾審理有關《基本法》的案件，但突然遭北京的人大常委煞停。這是個關鍵的時刻，但大人常委的裁定對香港作為金融中心構成了怎樣的影響？答案是微乎其微。商業活動及財經世界如常運作，新股上市陸續有來。

　　儘管近年一片混亂，包括室內的立法會及室外的街頭，隨後還有《國安法》立法後的餘波，但仍未有證據顯示有大量資金流出香港。現時的金融體系猶如數年前般穩定。恒生指數平靜依舊。對經濟及金融市場造成打擊的只有新型冠狀病毒，別無其他原因。

　　倫敦跟紐約務必留神，香港也許將要為環球金融制度訂立新的基本準則，一些更迎合東方而非西方文化的準則。

（原文寫於 2020 年 12 月）

63. 北京犬失寵之謎

　　早上於秋天的清涼空氣中漫步，確實讓人心曠神怡且精神煥發。必定是由於冠狀病毒及未能到健身中心鍛煉的關係，慢跑人士的數目比筆者等散步的人還要多。狗隻數量之巨同樣超出筆者記憶所及。包括任何能想像到的犬隻品種，大型的及小巧的，毛茸茸的和具威脅性的，潔淨的與恐怕不是太潔淨的。

　　冠狀病毒令各類寵物，尤其狗隻，比以往更受歡迎。於北美及歐洲地區，便出現供出售幼犬嚴重短缺的情況，拉布拉多犬等受歡迎品種的售價已上升了多於一倍。被禁閉於家中，經常更是單獨一人，人們渴望寵物的陪伴。

　　獨居長者未能跟親友會面，同樣渴求以狗作伴。但與此同時，繁殖商卻經常由於交通限制的緣故而無法取得種犬，令幼犬的供應放緩。

　　這確是個讓人歡喜的諷刺現象，竟然是由於新型冠狀病毒等大流行的出現，才令人類比以往更懂得珍惜他們與狗隻之間的情誼。

　　看見享受着清晨漫步的不同品種，驚覺原產自中國的狗隻卻少之又少。烏黑鼻子及舌頭的鬆獅犬或相貌扁平的北京犬，完全不見影蹤。

　　驚訝的原因是狗隻於中國已有極悠久歷史。考古紀錄顯示早於二千多年前的漢代，狗隻已被用於狩獵。數百年後，專門

為滿清君主繁殖出一種深受寵愛的小型玩賞犬。據聞這名為北京犬的新品種當年只允許皇族飼養。傳說中北京犬的來源，是參照佛陀從天國下凡時所騎乘的獅子繁殖出來。

由於北京犬長年生活在皇宮的寺廟之內，未嘗到宮廷以外的世界闖蕩，牠們的容貌未曾於民間曝光，千多年來一直是神秘謠傳中的生物。至於歐洲人首次接觸及擁有北京犬的經過，則源於一宗恐怖事件。

1860 年，「第二次鴉片戰爭」正於激烈進行中。英法聯軍攻入北京並洗劫圓明園，該宮殿由耶穌會傳教士為乾隆帝所設計，園中的噴泉更可媲美法國凡爾賽宮內的設計。入侵的軍隊把宮殿夷為平地，摧毀瓷器，喝光存酒及盜取各種珍寶。他們更發現了一些外型古怪、鼻子扁平的狗隻，悲痛地躲藏於牠們主人的遺體旁邊。牠們主人原為皇帝的姑母，唯恐被擄走而自裁。

那些侵略北京的軍人無疑亦屬愛狗之人，他們照顧抓來的狗隻並進行繁殖。牠們的後代最終抵達歐洲，由於稀有且看似微縮版的獅子，被視作極之珍寶。在古老的傳說裏，一隻獅子愛上了一頭狨猴，乞求神明把其身子縮小。首隻踏足英國的北京犬被進貢予維多利亞女皇。女皇給牠取名「Looty」。然而Looty 對英式狗糧不屑一顧，聞說原因是 Looty 於中國老家曾嚐盡了「魚翅、鵝肝、鵪鶉脯及羚羊乳」。Looty 於 1872 年離世，被埋葬於溫莎堡內的狗隻墓園。

維多利亞女皇與其中國愛犬的消息在英國富裕家族之間廣泛流傳，令北京犬於該 30 年間成為了英國最受歡迎的微型犬品種。

奇怪的是，於筆者最喜歡前往散步的寶雲道、漆咸徑、白加道、甘道及灣仔峽道，皆見不到北京犬的身影。也許是牠們被主人留在家中看管貴重財物。

（原文寫於 2020 年 12 月）

64. 可悲的眾籌濫用情況

「潛逃」，筆者的法律詞典中解釋作「為逃避法律而出走」。一名香港前立法會議員的潛逃及其大量款項遭受凍結——一些從其個人「眾籌」活動得來的款項——帶出了許多問題。

許智峯是一個香港人熟識的名字。一位二流政客，曾經是一名充滿敵意的泛民主派支持者，也累積了不少刑事紀錄。廣為人知的是他以群眾募資方式籌得數以十萬計的款項，並發動針對警隊的法律行動。其踐踏立法會的行為也為人所不齒。遠赴丹麥之時他正面對更多指控，若被裁定罪成足以讓他身陷囹圄的指控。由於在我們的司法制度之下，被告被裁定罪成之前皆屬清白，故此慣常情況下均獲准保釋候審。然而可恥的是許先生違反了保釋條件，抵達哥本哈根後再到倫敦。

可惜，他那自私及怯懦的行為，可能令一些本應獲准保釋的被告成功機會大減。他除了公然的濫用了保釋制度，更讓筆者關注的是他利用眾籌從主要是無辜的公眾那裏籌集得來的資金，也許是作不法用途。

猶如其他文明地區，眾籌於香港未有受到太多的法律限制，許先生利用眾籌得來的「捐款」幾乎沒有任何法例規管。在反政府示威期間，經濟及民生受到嚴重破壞，示威行動透過眾籌募集到數以百萬計的資金。

「612人道支援基金」的成立是為反對政府的逃犯條例修

訂草案提供資金。根據 Facebook 網頁的資料顯示,其信用賬戶仍存有約三千萬元。「星火同盟」的創立過程更為複雜且更具野心,源於 2014 年的所謂「雨傘運動」,經濟及整個公民社會陷入癱瘓。香港能夠存活過來實有賴警方的強硬回應。

這兩個基金的主要目的是為了支援示威活動,而「星火同盟」的額外任務是為被拘捕人士提供法律費用。

據筆者所能理解,這兩個反政府眾籌組織並沒有法律責任容許公眾審查他們的賬戶資料。警方已凍結了群眾募資活動從捐款人士那裏籌得的七千萬元,同時也檢獲了大量如頭盔及防毒面具等裝備。捐款人士提供的金錢明顯地是被用作協助及進行非法活動。

香港遵循國際的法律標準,有嚴格的法律打擊洗黑錢活動。以非專業的用語來解釋,任何人處理代表從刑事罪行得來的收益便屬干犯了洗黑錢罪。這意味着假若某人為非法目的籌集資金。這些款項便成為了「黑錢」,而任何人處理這些資金也犯下了洗黑錢罪。假如捐款是為了正當及合法的意圖實在並無不妥,但當目的是為縱火及暴動提供資金,處理該些款項的人定必是洗黑錢,道理如此簡單。

值得一提眾籌的誕生經過,當年是為美國音樂及電影業籌募風險資本的理想渠道。首個眾籌網站於 2001 年面世,名為「ArtistShare」。許智峯利用群眾募資,是公然冒犯了當年全因合法目的而籌集資金的創意設計。

　　期望許智峯潛逃到英國流亡及其透過眾籌得來的數十萬元遭受凍結，能促使警方加強監管眾籌的濫用情況。如此看來，許智峯逃避法律制裁，也許能為香港這守法社會帶來重大益處。

（原文寫於 2020 年 12 月）

泰國清邁

英國湖區
（Lake District）

巴黎

西班牙聖地亞哥—德孔波斯特拉
(Santiago de Compostela)

人生在世不過短短一瞬，目的何在無人知曉，
儘管有時自以為已窺破其中奧秘。
不過無須深思，透過日常生活即可明白，
人是為了他人才來到世間的。

——愛因斯坦

18

Enid Howes
懷念她的一生

Douglas 與 Enid Howes 結婚時，我才 13 歲。他們是我父母的至交好友，自始至終對我與許多其他人都非常好。於 Enid 的遺囑中，她將遺產全部捐給了一個用於資助學生的信託基金。本章旨在紀念她與她丈夫的人生故事。下文中，我將描繪一個現已失落的世界：彼時仍是殖民地的馬來亞，她的艱辛與機遇，她的民族融合與種族偏見。畢竟，若想開創美好未來，我們需要尊重過去，並從中學習。

Enid Beatrice Howes 是一個已然逝去的時代的縮影。她的早年生活扎根於現已被人遺忘的、英國殖民主義盛行的世界，她的晚年則是在蘇格蘭北部較為陰冷的氣候中度過的。我與家人當時居於仍是殖民地的馬來亞，我們總是簡單地稱她為

「Howes 伯母」。她本身的家族背景可以追溯到彈丸之地、「飛地」果阿（Goa）。彼時果阿還是葡萄牙的殖民地，距離其於1961 年併入印度還有很長一段時間。

於果阿興建殖民前哨站之後不久，葡萄牙人又於馬來半島之馬六甲建了同樣的哨所。葡萄牙人從 1511 年起一直享有對馬六甲的控制權，直到 1641 年被荷蘭人取代。其後馬六甲就處於荷蘭人的掌控中，直到 1842 年英國人抵達該處。因此，Enid Howes 的家族譜係融入並反映了今日之馬來西亞之殖民歷史中的拉拉扯扯。這樣看來，她本人也延續了這一傳統。她嫁給了一名管理橡膠種植園的英籍經理，最後陪伴他返回英國安享退休生活。

Enid Howes 原名 Enid Beatrice Hendricks，於 1917 年 1 月 12 日在新加坡出生。她的父母從葡萄牙搬到新加坡生活，途經果阿和檳城。於 1786 年，檳城成了英國於馬來半島的第一個殖民前哨站。到 Enid Beatrice Hendricks 出世時，英國於這片土地上最初的足跡已發展成了三個不同的行政區域：由檳城、麻六甲及新加坡組成的海峽殖民地、當時還處於起步階段的馬來聯邦，以及所謂的馬來屬邦。

我見過 Howes 伯母的一些相片，彼時她還是位年青美麗的姑娘。可惜她的父母非常貧困，無力撫養女兒。無奈之下，他們只好將她送給一位近親收養。Enid（彼時人們都是如此稱呼她的）一定是一位才華橫溢、聰明伶俐的少女，因她很快就於

檳城完成學業，成了一名醫院護士，這在 1930 年代可並非易事。毫無疑問，她在工作中表現出色，因她很快又獲發獎學金，去遠在倫敦的一間大醫院學習助產術。

也許是因她的混合血統及所受西方教育的緣故，成長過程中，相比當地的馬來人，Enid 一向對身處馬來亞的外籍人士更有親切感。她與外籍人士的友誼無疑使她愛上了她工作的檳城醫院裏的一位英籍病人。他名為 Douglas Howes。

檳城（即檳榔嶼，馬來語是 Pulau Pinang）是 Enid 的家鄉，也是她最愛的地方。1786 年，英國商人兼冒險家 Francis Light 船長找到（或者說是發現）了這座島嶼。英國殖民統治期間，Pulau Pinang 發展成了一個多元文化熔爐，迄今為止，它仍是馬來半島上最國際化的港口。於風力帆船的時代，檳榔嶼是從歐洲及印度出發、向東航行的船隻於海峽殖民地的第一個卸貨港。同樣，它也是從廣州及香港出發、向西航行、去往印度和歐洲的船隻於海峽殖民地的最後一個停靠港。

Pulau Pinang 意為「檳榔之島」。它位於海邊，氣候溫和，是一個風景如畫的殖民地，屹立着許多英式帝國風格的精美建築。除了康華利斯堡（Fort Cornwallis）本身，該鎮的其他建築也特別經得起時間的考驗，獲得了聯合國教科文組織頒佈的世界文化遺產地位。綠樹成蔭的濱海大道（Esplanade）、青草覆蓋的 *padang*、蔚然壯觀的植物園，當然還有必不可少的木球會，都保存到了今日。許多值得注意的建築中還可以窺見中國文化

的迷人影響，尤其是華美的宗族房屋及寺廟，如檳城極樂寺
（Ayer Itam temple），以及以張弼士故居為例的宏偉豪宅。此
處有精美的暹羅及緬甸建築（於睡佛、Dharmikarama 寺可見），
印度建築（於 Mahamariamman 寺可見），當然亦有些建築受
了穆斯林文化的影響（於 Kapitan Keling、Acheh 清真寺可見）。
父親會帶着哥哥 Kee Tiong 與我去沙粒細膩的沙灘游水，就在
我們位於 Kelawai 路、Gurney Drive 旁邊的度假平房附近。

　　從 19 世紀中葉開始，許多英國的青年男子（通常是 20 歲
出頭）紛紛乘船前往東方尋求冒險（特別是追求財富）；女子
則很少選擇追求這種艱苦、甚至有可能陷入危險的生活。檳城
幸運地沒有被遍佈馬來半島的橡膠樹種植園所覆蓋。[1875 年，
植物學家 Henry Wickham 從巴西偷運了 70,000 顆帕拉橡膠樹
的種子到英國基尤（Kew）的皇家植物園。這 70,000 顆種子中
的 4% 隨後發芽，使得 2,000 顆樹苗得以運往科倫坡及新加坡。
1898 年，馬來亞的第一座橡膠種植園建成了。] 如今，橡膠種
植園幾乎完全被更廣袤、更單調的油棕種植園取代了。此乃一
大憾事，不過其背後也是有經濟原因支持的。當年青的 Douglas
Howes 來到馬來亞時，橡膠樹乃一種利潤豐厚的經濟作物。他
當時為一名橡膠大亨擔任種植園經理，無疑賺取了一份可觀的
薪水。

　　Douglas Howes 是於 1930 年代或 1940 年代初來到東方的。
不用說，他一定十分樂意遠離彼時重創歐洲的經濟大蕭條。然

而，其後的發現或許就令他不太高興了：他的英國同胞最反對的就是與當地人交往，「當地人」不僅包括土生土長的馬來人，還包括印度人、華人及所有混血人士。白人與非白人的跨種族婚姻既不被認可，還被認為是一個難登大雅之堂的話題。對跨種族婚姻的偏見深植於殖民時期的思想中，以至於此事直到1960 年代末期都近乎一種禁忌。雖說如此，養一個當地情婦卻是完全可以接受的，因而某些錯誤也在可接受範圍內，最終導致私生子的誕生。不能接受的是跨種族通婚，這是大忌，一個識禮數之人絕不該在談話中提及此事。

Douglas Howes 就這種對他感情生活的限制有何感想，我們不得而知。我們只知道他是一個典型的蘇格蘭人。他於 1905 年7 月 4 日出生於蘇格蘭鴨巴甸（Aberdeen），是個獨生子。一位老處女收養了他，並將他撫養成人。他成長過程中接受的是遵從嚴格的老派道德標準的教育。鴨巴甸是個與 Douglas 相得益彰的出生地，因為他與這座城市都是專攻工程設計的。他於獅子山（Sierra Leone）為一間名為「Barry, Henry and Cook」、總部設在鴨巴甸的工程公司工作了四年。不幸的是，他選擇在一個不合時宜的時間點離開獅子山而向東前往馬來亞，因為他不僅被捲入了第二次世界大戰的抗日戰爭中，還淪為了日軍臭名昭著的新加坡樟宜監獄的階下囚。在監獄糟糕的衛生條件下，Douglas 像許多其他囚犯一樣感染了瘧疾。疾病耗盡了他的體力，以至於他沒有與其他樟宜監獄囚犯一齊被送到著名的泰國

桂河大橋做工，此乃不幸中的萬幸。

　　Douglas Howes 向來保守，總是衣着光鮮，可以說，他是一位典型的「老派」紳士。他還喜歡溫和的咖喱，睡前喝一杯溫熱的威士忌睡前酒，以及愛吃所有的甜食。Douglas 於檳城峇都福靈吉醫院（Batu Feringgi Hospital）養病時遇見了 Enid，當時 Enid 是他的護士。他們雖然墜入了愛河，卻沒有結婚，而是同居了許多年。直到 1961 年他即將退休，其時社會對跨種族通婚的道德制約亦有所改善時，他們才毅然選擇結婚。當時我只有 13 歲，但我對他們於檳城舉行的婚禮記憶猶新，因為我父親就是 Douglas 的伴郎。

　　婚禮是在 Enid Howes 的養父母家中舉行的。他們的平房位於 Batu Feringgi 路邊一處有着優美田園風光的地方，面朝大海。近日，我重訪平房所在的地方時，發現整個區域都被重新開發過，建起了一座座大而精緻的豪華酒店。少數親朋好友見證了這場婚禮，我還記得父親告訴我，由於我過於年幼，未能出現在正式的婚禮紀念相上。

　　婚後不久，Douglas 與 Enid 就離開了炎熱的熱帶地區，登船駛向修咸頓（Southampton），於氣候明顯更為溫和的英國開始退休生活。最初他們居於梳士巴利附近，生活寧靜，還自己栽培蔬菜。我就在那時抵達英國，計劃去倫敦修讀法律。我與 Douglas、Enid 住在一起，度過了幾個月的快樂時光。這期間，我於這陌生的國度、陌生的文化、奇特的天氣與風俗習慣中確

立了自己的方向。如今再回顧當時，我發現彼時 Enid 已然適應了英國人的生活方式，沒有任何困難。於她而言，於英國生活就像穿上舊鞋一樣舒適。她滿足於這樣的生活，過得非常自在。

1970 年，Douglas 決定是時候搬回他的起源、家鄉蘇格蘭了。他想住在他出生地附近的村莊裏，即蘇格蘭石油之都鴨巴甸附近。他們在一片杉樹種植園旁找到了一塊他們喜愛的田地，從農夫處買了下來，為自己建了一棟新房子。工程師 Douglas 對此得心應手。他還成了一名養蜂愛好者。Douglas 的另一愛好是《每日電訊報》上的 Questor 專欄，他總是興致勃勃地閱讀。該專欄至今仍在向讀者傳授投資技巧。Questor 提供的建議成了他選擇投資組合的基礎，他的投資價值於是不斷增長。

至於 Enid，她遇到 Douglas 時還是個身無分文的少女。她從來沒有甚麼理財頭腦。事實上，她對金錢完全不感興趣。Douglas 及 Enid 都是極其節儉的人，雖然 Enid 有一顆異常慷慨的心。Douglas 去世後，Enid 繼承了一大筆財產，主要是股票投資。即使如此，她的餘生依然過得非常儉樸，從不揮霍。她喜歡帽子，收集了 150 多頂帽子中的精品。Enid 對每年於 Braemar 舉辦的高地運動會（Highland Games）非常狂熱，她住在鴨巴甸的時候每年都會參加，只有一年例外，因為該年的運動會因戴安娜王妃突然去世而取消了。

Douglas 去世後，Enid 仍然留在鴨巴甸，因為她深愛着她的房子、友人及動物。她是一名虔誠的羅馬天主教徒，每個禮

拜日都要去做彌撒，保持着強健的體魄，而且總是不願服用健康補品及人參、冬蟲夏草、燕窩等中式補藥。根據她的説法，她之所以長壽是因為她養的雞每天清晨 5 點就把她叫醒，令她從床上起身為牠們做熱騰騰的早餐。

許多友人都認定且希望 Enid 將在 Douglas 去世後回到檳城，但她留在蘇格蘭的決心未受動搖。或許她不願離開此地的快樂回憶——那些與 Douglas、友人及動物相伴的歲月。

Enid Howes 於 2007 年去世，享年 90 歲。一個時代隨之結束了。她被安葬在她家的房子附近。根據她最後的遺囑，她將自己遺產的餘下部份捐給了一個用於幫助貧困學生的慈善信託基金，此乃賦予她的人生嶄新意義的慷慨之舉。

Douglas 和 Enid Howes 夫婦